长篇小说

游走在职场内外

徐焱·著

中国文联出版社

图书在版编目（CIP）数据

游走在职场内外 / 徐焱著. --北京：中国文联出版社，2024.8. -- ISBN 978-7-5190-5630-8

Ⅰ. I247.5

中国国家版本馆 CIP 数据核字第 2024DE6024 号

书　　名　游走在职场内外
著　　者　徐　焱
责任编辑　曹艺凡
责任校对　秀点校对
装帧设计　字　声

出版发行　中国文联出版社有限公司
社　　址　北京市朝阳区农展馆南里 10 号　　邮编　100125
电　　话　010-85923025（发行部）　010-85923091（总编室）
经　　销　全国新华书店等

印　　刷　三河市龙大印装有限公司
开　　本　710 毫米 × 1000 毫米　　1/16
印　　张　16
字　　数　219 千字
版　　次　2024 年 8 月第 1 版第 1 次印刷
定　　价　68.00 元

版权所有·侵权必究
如有印装质量问题，请与本社发行部联系调换

序

徐忠友

好事成双，《游走在职场内外》是青年女作家徐焱创作的第二部长篇小说。2023年7月，她的第一部长篇小说《零下十度》，由中国文联出版社出版后，在社会上产生了良好影响。

那是一部描写年轻大学生恋爱的故事，反映了不同时代年轻人不同的爱情观和恋爱方式，讴歌纯洁的爱情之美；也披露了一些封建残余思想，虽然是苟延残喘，但仍会在当今少数年轻人婚姻恋爱中产生不良影响，值得人们关注和防备。那部小说的亮点或新意是呼吁人们不要用老眼光去看待大学生们恋爱了，不能总认为大学生们只能坐在教室里老老实实读书，似乎大学生们只要谈情说爱，就会影响他们的学习成绩，甚至误以为会影响他们的成长和未来的工作与人生。

小说因此提出一个新观念，即现在由于人们生活条件好了，身体发育快了，有些初中生已长得像大学生一样高大了，大学生的心智也较成熟了，他们也需要感情生活的支持。如果恋爱谈得好，对大学生的学习甚至是后来的工作和人生都有帮助。

《零下十度》在上海的大隐书局浦东店举行首发式，参加首发式的著名作家、文学评论家等各界人士都对这部书给予高度评价。青年文学家杂志社，还授予徐焱优秀作家荣誉证书。

徐焱创作的第二部长篇小说《游走在职场内外》，描写的则是人们习以为常的职场生活。虽然说职场生活是每一个人上班时就要面对的，但有一些人在职场如游龙顺风顺水，有些人则在职场中沉沉浮浮，有一些则因自己的认知便陷入职场的漩涡无法上升。这就是职场，它与每一个人的工作态度、自我认知、对社会和所在单位的贡献大小，最终会与一个人在职场中的岗位评价、职务高低、自我实现等主要因素，都有密切的关系。

徐焱在这部小说中，以江佑的公司作为职场的一个大平台，重点讲述了江佑公司里几个入职不久的大学生在职场上的不同命运，因为他们不同的价值观、世界观、人生观而演绎出不同的结局，书中有正能量的宣导获得正向的人生，也有负面的价值观而导致误入歧途。本书旨在给年轻的职场人一个正面的引导，处在错综复杂的职场，秉持不争则争，把简单的事做好就不简单的原则，一步一个脚印，踏踏实实、认认真真去工作去生活，命运一定会馈赠鲜花和掌声。

小说还展示了从江佑公司老总江沅到处理日常接待人员岗位的书碟，共有22位职场人员在这一大平台上亮相，展示了他们在职场上的不同角色、不同态度、不同做法与不同结局。可以说平台不小，职场事大，大中见大，不同一般，这部小说把职场的每一个人物都作了具体的描述。

小说的1号女主角书碟，有着优秀的自身条件，毕业于北京电影学院，长得有颜有才，但没有坚实的家庭背景。毕业后靠着自己勤劳的双手，从基层（前台）做起，不参与公司的任何是非，只专注本身的工作，接人待物，有礼有节，与人为善。在公司也遇到贵人相助，一路成长最终当上公司的高管。书碟的一路成长离不开她背后的高人指点，直到最后她才知道高人其实就是她最不愿意承认的继父。她的继父在医院病床上弥留之际，书碟和继父终于和解，而且受到命运之神的眷顾，她命中的白马王子以冬及时出现在她继父的病榻前。她的继父了却了心愿，安详地闭上了双眼。

小说的男主角江沅当然是职场中正能量的人物，他身为公司老板，工作认真负责，对事业有不懈的追求；对员工有严格要求的一面，也有关心和爱护、培养和管理员工的另一面，他想通过人事改革解决公司的弊端，促进公司上市打开一个新的局面。因此，他在职场上的表现是积极的、处事是公正的，也是极为正常的职场表现。

作为江佑集团运营部经理的以冬，最初是公司的中层干部。由于他思想和作风正派，在工作中与公司老总江沅配合密切，且非常关心公司的事业发展。虽然他也多次面临公司内部人员的激烈竞争，但由于他的工作出发点和落脚点是正确的，最后赢得了公司领导和员工们的信任，得到了提拔和重用，成为公司的总裁并全面负责集团业务。

　　江佑公司的总裁秘书江月，是一个在职场比较稳重的女性。她虽是公司老板身边最亲近的人，但在职场中不骄不躁，深明事理，每当遇到问题不卑不亢，总是积极主动地将问题解决好。她是职场同龄女孩子羡慕的对象，工作上有老板站台，比一般人都要幸运。最后离开公司选择婚后去香港定居。婚前老板送她一个特别的礼物时，才知道她的幸运除了自身的努力以外，还因为她和老板的女儿同岁，冥冥之中也多了老板的一份厚爱。最终她与江沅的关系被揭露，她就是江沅的亲生女儿，因江沅最初创业失利，对家庭照顾不到，导致他与妻子、女儿分开，结果父女相认，亲情延续。

　　公司员工苏西，是一位敬业又专业的职场女性。在起初运营秘书的岗位上不仅能力出众，还能帮助上司解决问题。与同事相处也是不争则争的态度。因在一次客户投诉事件中，一个人扛下所有责任，离开了公司，到东城开办了一家心理咨询工作室。短暂的失去，却有了长期的获得，再回公司时则担任了中层干部。

　　公司员工林沐，刚入职场不懂职场规则，直言直语，无所畏惧。一次生活上的挫折，被老乡大军骗钱不还，甚至差点儿被大军绑架，使她瞬间成长，并因祸得福，遇到了为她义务当律师的白马王子，不但解决了她生活上的问题，在工作上也日渐成熟，最后成长为中层干部，还收获了美满的婚姻。

　　公司人力资源部经理容露，靠关系空降到江佑公司，由于德不配位，经常利用职权欺压同事，且平时生活作风不正，最后导致锒铛入狱。公司人力资源部秘书范妮，狐假虎威在公司混得顺风顺水，最终因贪污事件暴露而被开除。金岭分公司负责人包罗靠关系在公司任职，但心术不正，与公司同事暗中开展恶性竞争，并贪污公款，在竞争中败下阵来。公司市场部经理马克平时拍马屁，暗中职务侵占达百万元，结果吃上牢饭。

　　景兮是书碟的大学同学，从未踏入职场，毕业即卷入情感的纷争中。

虽然自身基本条件不错，但因为从小家庭的不完整，家庭教育的缺失，导致她价值观、人生观的扭曲而错失良机，最终遭到命运的唾弃。

从江佑公司这一职场平台上呈现出来的各种良性的和非正当性的竞争现象，以及公司普通员工到高级管理人员在竞争中的众生相，都是职场中的一面镜子，值得各个职场的人们认真对照，吸取不同的经验和教训。

我在读了徐焱这部反映职场生活的长篇小说的手稿后，从内在的机理上还发现有以下几个特点：

其一，这部小说的基调是积极的。由于是江佑公司通过内部改革的员工任职的职场竞争，总公司在原有的基础上，又成立了金岭分公司。同时在用人制度上，把一些工作不负责任、违纪违规和中饱私囊人员，给予撤职、开除或调离重要岗位等处分，大胆提拔任用了一些工作作风正派、业务水平高、愿意为公司发展作贡献的员工，使公司最终出现了快速、健康发展的局面。

其二，小说选题非常好。职场这个主题是人们司空见惯、习以为常的，因为人们太熟悉了，要写出特色来不好写，所以一般人很少写这个主题。徐焱却独具慧眼，盯住职场这个主题不放，坚持用长篇小说这一文学重要体裁，把职场中的一些正面的、中间的、负面的现象呈现出来，供人们在日常工作中借鉴，其小说不仅有良好的文学价值，也有深远的社会意义。

其三，故事情节非常曲折激烈。在看似波澜不惊的职场中，其实是暗流涌动，各种情节环环相扣，人与人在职场中的表现可以说形式多样、变化多端、丰富多彩。比如说书碟这个人物在做前台服务工作时，每天要与不同的人打交道，甚至受到过人的恶意刁难。而公司曾经负责人事工作的高管容露，从最初的仗势欺人，到最后锒铛入狱，其人物变化跨度之大，里面的情节变化可以说是触目惊心。

其四，小说结构开放。这部小说不像传统的小说写法那样，围绕着一个细节或者一个由头来展开，而是一开始就把一个宏大的职场平台直接推到读者的面前，给了读者一种大气势。仿佛在告诉读者：你要读懂这部小说，必须先了解、熟悉、适应职场的氛围，然后渐渐走进职场中去，甚至对职场的一些竞争情景、人物表现、竞争结果等有一种变相的参与，最后发表自己较为公正的看法。

其五，语言颇有特色。读徐焱的作品，语言是富有诗意的，因为她本身就是个诗人，她在刚走入文坛时就是写诗的，2007年5月22日，发表诗歌处女作《梦幻》；2009年诗歌作品《天使，也有泪》，荣获"星光杯"全国散文诗歌大赛三等奖，并收录于大众文艺出版社出版的《2009年度诗歌精选》一书中。2023年年底又摘取由中国杭州宋韵文学节、青年文学家杂志社、青年文学家杭州作家理事会联合举办的迎亚运宋韵民俗博览会诗歌大赛新诗词一等奖。因此，在她的这部小说中，也可以看到她时不时会在一些章节中，穿插着一些她的诗作，使小说更有文学味。

由于当今人们生活节奏加快，写长篇小说的作家已越来越少了。可徐焱这位80后的年轻作家，却仍坚持在长篇小说的文学园地里辛勤耕耘，受到文学创作界、评论界多位知名人士的赞赏。特别值得一提的是，近年来，她还结合自己所在单位的情况，创作了多篇描写护工生活的短篇小说，2023年年初在《青年文学家》杂志上发表了全国第一篇护工小说《穿越血缘的爱爱》后，现形成了一个护工短篇小说系列，并确立了她在反映护工这一社会基层群众热情为病人、老人服务的群体生活文学作品的影响和地位。

2023年年底，徐焱加入了上海浦东新区作协。2024年6月2日，还担任了《青年文学家》浙江作家理事会事业发展部部长。在此，我对她表示祝贺，并希望她在今后的文学创作中，能在长篇小说、短篇小说和诗歌创作中，特别是在护工小说这一领域中不断有新的突破，取得更大的成绩。

（作序者系中国报告文学学会会员、中国散文学会会员、中国纪实文学研究会会员、中国管理科学研究院人才教育培训中心首席客座教授兼学术委员会研究员、钱塘江文学社社长兼总编、《青年文学家》浙江作家理事会常务副主席、中关委杭州家庭教育指导中心常务副主任、新三味学堂秘书长兼导师、远航诗社副社长兼秘书长、著名作家、文学评论家、历史文化学者）

目　录

第一章　令人吓出冷汗的内部消息……………………… 001

第二章　景兮和书碟的不寻常对话……………………… 005

第三章　突然间闯进职场的麒麟女……………………… 013

第四章　戴薇与苏西不同职场态度……………………… 024

第五章　正面的江沅与多面的容露……………………… 033

第六章　包罗与以冬不同竞争方式……………………… 047

第七章　景兮的不幸人生坠落之谜……………………… 051

第八章　麒麟女背后的真相与结局……………………… 074

第九章　江月的智慧与容露的倒台……………………… 093

第十章　聪慧的书碟迎来职场好运……………………… 132

第十一章　范妮犯罪成为公司大地震…………………… 138

第十二章　林沐被大军骗钱遇到危险…………………… 147

第十三章　苏西为护工行业作出贡献…………………… 183

第十四章　江月终于迎来了新婚佳期…………………… 203

第十五章　书碟不同一般的人生身世……………… 223
第十六章　以冬和书碟爱情圆满结局……………… 232

你若盛开，蝴蝶自来（后记）……………………… 239

第一章　令人吓出冷汗的内部消息

001　茶水间里的秘密谈话

"你看见了吗？她今天脸色很差耶！"

"切，她脸色怎么样，我不关心啊。不过，你可有得受了哦，她可是你的顶头上司，你可得小心点。"林沐，激情澎湃，手舞足蹈，叽叽喳喳，看样子很气愤。

林沐，市场部秘书，公司工作4年的老员工。深得老板的厚爱，虽然一直没有升职，但是在公司的地位还算稳固。所以，在公司常常口无遮拦，不小心就得罪了人，但是她的良心并不坏，是根直肠子，有什么说什么，什么话都不拐弯。

"呃，管她去呢，我干我的活，我可得纠正你一点啊，她可不是我的顶头上司，我的顶头上司是我的主管，在我们公司，级别可以用地雷分割的，小心越级！轰死你，还不知道怎么死的。"范妮善意提醒，言语中免不了有太多的抱怨。

范妮，人力资源部秘书，在职时间一年，因为身后有一个大靠山，心高气傲，也从不把上司放在眼里。

"什么越不越级的，谁定的规定？这年头我们都是给老板打工的，还分什么狗屁级别？搞笑不！你们人力资源部定出来的狗屁理论吧！哼——你们那个老大啊，还规矩贼多！"林沐漫不经心地调着咖啡，抬眼望了望黄浦江边，用手指了指黄浦江上的游艇，"哝——哝——哝——看见了吧，她——你们那个装得跟个人儿似的老大，充其量就是我们现在看到的那条游艇，小得很！别以为在外滩看到她，老壮观了。其实啊，在老板眼里她就是一条小虫，没什么大不了的，自己把自己当人看了！"

"林沐，你是不是对上次那件事情还很生气呀？你对她意见不小哦。"范妮挤了挤眼，在林沐身上蹭了一下，坏坏地笑。

她们相视而笑，异口同声："哈哈哈——只可意会，不可言传——咯咯咯。"

"我说，今天我们两个说的这话，出这个门就得忘了啊，现在公司里帮派多，不好混呀。你这小丫头，在我面前讲讲你们领导就算了，在别人面前还是小心点，别人可不知道你背后的那个靠山，都还以为你是自己应聘进来的！"林沐好心叮嘱着。

"干吗啦，打狗还看主人呢，不知道还好呢，谁欺负我，我那靠山看着呢，对我不好不也是不给他面子嘛。我看谁有那么大胆子引火烧身，自取灭亡，哼！"范妮一脸不屑。

"那我帮你宣传宣传去，就说我们范妮背后有个大靠山，得当公主供着。"林沐诡异地笑。

"哎——哎——哎，这事可就你知道啊，不能说的，我那靠山说了，不可外传的。"

"切——小样儿！"

"哈哈哈。"

又是一阵闷着气的笑声。

002 神秘高人指点迷津

刚从洗手间路过茶水间的书碟，无意间听到这番对话，不禁惊出一身冷汗，怎么样都死不死的，都得死吗？左一句怎么死的，右一句怎么死的，这也太吓人了吧。这家公司到底怎么样呀？怎么这么诡异呢！还有，这也太损了吧，背后讲人坏话。她下意识加快了步伐，朝自己的座位走去，脑子里蹦出一个又一个疑问。

"亲爱的——我们中午去新开的那家川菜馆吃饭好吗？"

"呃——老大，中午那点时间够点菜的吗？"

"跟着老大你怕啥——中午我请客。"

"哇——老大，爱死你喽。"

第一天到公司上班，书碟到人力资源部给人事主管送了几封快递，也许是公司里的人大多数都出去了，气氛还算轻松，人力资源部经理容露跟人事秘书范妮正黏糊糊地商量中午的午餐问题。

走出人力资源部的大门，书碟好生羡慕，以后要是能碰着这样的领导该多好？对待自己的下属那么好，一点架子都没有。

书碟托着腮苦思冥想，怎么都不明白，为什么才一天工夫，她就能在背后说她？这也太假了吧。当面还那么能装，谁是谁非，对于这个初来乍到的小前台来说，还是不要多想的好，估计脑子想歪了，对她这位职场新人来说也想不明白吧。

书碟立刻停止了思考，在微信上弹了一下她的那位神秘高人，想请他指点迷津。

"在吗？"

"在呀，遇到事情了？"

"是呀，今天我听到不该听的事情了，犯糊涂呢。"

"怎么了？"

"两个同事在茶水间讲领导坏话，我全听见了，损得很哪。"书碟还发送了一个流着汗的表情。

"她们知道你听见了吗？"

"不知道，我没敢继续往下听，悄悄走了。"

"那就好，这种事情千万别掺和，知道吗，就当什么都不知道，记住那天我跟你说的话。"

"呃——好吧，可是我觉得没劲，这家公司是不是不好呀？"

"公司没有不好，不要受他人的影响，知道吗，谁笑到最后才是真本事。她们眼里的不好是她们的事情，对于你来说，没有任何影响。见人三分笑，别忘了无论是她们眼里的好人坏人,你都要做到人人平等对待。"

"嗯,我知道了。耳朵装个过滤器过滤掉了。甘于做好我这个平凡的小岗位了。"

"这就对啦,记得把聊天记录清空。注意自我保护。"

"知道啦!"书碟发送了一个笑脸。

"Hi,书碟,给我一个快递信封,我这里有一份私人文件需要邮寄。"人力资源部经理容露满脸严肃地走了过来,好像是有心事在琢磨。

"哎,好嘞,给您。"书碟笑嘻嘻地迎合她那严肃的面孔,心里像有一个锤子一锤锤般撞着心口,难不成她看见我的微信对话框了?她害怕极了!有点尴尬,有点委屈。

几分钟后——

"好了,我把零钱给你,待会麻烦你帮我给快递师傅。谢谢!"容露报以甜甜的笑。

她笑起来还是挺慈祥的,妈呀——刚才吓死我了。兴许人家做领导的都这样吧!高人说得没错,见人三分笑,我对她笑了,她会明白的。嘻嘻!呼呼——书碟默默地在心里龇牙咧嘴。

第二章　景兮和书碟的不寻常对话

003　景兮打来的电话

"我想我会开始想念你,可是我刚刚才遇见了你……"正准备洗澡的书碟,手机突然响了起来。

手机屏上不断闪动着景兮美丽的大头照,估计又有什么好消息了吧,这个小丫头总是不会挑时间,想呼就呼,作为大学四年的室友,书碟早就习惯了。

"喂——书碟,睡了吗?"景兮嗲嗲的声音照旧。

"嗯,亲爱的景兮,又有什么好消息要告诉我了吗?呜——呜——呜——"累了一天的书碟显然已经疲惫了,边打哈欠边捂着嘴巴说话。

"亲爱的——怎么这么困呀,都忙什么了啊?有一个月没给我打电话了吧!"景兮嗲嗲地抱怨。

"咚咚咚——"轻轻的敲门声响起,房门被挤出一条小缝。

"小姐,我都收拾好了,您这边还有什么需要我做的吗?"景兮的保姆阿姨,轻轻地问。

"哦,没事了阿姨,先去睡吧。累了一天。"景兮捂着话筒,轻着声,朝着阿姨摆摆手。

"哎呀——我忙呀,这不刚稳定下来,准备周末挑个时间给你煲长途电话粥呢,我现在收集的材料还不够向您汇报的呢!"书碟顺手拿起谭木匠的梳子梳理头发："刚才是你家谁呀？"

"哦，我家阿姨，我一个人住有点害怕，正好请个阿姨做做饭，搞搞卫生什么的。"景兮转过头对着衣橱上的大镜子照了照，粉嘟嘟的脸蛋，依旧那么美，她很自信地挤了挤嘴角，接着说道，"都干吗了呀？小样儿！工作找到了吗？打算就定居上海吗？"

"是呀，刚上班才两天，你这个电话还真及时。再说了，我爸爸给我在上海房子都买了，还想走啊。哈哈哈！"

景兮和书碟就这样有一搭没一搭地煲着电话粥。书碟住在新装修的一室户里，感觉还是蛮不错的。除了小区环境还有房子年代久远了一些，室内的装修跟时下流行的单身公寓没啥区别。

"混进电视台了？"景兮有点惊呼，发挥超人的想象力先声夺人。

"别扯啦！哪有那么好的命呀？你也知道我的家庭情况的，在上海没有人脉没有资源，进电视台想都不敢想啦！"书碟嘴尖鼻子翘，显然有点怀才不遇的样子。

"啊——我们这个大才女加大美女太可惜了吧，哎呀，你这个一级甲等的普通话也有点可惜了——那你现在做什么工作啊？"景兮从电话那头传来不断的叹息声。

的确，她们都是骄傲的花骨朵，有学历、有颜值。但凡是有一点眼光的人，都能看出她们绝对是生活中的聚焦点，闪光灯照耀下的鲜花。她们有着一般人不敢想象的未来和命运。然而，书碟的选择的确出乎了正常人的判断。

"我现在——现在——哎呀，反正是一个平凡的岗位啦。"书碟有点不好意思公开自己的职业。

"干吗？一个窝睡了4年的姐妹都不肯告诉，你到底做什么啦？快说，哎呦——急死人了，跟你说话。我还不是担心你吗！在上海你无亲无故的！"景兮显然很关心书碟急切地问，声音不免有些激动。

"告诉你，你可别跟其他同学说啊，我现在在一家香港的上市公司做——前——台！"书碟说完前台两个字，声音显然暗淡了很多，深怕景兮听清楚了。

"什么？什么——？前——台？！你现在去做了一个小前台？！"景

兮显然不可思议！差点晕过去。

"别激动嘛，我都坦然接受啦！"

"不是啊——书碟，你忘了我们是什么学校出来的吗？堂堂北京电影学院出来的本科生，去做了一名小前台！你知不知道？我们其实是有机会进娱乐圈的，我们也可以是未来的大明星。可是你——也太憋屈自己了吧！"景兮的话，电闪雷鸣般，敲击着书碟的心。

她的心口生生地疼！

"景兮——你听我说，其实没有你想象的那么糟糕啦，我选择了江佑公司的前台也是有原因的。毕竟他们是一家上市公司，岗位是很低，可是有发展的空间。何况我现在什么经验都没有。在上海唯一不缺的就是人才，所以我不能定位太高了，欲速则不达。"书碟心平气和地给自己找了一堆理由，但是她不会告诉景兮她背后的那个神秘高人。

当初N家公司向书碟发来了邀请函，很多人也许都是冲着她的母校——北影的好奇而来的。很多单位都会问及明星、娱乐圈的潜规则之类的八卦问题。书碟接受了大众对北影的好奇，对任何问题都是有问必答。

书碟也无法理解神秘高人为什么只看中了江佑，尽管其他的都是什么董秘、董助之类的高层领导身边的红人。当时，她也是心不甘情不愿地接受了高人的建议。整理了好几天的情绪才进入状态，进了江佑公司。

当然选择这个岗位，自然有高人的原因和理由，有一点可以肯定的是，他绝对是为了书碟的前途考虑，为了书碟好。但是高人的存在和想法，她没有必要跟任何人去说，甚至是她的闺中密友，因为作为同龄人的她们也许无法理解更深层次的原因。

"我知道的，书碟你跟我们的想法都不一样，你一直都想靠你自己的实力去征服世界。只是我不想你太委屈自己。那公司给你的薪水高吗？"

"能生存的吧。我现在不用租房，拿的工资够糊口就行。再说了，我家里对我的要求不高，他们不看重我的薪水，只要我自己做得开心就行。"

"那到底有多少？"景兮打破砂锅问到底，其实她并不是想拿书碟与自己做个比较，她是真的想知道书碟的选择是不是值得。

"2000多吧。"书碟有点紧张，她明白景兮接下来的反应，她紧闭双眼等候震撼的分贝。

"书碟！"景兮简直要气晕过去，"与其这样，你为什么不去你家人给你安排的那家小电视台呢？你脑子进水了吧？"

"可是那不在上海呀，我不能把那个电视台搬到上海来吧！没事的，景兮，别为我担心了。我觉得无所谓了，大丈夫能屈能伸，我也可以的嘛。这点小意思我不在乎，我就当来学习了，还不用交学费，多好，每个月还能挣个两身衣服的钱，你看还是我赚了呢！"书碟自我安慰，爽朗地笑着。

"你这个鬼精灵还是那么乐呵，好吧，不要白吃苦，只要你开心快乐就行，有什么需要我帮助的你尽管告诉我啊！"景兮的表情终于阴转晴了，她知道书碟有着她们没有的胆识和内涵。

"景兮，该说说你了呀，快告诉我，最近情况如何？"书碟小女生的好奇表露无遗。

"呵呵！"景兮笑而不答，很神秘的样子，其实她是在挣扎，她不知道该如何开口告诉书碟这一切。

"好啦——别卖关子啦，就知道你有好事！"

"算你猜对啦，我换男朋友啦！哈哈哈！"景兮貌似很幸福的语气。

"什么？晕，又换啦！之前那小伙子不是挺好的吗？房子给你买了，还在玄武湖边上，每个月供你1万元生活费，你就坐享其成，还不知足，把人家踢了？"书碟很诧异同时也很无奈！

"哈哈哈——哈哈哈！"景兮依旧傻笑，她不知道如何能让书碟理解她这种对待爱情的方式。

"哎——哎——你晚上吃错药了吧，净会傻笑！葫芦里卖什么药呢？"书碟不解，觉得这个女人不可理喻。

"小样儿，你说的那个人都是我前任的前任男朋友啦。"

"什么？这么快！你换几个啦？不是因为他给你买房子，你才弃北从南的吗？"书碟眉头大皱，提高了嗓门。

原本在北京的时候，景兮有一个男朋友，因为那个金岭的男孩穷追不舍还许下只要景兮去金岭就送她一套房子的承诺，景兮才动了芳心，忍痛割爱，把她那个还算喜欢的男朋友给甩了。

"此一时彼一时，我觉得他不是我最终的白马王子，所以就分手了。"

景兮很平淡，她的眼神是空的。她信命，曾经有个算命的说这辈子她得不到真情，但是会有很多金钱。

景兮对待感情总是这么冷漠，大学四年，她的男朋友就像衣服一样换来换去，大家虽然习惯了，可是总是不免为她的将来担忧。

"那你现在住哪里？"书碟急切地问，虽然她的年龄是宿舍里最小的，但是她的理性完全掩盖了她的真实年龄。

"就是他送的房子里啊。"

"没要回去？"

"没有，是我一个人的名字，法律上来说他已经赠予给我了，还有再要回去的道理？你还记得不？我们上大四那年，他左一个爱我、右一个爱我的，信誓旦旦的，现在要回去了，不是自己搬石头砸自己的脚！再说，这套房子他也不在乎。"景兮的语气越来越淡，她内心咯噔一下，愧疚了，她也知道自己是一只披着羊皮的狼。

"嗯，那倒也是，你啊，也不要总是玩弄别人了，有真心的，就包容一些，不能因为年轻就放纵自己。那样不好的。"书碟语重心长，虽然知道这不计其数的开导对景兮来说也是左耳进右耳出，但是她还是不放过任何一个可以灌输的机会。

"知道的，不能怪我，只是缘分没有到而已。"景兮轻描淡写，为自己的花心找了一个很好的理由。

"在他之后你又谈了个谁啊？"书碟突然想起来，刚才景兮说的这个男孩已经是前任的前任。

"鼎贺集团的总裁，张总。"景兮永远是这样的波澜不惊。

"哇塞——鼎贺集团，张总？"书碟有点不敢相信自己的耳朵。

"瞧你——小样儿，别激动了！"景兮有点不屑这个张某人，随手抓起了遥控器，打开电视，掩饰一下郁闷的心情。

"那他送你什么了吗？"书碟知道景兮是个标准的物质女，她的爱情永远建立在物质的基础之上。

"送了，宝马一辆。"景兮不以为然。

"哇塞——你牛，你真牛！景兮，你现在可算是超级富婆了吧，你看刚毕业，房子、车子都有了。"尽管书碟也希望早点过上这样的生活，但是她一点都不羡慕景兮，她总觉得那样不踏实。

"还是那句话，人各有志，我们几个的世界观和价值观都是不一样的。但是我们有一样东西是一样的，那就是我们之间纯洁的友情，这是金钱和物质所无法替代的。哈哈！"景兮虽然对待爱情总是吊儿郎当，但是对友情还是相当认真的。

"也是啊，果子刚毕业就嫁人了，不过，她挺幸福的，一毕业就实现了她伟大的梦想，做了全职太太、标准的少奶奶。"书碟的眼神里荡漾着对果子的羡慕与祝福，还有欣慰。同窗4年了，大家的感情基础已经很深厚了，她们都希望自己的姐妹们都能找到属于自己的幸福。

"你看啊，干得好不如嫁得好，我觉得果子的抉择是正确的。"景兮又漫不经心地对着镜子摆POSE。

她总是那么爱美，就是逛街的时候，办公楼的反光玻璃她都不放过，炫一把。甚至连唇膏上的金属表面都一定要照一照，哪怕只看见一个小小的眼珠子。不可否认，景兮是宿舍公认的第一美女，她的美无可挑剔。甚至有很多人都认为她整过容，可是知根知底的书碟知道，她没有，的确是货真价实的天生丽质！

"那要嫁得好，首先得干得好呀。"书碟反驳。

"你这样说，某些状况下还是对的，但是你想啊，我们跟一般人不一样。"景兮总是那么高傲。

一直很低调的书碟，不解地问："怎么就不一样了呢？"

"我们是什么学校的啊？大名鼎鼎的北影啊。你看我们的师姐一个个成了明星！唉——可惜我们当时没能进表演系。"一心想做明星的景兮，运气总是那么差，那么好的天分，埋没了。

大学四年她几乎放弃了她的梦想，但是她又重新树立了姐妹们无法理解的理想，就是像师姐们一样，每个周末能有辆名贵的车，在校门口接她度周末。

"可是干传媒也不错啊！"

"也行，专业不是问题，关键是学校，不过我觉得现在我的生活也挺好的，无所谓做什么工作了。"景兮起身，站在了落地窗前，拉开纱帘，便看见美丽的玄武湖夜景。她坐到了飘窗上面，盘窝着，惬意至极。

其实，大家都知道，过惯了这种富贵生活的景兮，已经没有适合她的工作岗位了。很低的薪水，她不接受，普通的岗位，她不屑，可是没有任何社会资源的她能做什么？

"呃——那你现任男朋友是做什么的呀？"书碟战战兢兢地问，她虽然早有心理准备，但还是无法接受她在这么短的时间就换了3任男朋友。

"这个人你认识。"景兮神神秘秘，她知道如果书碟知道了就是他，一定会大失所望。

"什么？我认识？"书碟转悠着圆溜溜的大眼睛，努力思考，"想不起来。"

"还记得果子结婚那天，我们从金陵饭店吃完饭，不是去1912酒吧玩的吗，就是跟我一起跳舞的那个人呀。想起来了吗？"景兮试图让书碟回忆起那个人。

"他？那个死——胖子？光头？"书碟差点晕过去。

"好啦，别大呼小叫了，又不是要你跟他谈。不早了，我们下次再聊吧。"景兮每次遇到无法解释的事情，千遍一律地选择逃离。

这边电话刚挂，那边景兮的手机又闹腾起来。

"宝贝儿——跟谁通这么久电话？"一个低沉的男中音。

"我大学同学啊，就是上次你看见的那个书碟。"景兮嗲嗲的声音比刚才翻了个倍。

"哦——我说呢，不是男人，我不管你。出来吧，我们去1912酒吧，马上到你楼下接你。"他的语气没有任何色彩，像往常一样命令着，不给对方任何选择。

"我今天逛街累了啦。"景兮有点为难。

"可我已经有两天没见你了，这不刚出差回来。快点下来吧，给你带了LV皮包，看看喜欢不？"他的语气里带着强硬加点诱惑。

"呃——那好吧！"景兮的疲惫已经被他的那个LV皮包一扫而光。

书碟躺在床上，翻来覆去，难以入睡，窗外的月色很美，夏天深夜里的昆虫叫声混成一片，也成了这夜色里独特的交响乐。她起身走到窗前，望着满天繁星，一幅幅画面，一段段回忆，在脑海里浮现。

果子富丽堂皇的新房，喧嚣的婚宴；

景兮那夜的沉醉，舞池里那个与她扭在一起的胖男人；

快节奏的生活，琐碎的工作；

戴着假面具的同事，各取所需。

哦，这一切，好像有点乱，不，实在是太乱。

书碟一时间无法理出正常的头绪来，她的生活也因为各种纷杂的世间百态而迷茫起来，也许是因为景兮的不自重而心情比较郁闷，才会因此而失落。

想想白天那个乐呵的自己哪里去了？

转身，书碟倒在床上，试图让自己睡着。

可是，回忆就像电影一样循环播放着，她无法控制。依旧翻来覆去，头痛！

好吧，不睡就不睡，再次起身从书架上抽出一本书，仔细翻阅起来。渐渐地，她沉浸在作者的文字里。慢慢地，心情好了起来，原来阅读也可以让郁闷一扫而光。曙光又出现在书碟的眼前。

啪！

书碟关了灯，不用再数羊，她应该可以睡着了吧。她自信满满，期待美丽的梦境。

第三章　突然间闯进职场的麒麟女

004　"麒麟"突降办公区

又是一个阳光灿烂的早晨，书碟精神饱满，出了地铁站，又钻进办公大楼。

门厅处物业客服甜甜地笑着，热情地跟业主打招呼，书碟点头示意。

换好工作服，不到半小时，有人说外面下大雨了。这个夏天就是这样怪，天气就像孩子的脸阴晴难断呀。

一个人在心里默默地感慨完之后，便开始工作，今天的工作有点烦，到了发放办公用品的日子了，估计整天都会有人陆陆续续过来领。一堆的快递没有签收，一堆的传真件没有分发。

加油、加油！书碟在心里给自己打气。

她一边抓起电话，歪着头夹着话筒，通知同事过来取快递，一边又在迅速打开邮件，看看今天会议室的使用状况。

电话没有接通，便先挂了，书碟仔细琢磨起事来。

不知道电脑液晶屏太薄还是自己忙得头晕了，居然在结实的桌子上微微颤抖！

地震了？难道又一个5·12？这里可是陆家嘴金融区，妈呀这可损失贼大啊！不行，我是不是该赶紧下楼避一避？

向来珍爱生命，也超级爱幻想的书碟的思维开始漂移，估计这时候已经越过了对面的黄浦江，漂到浦西外滩去了。

说来奇怪，地板也有了微颤的感觉，书碟赶紧低头用她那细细的高跟鞋跺了跺地板。没事呀，挺结实，妈呀估计是得脑神经衰弱了吧。天呢，到底前辈说得没错呀，上海的快节奏高压力下，有些人身体都亚健康了！

唉，可怜的书碟摸了摸额头，检查一下自己是不是发烧出现幻觉了。

"嗖！"

一个黑乎乎的庞然大物从她眼皮下飘过，有点晕。

今天是周一，公司大小会议都爆满，同事们一个个都忙得恨不得一劈两半，就连出来倒水的人都很少，连个人影都没有，阴气十足。

书碟的心里有点发毛，难道是鬼，这个写字楼里有鬼？可是也不会呀，百儿八十层的高楼里全是人，阳气人气很旺很足的，足以压死地底下的阴气吧。

"吼、吼！"

书碟听到轻微的喘气声，有点像狗，也就是狗拖着老长老长的舌头，喘气的声音。她越想越离谱，再也不能把头埋在前台下面，赶紧站起来看一看吧，这是工作职责所在，万一是小偷呢，趁着不备偷了公司财产那可就麻烦了。

"站住！"书碟都没敢睁眼，完全是背着那个黑影大呼一声："不许动！干什么的？"

话音刚落，书碟勇敢地转头，朝那个庞然大物瞄去！

"呲！"

就在那迅雷不及掩耳之势时，她竟然与那个麒麟般怪兽目光相撞！

"啊？"书碟张大嘴巴，僵硬在那里，着实吓得浑身发毛。

她那双水汪汪的大眼睛忽闪忽闪不停地眨巴着，她仍然不知道是不是幻觉，用那双纤细修长的玉指揉了揉双眼，差点把早上刚化的漂漂亮亮的心灵之窗，蹂躏成一双大大的熊猫眼。

哦，形象的重要性，让早就有点神志不清的书碟慢慢苏醒过来，她爱惜地用食指撑了撑，因受到外部刺激而微微倒塌的那两把小扇子。再眨巴一下，睫毛呼扇呼扇，迷人得很！耶！

005　前台闹剧

"看什么看？！你以为你长得很美呢？巴——子！"麒麟魔兽阴险地扇动着那张丑陋的嘴，瞟了书碟一个深深的白眼，不屑一顾地继续向里面办公区走去！

书碟知道，这个女人刚才在骂她。

"巴子"就是指乡下人、外地人的意思。

刚来上海不久第一次听到有人这样骂自己，书碟没有什么特别的反应，只是更加证明了一点，大家公认的上海人自以为是、麻木自大的特点。

当然这只是小部分的上海小市民，真正有修养的上海人并不是这样的。没有计较的必要，跟她计较有失自己的身份罢了。

"等一下、请等一下！女士。"

书碟赶紧从前台绕了出来，一个箭步拦在了麒麟面前，"对不起啊，公司规定，有约的客户需要在前台等待约见的工作人员带您进去。您要不先联系一下好吗？不好意思啊。"书碟彬彬有礼，并非常友善地说。

"什么？还要预约？他是谁啊？去、去、去，让开，让我进去！"麒麟面目狰狞，一把就想推开拦在面前的书碟。

说来也奇怪，书碟丝毫未动，看来大学几年的跆拳道没有白练，身高168厘米的她看起来挺单薄，没想到倒很结实。

麒麟见状怒睁那双杏仁眼，"怎么啦，想打架？我是顾客，顾客就是上帝！我想进来就进来，你不让开我可不客气了。"说罢，麒麟两手叉腰，并叉开那双与身材极不匹配的双腿，像个细脚伶仃的圆规。

门口的保安师傅见状不妙，两人一个跨步上来，架上麒麟，拉回了前台。到底是退伍军人，对付这样的一堆肥膘也不在话下。

"这位太太，请问您找哪位？可以让这位小姐帮您传达一下。但是您现在不能擅自入内，冒犯了，请您谅解。"

英俊潇洒的年轻保安一席话之后，本就花痴的麒麟情绪有些稳定下来，但仍旧昂着头说："找你们运营总监，我要退货！还有，你们一个个的叫我什么？什么太太、女士的，我有那么老吗？本姑娘才20多岁。"

刚刚倒来一杯水的书碟，看她那副不以为然的自恋，差点晕过去，她与保安相视而笑莫逆于心，撇撇嘴。

"小姐，您先喝点水，请您跟我们说得完整一些可以吗？"书碟优雅地递过水杯，也按照麒麟的要求立即改变了称呼。

"我刚才不是说了吗？我是你们的上帝，我要退货，你们专柜不给退，我就来找你们运营总监问问，不行的话我继续往上找！"麒麟跷起二郎腿，远远望去就像等待烧烤的插上木棍的鸡腿，一团肥肉，让人直犯恶心！

"好的，请您稍等，我来帮您打个电话预约一下。"书碟转身走进前台抓起电话，几秒钟之后就听到，她好像一直在跟电话那头小声协商。

这时的麒麟倒有些安静了下来，很舒服地陷在软软的真皮沙发里，手里举着水杯，猪蹄一样的手指居然跷起了兰花指，眼珠子一直盯着门口的两位帅哥，从上到下，从下到上。两位帅哥不知道是害羞还是想吐，表情僵直，假假地笑，不停地朝她不偏不倚的目光点头，以示礼貌。

"妈呀，上帝呀，快来救救我吧，这样一个怪兽看着，叫人心里直发毛呀。用猪来形容她还怕玷污了猪那可爱样。"保安帅哥在心里默默祈祷。

运营部正在运营总监办公室的会议室里，召开运营会议，因外面办公区的电话铃声中断了会议。苏西急促地飞奔到座位上，抓起电话："你好，运营部。"

苏西，运营部秘书，在职一年。突出的工作能力，甜美的笑容，赢得大家的一致好评。优秀的秘书都知道，任何电话进来，必须在三声之内接听。

"怎么会这样？你先不要挂电话，我问一下我们经理，再回复你。"苏西耐心地听，眉头却紧皱，看来事情有点棘手。

"以冬，外面有一个顾客，说是过来退货，情绪不太好。现在要找您，非您不见，您看？"苏西关注着他面部表情的变化，迅速在脑海里搜索更好的建议。

"我知道，早晚会有这个人出现，情况没这么简单，这样吧，这两天集团的运营工作会议很重要，先回了她，就说我出差了。让她去购买的专柜约时间，我过去处理。"以冬深吸一口气，左手习惯性地撑起下巴。大家都知道，以冬的这个动作一出现，就说明情况的严重性。

"可是，以冬，现在她已经在公司前台了，而且情绪很激动，回了她是不是不太妥当，要不要先把她请过来，最好不要扩大在公司的影响？"苏西给出了不同的处理意见。她知道一名优秀的秘书，应该在关键时刻能给到老板合理的建议，这是很重要的工作环节。

"事情太突然，我得先想一下。没想到她来得这么快。"以冬深吸一口气，重重地吐了出来。

苏西没有继续劝说，而是按照他的意思回复了书碟。虽然是老大做的决定，但是她的心里还是毛毛的，慌得很，虽然在公司的工作时间才1年，但是凭借以前的工作经历累计起来也有4年了。根据经验判断，她总觉得老大的处理方式欠妥。但是，事情紧急来不及再讨论，只能先按照领导的指示去办。

书碟向麒麟重复了苏西的意思。

"怎么可能，不要以为我不知道，今天是周一，公司领导都不会选择今天出差的，让他出来！"麒麟气得从沙发上蹦了起来，刚倒的水，因为气场的突变而翻倒在茶几上。

"小姐、小姐，您先别急，先消消气。"书碟边安慰麒麟边用纸巾擦拭桌上的水，"您说的也有道理，但是在我们公司运营部是个特例，全国各地那么多连锁店，就是天天在外面出差时间也不够呢。真的是出差去了。退货的事情可以再商量，您要不今天先回去，好不好？"书碟像哄着小孩一样，试图说服麒麟。

"想让我走，没门！要不你让我自己进去看看，是不是不在！"麒麟转身再次走进办公区。

同样的情形又一次上演。刚入职场的书碟真的没辙了，她知道运营部的经理就在里面开会，她也知道既然说谎出差那是策略，可是现在麒麟非得进去，这样事情就会因此而闹大。

006　麒麟大闹前台求退货

就在这时，麒麟女开始解开上衣的纽扣，见状书碟吓得赶紧上去抓紧她的衣服，急不可耐："小姐！小姐！您这是做什么？这里是公共场合，请您自重！"

"走开，今天不给我见你们那个经理，我、我、我就脱衣服！然后，告你们非礼！"麒麟理直气壮。

这是什么逻辑，还有这样威胁的？书碟要疯了，那两位帅哥也要疯了！

"小姐、小姐，请您冷静一下！要不我再帮您看看是否可以让他们部门的其他人过来帮您处理一下？"书碟赶紧帮她把扣子系上，双手作揖，"拜托、拜托！先别急，我再去帮您联络一下。"

"老大，可不可以换个方式呀，她、她、她不管怎么样也是我老婆呀，我丢不起这个人。"听到动静的马克正与包罗协商着。

"这好戏刚上台，怕了？"包罗眯着眼。

"不是呀，这女人有病，她一急什么事都能干的！以后同事知道原来是我老婆，那我在公司真是混不下去了。"马克拉着那张树皮般沧桑的脸，艰难地狰狞，"即便是正常情况下，我也不想带她见人。您说她那个丑态，唉——我这辈子算是完了！"

"担心什么？能有什么事情？谁知道你还有这种老婆，来个死不认账。哈哈哈！"包罗摸了摸他那肩膀上的大脑袋，"等我上去了，一个萝卜一个坑，我这个坑不还等着你来填？你看看你自己什么条件，在上海不混出个样儿来，你有什么可以炫的资本啊？"

"是、是、是，老大说得对！听您的吩咐。我知道，我知道自己几斤几两。"马克接过了包罗的话，那些话这些年来不知道重复了多少遍了，他依旧是那副哈巴狗的德性。

"苏西，你赶紧出来一下吧，这位顾客我实在没办法招架了。快点、你快点出来，看看就知道了。"书碟心急火燎地打去电话。

这时的书碟脑海里又冒出了一个人——高人。心想，如果高人在场，也许事情还能得到控制，可是现在联系高人，时间也太紧促了，今天只能听天由命了。这个以冬也真是的，明明就在里面，为什么不把她带进去处理？在前台大闹只会把事情闹得更大。书碟思考着。

"以冬，无论如何你都不要出来，我出去处理。"苏西转身快步走进会议室，扔下一句话出了办公室。

苏西已经意识到事情的不可控性，她知道这个时候她有义务为了维护上司挺身而出。无论如何要把事情的影响和责任降到最低风险。既然已经说了谎，那么无论如何一定要把谎言继续圆下去。

"您好，您好，我是运营部总监秘书，他今天不在公司，您有什么事情可以跟我先说一下，等他回来，我第一时间帮您转达，尽快给您回复好吗？"苏西落落大方，思维清晰，遇事冷静。

"你们都不想好好解决问题，那我也不怕事情闹大！今天非见你们经理不可！"麒麟又一次要往里冲。

"小姐，小姐，先冷静一下，您这样横冲直撞的，您知道我们经理的办公室在哪里呀？我们到这边会议室先谈一下，好吗？"苏西用手拦住了麒麟，依旧委婉地轻言巧语，试图把麒麟先带进前台旁边的会议室。

"不让进是吧！"麒麟气得挥舞着摇晃欲坠的手臂。这家公司好歹也是上市公司，在国内市场品牌做得那么大，这些人肯定会顾全大局，一有风吹草动的媒体就会大肆渲染，我就在这里胡搅蛮缠，为了达到退货的目的，就可以不择手段，这样我老公的饭碗就算保住了。在所不惜，就是豁出老娘的身体也无所谓。哈哈哈——哈哈哈——麒麟，在心里疯狂大笑。似乎在迎接胜利的曙光。

公司有规定，售出去的货品无任何质量问题的情况下，一律不予退换，这是珠宝业的规定。如果出现退货，甚至大闹公司总部这种情况，那么运营总监当月甚至当年的绩效评比就算完了，这对于他的升迁评估会大打折扣。何况公司有流言传出，在下个财年公司要重新划分部门，在市场部、运营部（中国区）（海外区）、品牌管理部等公司业务部门内部竞选一个副总裁。连续3年内的各项销售指标、工作表现评估、绩效等各项考核都必须名列公司前列才有希望竞选成功。可见，在这节骨眼上，万万不可出一丁点儿错误。

因此，公司的内战已经开始，高管之间人前人后危机重重，战火弥漫。

苏西一直尽力劝说，试图把麒麟往前台正中央引导。在保安和书碟的一起努力下，麒麟被围在了前台正中央的位置。

这时恰逢快递公司的快递人员前来送快递。那人满脸好奇地愣在那里，完全忘记了手上重重的包裹。

"好，我不怕事情闹大，姑奶奶去法院告你们。告你们侵犯我的人身自由！"麒麟边说边开始脱衣服。在大家毫无准备之下，已经脱去了上衣，因为时值夏季，衣服单薄，已经露出了那月球表面似的凹凸不平的麒麟肥膘。内衣暴露在大家眼前，满身的呼啦圈，还有那两座珠穆朗玛峰般高高崛起的双峰，丝毫没有半点美感，她还试图脱去裙子。

苏西第一时间反应过来，强行把衣服裹在麒麟身上，"您见我们经理的目的是什么？我可以帮您解决的。但是，您不能这样不自重。请您把衣服穿上，快点、快点，快穿起来！任何问题我们可以坐下来谈，您这样脱衣服的行为解决不了任何问题。"

"师傅，赶紧的，把包裹单给我签收，不好意思，今天公司有事，需要邮寄的快件，下午您过来取吧。麻烦了，不好意思啊。"书碟签好单子，把快递师傅"护送"到货梯处。她知道这种事情不能扩散到公司之外。

007　身陷警局

"退货！"

"好、好、好！这个事情等我们经理回来一定给您一个满意的答复，但是现在他的确不在公司。"苏西晕头转向，手忙脚乱地紧紧抓住她的衣服。

"苏西，我们报警吧。这个局面已经无法控制了。"

在苏西的默许之后，保安叫来了警察。与此同时，也跟来了多家新闻媒体的记者。谁知，那位爱好看热闹的快递师傅，竟然拨打了新闻热线。

苏西见状赶忙上前招呼:"记者朋友们,请不要拍照,只是一点小误会,相信我们会处理好的。谢谢大家的支持!"

随后,警察强行带走了麒麟,为了调查事情的真相,苏西和其中一名保安一同前往。

"事情还是闹大了。"以冬表情僵硬,运营部的会议因为苏西的缺席暂时中断。

"我们还是相信苏西她能处理好的。我们耐心等结果吧。"戴薇顺便替以冬加满了水,安慰着。

"老大,怎么把110都给整来了?这女人还是把事情办砸了,越闹越大!唉——"马克羞愧难当,心急如焚。

"我也没有想到,你这个老婆想出这个损招!我的目的只要退了这笔单子就行了。谁知道她做出那么损的事情!一哭二闹三上吊的,现在只能听天由命了!"

包罗也没有想到事情的发展远远超过了他的预想,一支又一支抽着烟!他不能肯定,在派出所这个愚蠢的女人会不会全盘托出,把他扯进去,这样结果不堪设想。

在公司内战中,对他来说最大的竞争对手就是运营总监以冬。所以他第一个要搞下去的人就是他!向来做事严谨的以冬,总是让竞争对手无机可乘,想要搞倒他达到目的,看来不出点卑鄙的手段是不行的。为了保险起见,包罗这才用了他的老走狗——马克!但是,一旦计划失败,那他将会引火自焚,直接退出内战,甚至退出公司!只要他还有一点脸皮的话!

马克这个人说他无才那就太委屈了,他最大的才能就是——马屁精,他这一点优势是任何名牌大学的文凭所无法替代的!不得不承认,他还挺会生存!俗话说,"物以类聚人以群分",因此找到一个臭味相投的上司才是马克真正的出路!

"你知道自己是什么行为吗?"英姿飒爽的女警官严厉地讯问。

"我——我——我。"麒麟耷拉着肥肥的脑袋,支支吾吾。

"你的背后有人指使吗?"女警官目光犀利地盯着麒麟问。

"不、不是,我只是想退货,他们不同意,赶我走,还、还威胁我说,不走就扒我的衣服。"故作委屈的麒麟居然还假戏真做滴吧着眼泪。

"警官，不是这样的，我这里有录音笔，现场的录音都在里面。请您查实！"苏西递过录音笔，"另外，我们前台处是有监控的，您可以去调取录像，还原当时现场情况。"

在职场打拼多年的苏西，预感到事情的不可控性，从办公室顺手带出了录音笔，悄悄放在口袋。

"是你自己交代呢？还是我们调取当时的录像？"女警迅速把眼光从苏西身上掉转到麒麟那副丑陋的嘴脸。

"不，不用了——我——我交代！"麒麟深深地低着头，"我只是想他们给我退货，情急之下才出此下策！对不起！警官我错了！我不退了！"麒麟突然转身，向苏西深深鞠躬，"对不起，小姐，我错了，妨碍到你们日常办公了！以后再也不会了！"

苏西对麒麟的迅速转变，不知所措，与保安帅哥面面相觑。

"苏小姐，她已经意识到错误了，如果你们能达成和解的话，你们都可以走了；如果您不同意和解，那么我们将可以按照《治安管理处罚法》对她予以处理。"

"不必了，警官，这件事情平息就好，我们不追究了。希望大家能够和平解决问题。不要采取过激的手段。"

此时的麒麟已经在心里懊悔不已，自己怎么会做出如此冲动又丢人的事情来！回家后老公一定会劈头盖脸地一顿狠骂。本来也是为了迎合他，才去完成他的老大交代的事情，没想到把事情办砸了不说，还出了这么大的洋相。苏小姐的宽容，着实让她无地自容。

这时的包罗仍旧不愿意善罢甘休，他知道今天以冬没有出现，这事情就没有达到目的。他转溜着眼珠子，眨眼工夫就琢磨出一个鬼主意。

他抓起电话很麻利地按下几个数字，拨通了总裁秘书江月的电话，"Hi，江月，我是市场总监包罗，麻烦问一下，江总10点的会议照常进行吗？"

"是的，如果有特殊情况，我会在OA上留言给大家。"江月边整理文件，边接着电话。

"刚才前台发生的事情，江总知道了吗？110都来人了。"包罗想进一步导演这场戏剧的发展。

"啊？有这样的事情？刚才江总一直在看各部门的周报，现在估计还在继续。有其他事情吗？没有重要的事情，那先这样吧。我得把开会的材料再准备好。"江月敷衍几句便挂了电话。

她已经知道楼下前台刚刚发生的事情，公司里的小道消息通过网络传播得很快。她是个充满智慧的女孩，这种事情，她不会去给总裁打报告，偌大的公司大大小小的八卦实在太多了，总有人自作聪明地把状告到她这里。面对这种事情，她通常会很理性地处理，按照事情的轻重缓急进行筛选，尽量不卷入是非中去。何况她也知道这个市场总监的为人还有平时惯用的伎俩。

第四章　戴薇与苏西不同职场态度

008　绝处逢源

　　他可以对其权力范围内的任何人、任何事为所欲为,但是对于总裁身边的江月来说,他只是她工作中需要接触到的工作对象而已。不需要太奉承,也不需要针锋相对,大家相敬如宾,能够按照总裁的要求完成各项工作指标,便是万事大吉。

　　她在这个很多人所羡慕的位置上,公司各部门总有人想借助各种各样的理由,接近她、笼络她,但均未果。江月知道一个合格的称职的秘书,是不能有这种飘飘然的感觉,她不能让那样的错觉变成自己的工作职责。她并不是领导,只是在领导背后工作的人。

　　工作中她不能以公谋私,很多事情都要遵循秉公处理的原则。因此,很多人也在私底下意见不小,总觉得这个秘书高傲,一点都不给面子,一点都不能网开一面。这些事情江月知道,有时候她也会感觉到那种所谓"高处不胜寒"的无奈。但是也能很快地调整心态,依旧做众人眼里那个一成不变的高傲的丹顶鹤。

　　当然,这个高傲用在她的身上太牵强了。也许这样的工作职责无形中必须与其他同事画出一条界线来,很多同事看到她也是点个头问候一下,因为大家都有所顾忌,毕竟她是"皇帝"身边的人,得罪不得。因为,这个工作的特殊性,很多部门经理对她也是毕恭毕敬,不敢怠慢。

　　江月知道,想让所有人满意,那是不可能的事情。只有她的工作让总裁满意才是最重要的。

苏西长长舒了一口气，一身轻松地赶回公司，这件事情，她原本以为已经过去。然而没有想到好戏还在后面。

刚巧，10点05分，苏西及时出现在大会议室里。

各部门的人都到齐了，坐在大会议室里准备开会。大家看到气喘吁吁的苏西，开始骚动起来。各种疑问接踵而来。

"苏西，快点找个座位坐下吧，准备开会。"江月赶紧解围便开始主持会议："麻烦各位安静一下，把手机调到静音状态。"

"苏西，你出来警察同意了吗？"包罗嘴角挤出一丝不怀好意的笑。

苏西瞪了他一眼没有说话，而是赶紧坐到位置上，打开笔记本，立即进入工作状态。

并没有在意这一切的江总，满脸疑惑地看了苏西一眼，同时也瞟了一眼包罗，最后把目光定格在运营总监以冬的脸上，问："以冬，怎么回事？"

"呃、呃——是一个客户一早过来闹事。"以冬支支吾吾不知道该如何解释。

"江总，今天的会议内容比较多，这件事情放在会后吧。我们抓紧先开会吧。中午您还要赶飞机。深圳的那笔单子可是不能再耽搁了。"江月善意地提醒。

"嗯，先开会，这个事情，等我出差回来，以冬给我一个解释。"江总点了点头。

以冬向江月投来感谢的目光，点头示意，表示感谢。

江月抿嘴微微一笑，一切都在眼神中意会而过。例会终于步入了正常的轨道。

整个会议，苏西的思想一直在漂移，她已经预感到一场暴风雨就要来了。她做好了心理准备，甚至准备应对明天当地报纸有可能刊发的头版头条，然后就是公司的轩然大波。

第二天，江总出差了，江月忙碌的工作终于可以缓一缓。清静了不少，她稍稍整理了一下思绪便抓起电话，拨了过去。

"你好，请问华总编在吗？"江月微笑着问。

"你好，华总编，我是江月，好久不见，最近好吗？"江月的声音带着甜甜的笑。

"……"

几分钟后，江月轻轻挂了电话，给自己来了一个胜利的V字。

她摆平了媒体事件，这位华总编是她的旧交。在原来单位的时候，曾经合作过一次，很愉快。她的热情，她的随和赢得众多媒体朋友的好评。后来，他们成了朋友，虽然平时忙于工作，联系甚少，但是真的遇到事情的时候，大家还是能像过去那样，愉快地合作。

江月跟他讲述了整个事件的原委，请求华总编能够网开一面，取消这次的负面报道，整个事情只不过是一个恶作剧。

华总编也是一个疾恶如仇的人，性格刚烈耿直，听说了这个恶作剧心里也很生气，第一反应就是，决不允许这样的负面报道见报。

以冬，幸亏是遇上江月这样的好人，他还不知道江月在背后如此帮他，尽管在工作上，大家点头为止。对于善于察言观色的江月来说，公司里的任何事情都瞒不过她尖锐的双眼，谁好谁坏，她都明白，再加上一些小道消息传到这里总是那么快。

包罗的为人，全公司上下无人不晓，很多人都想逮着机会把他给弄下去，可惜老奸巨猾的包罗从来就是滴水不漏。

不过这次，他偏偏就是竹篮打水一场空，甚至会引火烧身。

合适的时机，江月倒是很想向江总反映一下，来自民众的呼声。

三天后……

"以冬，赶紧过来吧，江总找。"江月的话音干净地落下。

以冬的忐忑，在苏西锐利的眼光中，一览无余："以冬，我跟您去吧。"

"不，不，不用，这件事跟你没关系。"以冬深吸一口气，随手从办公桌上抓起记录本，准备出发。

"以冬，这件事就是我的关系，是我的原因，您不要忘了，眼下是内部竞选的关键时候，很多人都血腥地瞅着副总这个位置，我们不能功亏一篑！您也知道，这是一个圈套，何必硬是往里钻？让我扛吧！我的损失远远比您的少得多！拜托，我们大家都支持您，不要让我们失望！"苏西鼓足勇气，一口气说得以冬无言以对："给，这是我写的检讨书，请您签字并转交江总！"

以冬此时被苏西的举动意外得来不及思考，整个人愣在那里，不知所措！

"以冬，快签字吧，眼下只能这样做！"戴薇塞给以冬一支笔。

"苏西，谢谢你！"以冬凝重地吐出这几个字，颤抖着手在苏西的检讨书上签了字，并夹在本子里，走进江总的办公室。

"以冬，上次的事情可以给我一个说法了吗？"江总淡定地看着以冬。

"呃，对不起，江总，是我没有处理好，这是我的秘书苏西写的情况说明加检讨书，请您过目！"以冬，轻轻地把文件放在江总面前。

几分钟后……

"嗯！写的情况跟我了解的差不多，敢于担当！不错，你有这样的秘书是你的荣幸！"江总满意地点点头。

这时的以冬并不知道苏西在信里说了什么，意外的是得到了江总的高度肯定，他暗自庆幸。

"媒体那负面新闻没有见报，这算是幸运的。但是我们不能因为这次的侥幸就不总结。造成这次事件的原因，你要好好做个反省。当然，现在是非常时期，你的事着实让我替你捏了把汗！出差回来后，江月告诉我整个事情的经过。在我回来之前，江月就已经跟媒体打过招呼了，把这件事情捂了下来。"

"是的江总，您放心，我会深刻地反省一下，避免今后再发生这样的事情！"以冬的脸上荡漾着轻松的笑容。

"我对你有信心，这个副总裁的位置，明的是内部竞争，实际上我最大的期望是你。接下来的时间好好准备，千万不能再出什么岔子了。另外，对于苏西，不要追究了，敢于担当的精神我很欣赏。这次的绩效不要扣分。"

苏西耐心地坐在座位上等待以冬的归来，内心里一遍遍地在祈祷，祈祷江总能够宽容以冬。

几分钟后，苏西便看见以冬面带灿烂笑容走进门来。

"苏西，谢谢！你敢于担当的精神得到了总裁的充分肯定，这次因为总裁秘书江月的及时帮忙，媒体那边也摆平了，我们躲过这一劫了。"

"太好了、太好了！"苏西高兴地拍起手，不由自主地在座位上蹦了起来。

然而，这一切却在戴薇的白眼中一扫而过！

这几天一直暗自庆幸的戴薇在打着自己的如意小算盘，她来公司已经3年了，前两年都是很幸运地被评上了部门内优秀员工，然而，苏西出色的工作表现，很有可能会抢去优秀员工的宝座。那么，她出国旅游的美梦就要成为泡影了。

公司明文规定，连续3年被评为优秀员工的员工，可以获得出国旅游的奖励。这是很多新员工进来后的第一愿望，也是新员工工作的动力。

本来以为，这次的麒麟女事件，由苏西承担责任，那个优秀员工注定还是她的。没有想到的是苏西竟然因祸得福，不但没有受到惩罚，还得到了总裁的肯定。气愤加嫉妒，戴薇的肺在他们快乐的笑容里几乎要气炸掉！

月末的绩效评比终于出来了，苏西因为出色的工作表现，绩效分得了98分，列部门内第一，按照惯例，优秀员工非苏西莫属。当然，这在苏西的心里也没有当回事，她只是对自己的工作表现得到领导的认可而欣慰，她看中的并不是那一次的出国旅行。当然，从某种意义上来说，她只是想脚踏实地努力工作，每一次绩效的评比都是自己努力的结果。

恰逢以冬出差，这次优秀员工的评比，由部门主管戴薇全权负责，她把优秀员工留给了自己，良好留给了跟自己关系最好的一个姐妹，苏西最后只能拿走最后一张牌——一般员工。

她意外地得到这样的结果，心里很失望，她想不明白的是，自己明明是绩效分数最高的那一个，其他部门的优秀员工都毫无疑问的是绩效分数最高的员工，然而运营部却开了这样的先例。

戴薇有些忐忑的把评比结果，传真给外地出差的以冬，等他签字拍板。

一天、两天、三天过去了，以冬仍然没有回传那份意味深长的传真件。

009　苏西辞职

下班在家的苏西，左思右想决定给以冬打一通电话。已经3天了，行政部催了好几次了，全公司就只剩下运营部的优秀员工评比还没有交。

"以冬，那份优秀员工的评比，您签字了吗？行政部的人催几次了。就差我们没有交了。"苏西的语气跟往常一样的平静，只是在例行公事。

"我收到了，苏西，难道你就没有想法吗？"以冬对苏西的平静感到有些意外。

"以冬，我知道您的意思，是这样的，戴薇比我更需要这个优秀员工，她已经连续两年都评到了，加上这次的她今年就可以出国了。而——"苏西失落的心，不经意地流露了出来，"而我，拿到98分我已经很开心啦，我才来公司一年，就是评到了也不能出去的啊。还是给她吧。"苏西立刻调整了心情，她的脸上再次漾起阳光般淡淡的笑，但内心还是充满着矛盾，只不过没有说出口。

以冬知道苏西心里装着大家，她就是这样的善良，就像阳光带给每个人温暖和快乐。他尊重苏西的意愿，签了字，回传到部门。

一年来，苏西的付出，在这次优秀员工的评比中，并没有得到应有的肯定。她灿烂、积极的心，就像暴风雨洗礼后的清凉，她不知道自己的心什么时候才能热乎起来。自己好像总提不起心情，不能像刚进公司时有那种冲劲。职场不是她想象的那么简单，不是所有的付出都会有回报。经过这次的打击，她的心开始飘忽不定，也许这里并不是她的港湾。3年，连续3年，已然，这一年算是作废了，那么还有3年，必须再有3年的努力才有可能获得公司的出国旅游奖。想想都觉得好可怕。一年不长，4年太久远。

一年了，公司进进出出的人很多，年终是该给自己一个交代的时候了。

苏西的头脑里乱七八糟地想着，也许是对这件事情还没有释怀吧。

"苏西，晚上，我们去湘菜满园吃饭吧，我请客！"戴薇的脸上绽开了花。

"呃，有什么好消息吗，怎么突然请客了？"苏西报以甜甜的笑，心里有点纳闷。

"哎呦，还不是拿奖金了嘛！"另一个同事补充道。

"呃，恭喜啦，但是晚上我有约了，你们去吧。"苏西的心有点痛，但是脸上依旧阳光普照。

晚上，苏西找了借口没有参加她们的聚会，下车后，她转进母校的校园，一个人静静地坐坐走走。

她只有在母校的林荫小道上才能感受到那份久违的纯真！是社会同化了她们，还是社会排斥了自己？自己的简单、单纯换来的只是垫脚石。她漫无目的地走着，找不着前方的路。

又是一个早晨，晨会后，苏西轻轻敲响了以冬的门。

"请进。"以冬干练地回应。

苏西低着头，手拿一份文件，进了门。

"苏西，怎么了？"以冬看出来苏西的不开心，便和蔼地笑着说。

"以冬，我的《辞职报告》！"苏西轻轻递过报告。

"怎么？怎么突然想离开？"以冬失望地收回笑容，深感意外。

"我想回老家去，家人不放心我一个人在这里。"苏西抿抿嘴，脸上流露出淡定的笑。

以冬看了看苏西的辞职信，抿着嘴角："好的，我尊重你的选择，但是现在我不会签字，等半年后如果你还有这样的想法，再来找我。我暂时替你保管着。好了，你先去忙吧，接下来的运营季度会议的组织和主持工作是否可以准备起来了呢？"

苏西被顶头上司不加逗号的一席话给说懵了，她不知道以冬会是这样的反应。她非常清楚地知道，在不缺人才的大上海，公司永远都是甲方，员工只是乙方。虽然说，双向选择，但其实能真正双向选择的还是少数人。

苏西知道自己是幸运的，至少在这样的年纪，阅历还不算丰富，暂时不能为公司创造更大价值的职场小白，居然还是被领导给挽留了。一年来的往事历历在目，一边庆幸自己遇到了一位好领导，一边又为被戴薇算计而伤感，难道同事之间就不可以像朋友一样彼此坦诚吗？如果总是要去算计别人，或是被算计着，那么工作是多么悲哀的一件事情。自古世间万物就没有两全其美，月有阴晴圆缺，何况是人心哪！其实，这就是几千年来所未曾进化和改变的人性。

这一天，一直到下班归来，苏西一直心思重重，她无解的心情写了满脸。她并不在意一次出国的机会，只是没有想到同在以冬团队里的戴薇是如此有心计的一个女生，同是职场阅历不深的同龄人，三观却是相差了不是一代人的感觉。或左或右，对于有选择困难的苏西来说，此时的抉择真的好难！从内心来说，苏西想留在以冬的身边，协助他开展工作，做好运营部的工作。而另一方面，苏西想逃离，远离戴薇这样的小人。可苏西记得爸爸曾说过，有人的地方就会有矛盾就会有斗争。逃离是懦弱的表现，不如坦然面对现实，谅解戴薇也给自己一个机会。

一年前进入江佑公司面试时，以冬问苏西："为何会选择秘书这样的岗位，这不是一份轻松的工作啊。"当时，苏西眼神里闪烁着坚定，她不假思索地答道："因为我喜欢，所以我不怕辛苦！"

恰是因为苏西这样发自内心的真挚的坦白，而在众多候选人中脱颖而出，她顺利加入江佑公司。要知道在当时，对于一个职场小白，能加入江佑那得有多好的运气！

夜色已深，苏西躺在床上，毫无睡意。她眨巴着眼睛，望着窗外满天繁星，看着那轮清澈的月亮，思绪飘向了远古时代，在很久很久从前，古人也曾共度过这样的良宵吧。她想起了司马光在《资治通鉴》中将人分为4种：第一种叫圣人，才华和人品相当且非常出众，千年不遇；第二种人叫君子，人品优于才华，人品绝佳之人，也不常见；第三种人叫小人，才华出众但品德恶劣，一旦掌握核心即危害极大；第四种人叫作愚人：能力和人品都比较差，不好但可用无公害。历史是面镜子，能力和人品孰轻孰重，那一定是人品！如此，戴薇的行为似乎可以找到了答案，那么对于去与留也似乎有了答案……

绪　思

昨天，春带着遗憾
　　　渐渐离我远去；
今天，夏带着祝福
　　　悄悄向我走来；

被昨天撞痛的心
　　叫我，欲哭无泪
　　　　欲罢不能；

与夏日同行的你
　　　来到我的身边；
你的通情达理
　　　你的热情；

我没有让今天的身躯
　　　陷入昨天的泥沼；
没有让昨天的伤感
　　　腐蚀今天的情绪，
没有让昨天的沉重
羁绊今天的步伐；

我重新背起行囊
　　　扬起生活的风帆；

此刻，
月独为我明
　　风独为吾清
独享此景，独温此梦。

第五章　正面的江沅与多面的容露

010　小格局

人力资源部的经理容露和人事秘书范妮之间那点是是非非，作为公司里志向相投的死党林沐来说，她更像一个导演，在镜头外导演着这场没有结局的戏。容露任职的时间并不长，还在如履薄冰的试用期内，处在一个内心忐忑、急于向公司高层立功表现和对下属树立威信的特殊时期。身在管理者的位置，作为领头羊之一，容露对这里所有的人和事都是陌生的。在最初的工作中，延续了她一贯的风格，能不能被团队认可和信服，在短时间内仍旧是一个大大的问号。

"范妮，上个月新员工的名单都整理出来了吗？这个月开始每月5日必须对上月的新员工做好慰问工作。不要忘记哦，这项工作的绩效权重很高，扣分不会少的哦。"容露与以往一样，面不改色地盯着电脑，如爆米花一样，直白地下达了任务。

范妮紧皱眉头，嘟着嘴巴，窝在电脑显示屏的下方，不想让容露瞥到她那厌烦的表情，但又不得不执行命令，像个老戏骨一样，能够自如切换面部表情，而达到闻声如笑的语言效果，嗲嗲地回应道："知道啦，容露。我正在检查哪，稍后就发到您的邮箱。"

容露独处的玻璃隔间的门正对着范妮的座位，只要两人调高了座椅，都能隔着过道四目相对，为了避免尴尬，她们都心照不宣地把座椅调到了最低。范妮坐在小格子的最前面，后面是负责各大模块的同事。由于都在领导的眼皮底下，工作时间交流甚少。在范妮座位的斜对面，靠近容露办公室的门口，有一个饮水机，后排的同事们每天来来回回添水泡茶，都不忘瞟一眼美丽的范妮。但自从新领导来了之后，大家的微笑里多了一丝丝诡异。与范妮用眼神交流亦可意会到了，每次范妮都报以无奈的苦笑。

自从换了领导之后，这个办公区多了一种既可爱又有些无奈的声音，那就是容露不管在安排什么工作的时候，都会在末尾加上一句"不好好做，要扣绩效的哦"。最无辜的应该就是范妮了，她的工作内容与其他模块不同，并不纯粹，比较繁杂，领导安排的随意性也比较大，自然和容露的工作交集是最多的，被提醒扣绩效的频率必然比其他人要多很多次。整个办公区似乎都知道，范妮的每个绩效指标是什么，因为容露每天会毫不避讳地大声重复。或者她是以此来提醒下属，我手里掌握着你们的命运，你们得铆足了劲执行我的命令。俨然，这种行为似乎又是一种威胁。稍有情商的领导大概都不会用此下策，对于一般人也就算了。但是范妮又是何种角色呢。她都会丝毫不差地把这些不满一笔一笔记在心里，对容露的反感也是越来越大，这才出现了故事的开头那一幕。

苍蝇不叮无缝的蛋，同一个类型的人必然是相互吸引的，当然不是欣赏的吸引，而是匹配。就像低配的汽车绝对不会配置真皮座椅一样，只能是将就的布艺座椅；高配的汽车也不会配置帆布的座椅，一定得是真皮的，这叫作相衬。一个格局稍大的领导，是一定不会在下属面前表现出如此低的情商，而一个高层次下属，一定也不是一个喜欢八卦、毫无涵养的人。

对于容露又是什么来头呢？公司里各种谣言四起，真相大概也就掩藏在其中。

011　大 BOSS 的理念

容露的到来，在江佑公司的中高层中引起了不小的波澜。上一任经理是从总公司下派的，但不知道为何3个月不到就走了，据说还是集团花重金请猎头给物色的中高端人才。

大老板江沅对于江佑公司高层的用人能力一向表示怀疑，江沅出生于20世纪50年代，经历了上山下乡，经历了物质极度匮乏的那个年代。延续了那一代人一贯的吃苦耐劳的精神，勤奋而又努力，也善于经营企业，几十年来的积累，才有了今天立足于魔都国际金融中心的江佑公司。在严峻的经济形势下，江沅和他的团队不断在寻找突破、转型，压力固然不小。

整个集团控股公司都知道，江沅最崇拜的人是稻盛和夫先生，对其企业经营理念江沅感同身受，当今企业之间的竞争，归根到底还是人才的竞争。

江沅曾在年度述职大会上说过这样一段话：

无论是执行，还是市场终端体现，都在员工两字上聚焦和展现。员工有多重要，你说多重要就有多重要。不妨打个比方：如把以上一切纳入一个圆，一切在圆中循环、一切相互关联，没有单独的重要，也无重要的单独。圆的起点是企业家、圆的落脚点是员工，再始于企业家。人们一向都是把企业家说成神话，其实更应说成神话的是员工。

管理是管理事务，领导是领导人心。所以，当你知道如何跟别人沟通，事实上是在领导他人的心态的时候，这个时候，你的管理方法不一样，效果也会不一样。如果你一味地只是强调过多的自主，当然这些都非常重要，但是你要记住人不是机器，人是感性的动物。做一个成功的管理者，一个优秀的领导者，一个顶尖的世界级有影响力的人物，他们用的都是领导力。

什么是好的企业？一心一意、死心塌地为员工着想的企业，就是好企业。

什么是好的文化？能潜移默化，熏陶出"一心一意、死心塌地"的员工，就是好文化。

什么是好的制度？能约束引导并塑造出"一心一意、死心塌地"的员工，就是好制度。

什么是好的员工？一心一意、死心塌地为公司着想的员工，就是好员工。好的员工，是一切动力中的原动力，一切载体中的根载体，是一切中的"一切"。

公司、文化、制度、领导……都是"0""0"无大小、也无先后，但员工是"0"前的阿拉伯数字，他的能量决定整个团队的能量。他的大小（素质、能力、创新、风险等）决定着企业的大小和一切是否有效，他有否决权。

什么是好的领导？能经营未来，培养出"一心一意、死心塌地"的员工，就是好领导。

好的公司，有好的文化、好的制度、好的领导……有好的一切，它是一切的载体。好的文化，是"不做好、不努力、都不好意思"的向心力；好的制度，是"想学坏、想不学、都难于上青天"的止动力；好的领导，是"公司发展、制度设计、文化培养"的原动力。

员工到底有多重要？

我们不妨来看看：

了解一个企业，不需要了解"他"的战略和规划；

了解一个领导，不需要了解"他"的思想和说法；

了解一个制度，不需要了解"他"的构思和框架；

了解这一切，只需要审视一下被称为员工的"他"。

讲到这里，现场沸腾了，尤其是普通员工，一个爱员工的老板，孰能不爱他呢？

江沅此刻已站在台上长达1小时了，年度述职大会原则上是面对全国各子公司的中高层。每年定在上海集团总部如期举行，但是每次都有不在与会名单之列的普通员工，为了最后听取BOSS的总结讲话而把会议厅的前门和后门围得水泄不通。每次的会议时间也会因为现场的热烈程度而延时，原本下午6点可以结束的会议，都会被要求延长，大家陶醉在江沅仁爱的演讲中，迟迟不肯散场。

这时，江沅举起双手缓缓摆了几下，感谢我们员工，套用你们年轻人时下流行的一个词：感谢各位亲，坚守岗位，踏踏实实做着螺丝钉，为了我们构想的大厦贡献个人的力量。我们的管理层，我们的领导者也要做好发挥好"领头羊"的作用。

有规划的企业，员工都有目标和计划；

有创新的文化，员工都有激情和动力；

有为下属着想的领导，一定会有处处为领导着想、为客户着想的员工；

有好的正能量制度，"他"的员工必然会规规矩矩、彬彬有礼。

员工满意是顾客满意的前提：

员工不满意，这个企业执行走不远；

员工不满意，这个领导管理不完善；

员工不满意，企业文化设计有弊端；

老要让员工满意，这一切都是要用心。

伤心的大厨，烧不出甜蜜的佳肴来；带有怨气的员工，做不出满意的产品。

员工能创造神话，前提和基础条件是企业和领导必须先做到"让员工一心一意、死心塌地！"

如何做才能让员工一心一意、死心塌地？

能让员工"一心一意、死心塌地"，必须明确一点，员工工作的目的是什么，想要什么，解决了这两个问题，再辅以艺术化处理就能实现。员工工作的目的到底是什么？就连很多员工自己都没想清楚，是为挣钱吗？也不单单是。是为能力提升吗？是为养家糊口吗？还是寻求奢华生活？是为人生价值和理想吗？不管是为了什么，但最终都脱离不了现实。

这一切丝毫不影响明确员工的目的是什么。明确目的的员工，不是一般的员工；能透析员工的目的并为之经营管理的领导，绝非一般的小领导。很多员工，很多年都不知道自己想要什么，适合什么，很多管理者，经历很多，摸爬滚打多年，都不知如何管人管心。管理必须要管心，没有这个意识是最可怕的，与能力无关。

员工的目的是什么？不好回答，那么员工想要什么？也变得模糊不清。员工想要舒适度，其实"下班洗个热水澡、中午喝杯咖啡、愤怒有个出气空间"就是一种舒适。不难理解，员工想要的有很多：

他们想自由办公、想休息就休息、想上班就拼命工作；员工想要旅游度假，员工想要一边工作一边带孩子，员工还想要房子、车子、女人或丈夫；员工想要"干得少拿得多"。其实，"优质高效、自由空间、设定目标"就是变相的干得少拿得多。

员工目的是什么？员工想要什么？其实我们管理者自己也想要。我们也经历过员工的过程。但管理者是"刚丢了要饭棍，转身就打乞丐"的不体谅是不行的。到底员工的目的是什么？到底他们想要什么？真要思考这些问题，细化具体回答。但一切"细微"无法解释的现象，都可以从宏观上另辟蹊径。

　　员工的"目的"和"想要"，管理者换位思考一下就可知道。其实，万物皆发自"心"，中西方管理的不同点在于对"人心"的把握。这样一来，员工所有的愿望就很好理解了：一旦员工爱上企业，爱上了老板，企业再难的事情也就好办了。

　　江沅的这番总结讲话，沸腾了会议厅的所有人，掌声阵阵不断。曾有一个企业家感叹，他的公司里有多少是3年以上的老员工。才3年就能让老板如此炫耀，并非就是一个很好的现象。老板们也在思考，也在学习经营理念。那么，如此注重用人的BOSS为何在关键的管理人的部门而频繁换人的呢？这个容露是继集团空降后的又一任神秘人士，她能否帮助江沅经营好企业呢？

　　繁花似锦的魔都，高楼矗立，密不透风，即便深夜也能看到片片灯火通明。男士西装革履，女士妆容精致，急步穿梭于各大楼宇，每日包裹在密实的钢筋水泥中的他们，各自上演着自己的职场故事。他们常常被演绎成各种经典的角色，在热门的都市剧中被全国的少男少女们膜拜着。而现实中的他们又都在经历着什么？在迥异的人生旅程中，怎样演绎着属于自己的故事呢……

012　空降的容露

　　早在容露报到前的3个多月，江佑公司的高层就有在各种会议上提及，中高层对容露充满了种种期待。在她的上一任，那位先生急于展现自己的能力，刚来还没有站稳脚跟，就已着手各种改革，尤其是薪酬改革，强制推行末位淘汰制。这种冒险的做法，范妮也有过提示，毕竟她因为身份的特殊，得到各种正式或非正式的小道消息并不难。最终，还是逼走了他自己。美其名曰是考虑离家更近的城市，而放弃这边的职位。然而，作为职场人，大家都心知肚明，一旦涉及利益问题，一切都不是那么容易了。而公司当时又面临了新业务的拓展，少不了各种公关，而公关的其中之一就是为某个领导塞个人进来，安排个职位。甚至是交换各自的资源和人脉，职场本就是没有纯净水。

行政前台的书碟，对容露的初次见面记忆犹新。容露曾经以客户身份，进了某高层的办公室。优雅、漂亮、满身的奢侈品，俨然是个贵妇，并不像职场精英的样子，但真的很惊艳。直到容露入职报到，书碟才万分诧异，原来她就是空降的人事经理啊。自上次在茶水间，一不小心听到了范妮对容露的抱怨以来，书碟一直在思考一个问题，职场为何可以这么假？没有了真诚，人与人之间的相处，如何能继续和谐下去？带着这样的疑问，书碟又一次给闺蜜景兮打了一个电话，排解一下凌乱的心。

书碟打开一盒泡面，倒了一点白开水，盖上了塑料盖，静静地坐在沙发上，准备与亲爱的景兮好好煲一通电话粥。

电话依旧是无人接听状态。

百无聊赖，书碟心想，算了，估计是在1912酒吧喝得正高兴呢，那么吵的地方估计也不会听见我的电话吧。还是看场电影吧。只是想给自己换一种思维，不要总是钻在职场的那点事情上，浪费精力。

正在这时，书碟的手机响了，果然是景兮的回电。

"小样儿，知道就是你，在哪里潇洒呢？"书碟的声音如往常一样如沐春风，没有一丝丝的抱怨。

"我、我、我怎么办啊？！"景兮哽咽地哭泣着，越哭声音越大。

"别哭、别哭，多大人啦，到底怎么啦？吵架了？还是他欺负你啦？"书碟的心情非常沉重，一种不详的预感扫过脑海，她不敢去想。放空大脑，试着不让乱七八糟的想法扰乱了自己的心情。

景兮在电话里已经哭得失控了，还能听到她在摔东西的声音，现场十分嘈杂，分不清是在家里还是在外面。书碟无论说什么，根本得不到景兮的回应。只有一通让人心碎的抱怨。

窗外夜色已深，树叶飘零，真的入冬了，感觉到一阵寒冷。

第五章　正面的江沅与多面的容露

在大学的时候，她早已跟景兮分析过很多次了，何以有尊严地生活。无论对待感情抑或是工作，都要有足够的能力，让自己有尊严地选择自己的生活或者是爱人。

每次景兮都是以家庭条件差、负担重，需要有人可以分担和依靠，或者年轻、漂亮就是本钱，为什么不把握好自己的优势，获得性价比更好的回报呢？书碟除了默默地为她担心，真的改变不了她什么。善良的书碟还想着，亲爱的，你任性吧。我必须好好努力，万一有一天你能回头时，唯一能依靠的那个人可能就是我了。那时，我该如何带你走出迷茫和困境？

这个懂事又善良的女孩，内心再次陷入迷茫。环顾四周，住在这样的单间，怕是景兮将就凑合住几天都是不愿意的吧。过惯了奢侈生活的骄傲公主，怎能接受普通人的生活呢？就在去年，景兮出国游路过上海，来到书碟的住处，一起在楼下的巷子吃了一顿饭。景兮临走的时候，撂下一句："亲爱的，换个环境吧，这个房子要是我，一天都住不下去。"

望着景兮疾驰而去的汽车，书碟深深地叹了一口气，默默地念道："天将降大任于斯人也，必先苦其心志，劳其筋骨，饿其体肤。"自古以来，每一个成功者怎是一蹴而就的呢？

"喂、喂，嘘、嘘！"林沐鬼头鬼脑地，轻轻在范妮肩上一拍。一个周一的早晨她们又在茶水间照了个面。

"小样儿，又是你。快说，古灵精怪的，又发现什么新大陆了？"范妮叹了口气，揉了一下眼睛，有气没力地说："哎，熬了一晚上，我们老大啊，给我最近添了不少新任务呢。"

"又加量啦？不加价？"

"亲，你想多了吧，你以为康师傅方便面哪？还加量不加价。"

接着，一阵开怀大笑，茶水间距离各办公区比较远，可以肆无忌惮、任性地调侃……

其实，在范妮的心里，更不是滋味。虽说身后有依靠，但有句话说，师傅领进门，成败看个人。不可能事事都能有人替她摆平吧。

江佑公司发展快，组织架构也一直在调整中。区区半年的时间，人力资源部的老大就换了3任了。都想安稳，尤其是那些个心思都在包包和化妆品上的小女生，往往事与愿违。

这位容露小姐显得尤其特别了一些，几乎女生期望的一切她都拥有了：一辆奥迪A6作为代步工具，外加专用的免费停车位；LV各款高端系列无数，多到可以任性地根据服饰来搭配。此外，还有一张冻龄的脸蛋，年近40看似才20多岁，青春无敌。且不说砸了多少重金于医美，但效果的确很赞。

命运还似乎十分地眷恋着她，据说她还有一位在著名的房企万豪做高管的先生。万豪创立于20世纪80年代，历经世纪的发展已形成商业、文化、网络、金融四大产业集团，曾位列《财富》世界500强，总资产达上万亿元。万豪总裁是商界叱咤风云的人物之一，公司的高管可见一斑。

如此顺境的容露该如何不飘飘然……

"你知道吗？每天我是被她叫的频率最多的一个。部门那么多人，她偏偏什么都喊我，懂的不懂的都是找我。"范妮心情不是一般的低落。

"哎，忙得你又没时间好好经营你的面膜啦？"

林沐知道，范妮的业余时间都是在做微商，卖点面膜。一来，解决自己的需要，另外还能赚点零花钱。

每天在微信上问起面膜的人还是不少的，自然范妮的工作时间同时也在兼职做着客服，解答各位亲们的咨询问题。

无独有偶，这番对话又被门外的书碟听得一清二楚。职场到处都是一样的，有人的地方就会有江湖。

书碟对这一切已经无感了，最近她满头心思地在想着她的那个娇气的闺密。上次的电话，只有一通没头没脑的哭，一个字都没有多说。在大学同学里，景兮跟书碟的关系是最好的。其他同学跟她的三观不合，都无法接受她这种坐享其成、不劳而获，寄希望于男人的人生观。

而书碟不同，她是一个与世无争的人，从小受到家族的熏陶，全家都是那种阿弥陀佛的信佛之人，有着争则不争的人生态度。虽然祖辈上很多达官贵人，但对于教育后代的问题上都是达成统一的共识，自我成长是排在运气的首位，机会一定会眷顾有所准备的人。

因此，书碟才做出了让朋友们大跌眼镜的决定，放弃了演艺圈飞黄腾达的机会，甘于平淡的人生，从公司的基层慢慢积累开始。这是她的好闺密景兮所不能理解的。

每每不被理解时，她从不争辩，但书碟总会在内心默默地念叨：燕雀焉知鸿鹄之志……

"你可听说，容露最近都在走访高层？"市场部的林沐神秘兮兮地说。

"你的消息咋那么灵通呢？"书碟有一搭没一搭地翻着一堆顺丰快递，一边跟林沐唠着嗑。

"你都看到她进了谁的办公室？多长时间出来的？出来的时候脸色如何？"

"林沐姐，你是侦探哪，问得这么仔细。"

"哎呀，好啦好啦，听说有些高管想动一个人，我这不是在寻找蛛丝马迹嘛。"林沐随手拿了一把书碟旁边的椅子，咕咚直接给坐了下来，貌似要跟书碟促膝长谈的架势。

"姐，你可真看得起我，我怎么可能知道那么详细的嘛？我只管每天给容露拿份快餐或者送份快递，顶多就这么大交情啦。"

"小丫头，嘴还真紧，保密意识很强嘛。好吧，姐不为难你啦。你可小心点，现在大家都摸不清容露什么来头，想干什么，她的目标名单都有谁。"说完，林沐一股清风般飘走了。

愣是留下一脸蒙的书碟。其实,公司的动态她怎能不知道呢。有时候，书碟就在观察每一个经过前台的高管们，没有人会在意她。所以，有些高管边走边谈，无意中还是透露了很多信息。

比如有人说容露对权力很贪婪、想夺权，接受了某些人的意见，目标第一个就是老板身边的人。有人说，容露无非是想争宠，想获得更多的关注度而已。也有人说，范妮不服管，容露想换了她，安排自己人进来。

每天上班一点一点的信息收集，书碟也只是被迫性地接受这些信息，而不想多加思考，不想去浪费脑细胞，挖掘更多复杂的东西。

"亲爱的书碟，中午一起吃饭吧。"人力资源部的秘书范妮喜冲冲地一步蹦到前台，趴在书碟身前。

书碟还是比较受到大家欢迎，年龄是公司最小的。但是，不爱八卦，只听不说，从不搬弄是非。做事还很踏实，言必行行必果。

无论对领导还是同事们，她都能做到，凡事有交代，事事有回应，件件有落实。用时下最流行的话说，就是靠谱！这也是收获到好人缘的原因之一。

中午，大楼的食堂人满为患，容露站在众多美眉的最后，林沐、范妮、书碟都来了，几乎所有行政人事部的小姑娘能来的都来了。

中午的时间紧迫，大家也就在公司的食堂来个简易的聚会。这也是容露来到江佑之后的第一次请客，大范围地请她的下属们吃饭，也算是简易的团建。

虽然，只是一份工作简餐，但是大家对这个新上任的女上司，颇有好感，还挺平易近人，不摆架子，关键还是既多金又美丽。

饭后，一起散步，大家各自说说生活的趣事，沐浴在阳光下，一个个精致动人，美不胜收。恍然一看，路人还以为哪家影视文化公司出来演偶像剧哩。

如果，能够永远这么和谐下去就好了。书碟默默地跟在队伍的最后面，看着她们笑靥如花，不免多了一丝丝的担忧。毕竟和谐才能拯救危机，但身处职场，绝对的和谐是没有的。

"姐妹们，下午我们开个茶话会吧，简单地自我介绍一下，你们也都相互了解一下，怎么样？"容露突然把话题从生活拉回到工作……

013　茶话会上的星星火火

"好呀，好呀！大家都说说自己的故事。"没心没肺的林沐第一个发言，兴高采烈。她只是单纯地认为，这只是一次茶话会，可以八卦、可以聊天，可以不经意就混过半个工作日的小聚会。

下午的介绍会就这么在午后散步的时间给定了下来。书碟也会参加，会上她怎么说呢？一直都不想让大范围的人知道，自己的母校，那样会有很多人来问，关于北影内部的各种八卦。谈论八卦对书碟来说，是最不想的话题，因为她并不认为，母校是她的加分项。但其实，母校冥冥之中，在她求职的时候，的确是一个加分项。

这次被邀请参加会议的，居然还有总裁秘书江月，江月很守时，在会议开始前5分钟就已就座。随后，陆陆续续进来了范妮、书碟、戴薇、林沐。

因为苏西的离职，戴薇暂且代理了苏西在运营总监秘书的工作。

林沐虽然是市场部的秘书，但是在集团未成名的规定下，集团各部门及各子公司高管秘书以及部门秘书，都垂直隶属于人力资源部门。由最高负责人容露垂直管理。日常工作服务于高层和各业务部门。定期会由人力资源部门做相关秘书工作的培训。

在上一个财年，集团就已经开创了一个新的管理模式，计划成立一个秘书管理体系，形成规范化模式化，这个新思路由总裁秘书江月抛出来，还在规划中，高层对秘书体系的最高级的负责人存在异议。所以，也是折中考虑，暂且由人力资源部门负责人来带队。

"大家都很积极嘛，都来了，那我们就开始吧。"容露喜笑颜开，看起来很轻松也很开心。

容露坐在江月的对面，面对面两排。范妮和书碟坐在容露的两边。林沐和戴薇各自坐在江月的两边，看起来有点像双边会谈。

不知道这样随机的座位是潜意识的选择，还是一种天意。开场虽然很轻松，但是似乎有了那么一点点的不自在……

一群女生叽叽喳喳毫无秩序。江月还是保持着一贯的沉稳，除了微笑着互动，基本不擅自抛开话题。虽说，只是一个相对随意的茶话会，但还是需要有人来主持一下，维持秩序。

"姐妹们，大家简单来介绍一下自己。我也是刚来，还需要各位同事的支持和帮助。"

容露标准式的微笑和谦卑的态度，在江月的内心，打了一个很高的印象分。对于江月来说，虽然工作的职责是为总裁服务的。但是，职级上来讲，容露依然是自己的直接领导，起码的尊重都是必须的。

她从来没有怀疑过容露的能力，也从来没有刻意打探过容露的背景和来历以及目的。她相信，领导之所以能成为领导，一定有她的过人之处。

她认为应该谦卑地学习领导的长处，潜移默化地提升自己的能力。而不是去诋毁领导的实力，嗤之以鼻。再说，争则不争，是她一贯的处世态度，既来之则安之，并没有太多的想法。

"我先来介绍一下我自己吧。"容露甩着微烫过的马尾，梳着大光明；一双大眼睛显得特别漂亮，圆圆的脸蛋，连女生都会惊叹她的美。

"我是星海人，毕业之后一次偶然的机会到上海出差，那是在21世纪初。也是第一次来上海，一见如故的感觉，当时我就觉得这里是我的第二故乡。然后就在报亭买了一份报纸，看招聘信息。很幸运当时被一家科研机构录用了……后来就定居上海啦。"

会议在容露的回忆中，拉开了帷幕……

容露讲得眉飞色舞，没错，她的确值得骄傲。在那个工作分配的年代，调动异地城市是需要多大的人脉关系去维系。而她却能自己应聘，除了因为她的颜值以外，还有她过硬的学历了吧。她赶上了70后所有的好运气，房价不贵，工作分配，学历很贵。这让这些个小朋友该如何感叹自己生不逢时呢。

"接下来，谁来讲讲自己的故事呢。要不，从江月开始吧。说说看，你是怎么来到江佑公司的？"容露微笑着看向江月。

"其实，在我上大学的时候，我就已经对自己的职业做好了规划。我想在企业家身边学习，也喜欢做一名默默无闻的，能够在背后帮助到老板的助手。就像他的左膀右臂。"江月终于笑了。只要每次谈及她的职业规划，她总觉得她是现实的励志女王，虽然艰辛，但是只要肯想肯干，肯努力，那么幸运之神一定会眷顾她。

她是坦诚的，真实地说出了自己重复了N次的，成功了的职业规划和梦想。

在江月还是一名大学生的时候，她已经听闻了许多关于职场上，职位供不应求，为了竞争，各种厮杀、出卖、超脱底线、毁三观的事例。她清楚地认识到，当时自己的处境。

江月是不折不扣的那个邻居家的小女孩。不是官二代也不是富二代。若要在职场走出一条自己的路，公平又公正的路，确属不易。梦想很单纯，可现实却有很多的混浊。她决定发挥自己的优势，不拿自己的劣势去与别人的优势比较，而是把自己的优势充分发挥出来，让优秀越来越明显。

勤奋、努力和不卑不亢，能屈能伸，正直、善良是对她最多的评价。

而这些优点，在容露看来，并不是她所欣赏的。因为，她驾驭不了江月。无欲则刚的人生态度，是超脱的，也是佛系的。既不为钱，也不为权。用什么才能让她甘拜下风，好好听从自己呢？

　　容露一边听着江月精彩的演讲，一边开始忐忑不安。因为，她的人格并不像江月那么高尚。人与人之间最强大的联系，就是共同的观念、尊重和爱。而容露显然与江月的观念大相径庭。而且，江月内心里并不尊重她，更不用谈爱、友爱。

　　"你想做老板的左膀右臂，呵呵，你也不量量自己几斤几两。才毕业几年，一副老气横秋的口气，这是要做副总裁了吗？"容露的眼光开始游离在每一个人的脸上，在内心默默地思考着，要如何对付对面这个不一般的小姑娘。

　　"哈哈，讲得不错、不错，来我们给点掌声。"容露很假地应付着，内心的想法丝毫没有被人发现。

　　"那么，请你讲讲，你要如何做好老板的左膀右臂呢？"容露的眼神有一些不屑。语气慢了很多，眼光从江月的脸上平移转开。恰巧和范妮来了一个正着。

　　面对容露的提问，江月的答案当然是不假思索地就能回答了。因为，这是她一直以来自我鞭策的提问。我要如何才能做好老板的左膀右臂？而不是徒有虚名。

　　这是大家第一次看到江月被犀利地质问。向来，都是她很忙，雷厉风行的工作作风，与大家并不是很熟。范妮在内心深深地叹了口气，她想：我还真想看看那么能干又高高在上的总裁秘书，该如何应对了。只会空谈理想了吧。

　　书碟始终全神贯注地看着她们，似乎这是一场没有硝烟的战争，自己仅仅像个局外人。但是，她心里却像明镜一般清晰。

第六章　包罗与以冬不同竞争方式

014　突如其来的任命通知

一周以后，江佑公司表面看起来与往常没有两样，而就在这样一个寻常的下午，一个任命通知发文了，市场部的总监包罗先生被任命为江佑金岭分公司的副总经理，分管市场部的工作。

包罗先生被集团外派到分公司。看起来，终于也是升职了，这不是他一直以来虎视眈眈的高管职位吗？书碟趴在电脑前面看着这份突然其来的任命，有些费解。一直传闻是人力资源部的容露要动总裁江沆身边的某个人。上周容露的那场茶话会，似乎也坐实了这个传闻。

在一个职场小白的眼里，这些动荡就像一团迷雾。接下来，公司的组织架构还会怎么变动？看起来，这才是一场战役的开始。

"包罗，恭喜恭喜，荣升副总啦。"林沐喜滋滋地向她的直接上级道喜。

"哪里有喜噢？"包罗并没有想象的那么开心。

"老大，不错呀，升职啦？"马克贼头贼脑地，没有敲门，直接进了包罗的办公室。

包罗没有说话，只是瞟了马克一眼。他心里明白，这只是一个明升暗降，调离政治中心的缓兵之计。若不是因为江沆碍于公司元老的面子，恐怕他也进不了江佑公司，更不用说提市场总监的职务了。

整个集团大概也没有几个人不知道包罗的背景。他的父亲和江沆既是战友也是江佑公司董事会的重量级人物，连总裁江沆都要礼让他三分。

这些年他与江沅同甘共苦，一起把江佑做大做强。从推着自行车挨家挨户推销翡翠开始，一直到后来在香港上市，其中的艰辛也非常人所能想象。江沅是一个十分念旧的人，所以，对包罗一向也是睁只眼闭着眼。给他一个市场总监的位置，养着他。毕竟公司发展稳定，市场部也仅是维护各层级的关系，还不涉及开拓市场。

但是，公司在发展，立足珠宝行业，向房产、金融、影视拓展，依托已在港股上市的江佑公司，做大江佑控股集团，这是江沅在退休前需要完成的事业。市场竞争的激烈，江佑早已不是家族式的小作坊企业，引进人才，整合市场，迫在眉睫。

企业的竞争，终将是人才的竞争，这一向是江沅所坚持的用人理念。在集团的中高层里面，江沅最看好的还是运营部的运营总监以冬。以冬来自北方，内蒙古人，为人豪爽，更令人敬佩的是主持活动的专业水平，在整个集团都挑不出第二个。每年年会的主持，都是以冬亲自上阵，与其搭档的都是一些专业的电视台主持人。每次的年度盛典结束，以冬的女粉都会直线上升。

说到管理的能力，以冬所管辖的7个城市21家直营门店的业绩都是遥遥领先。而且每年增长20%的销售额。这21家门店的员工稳定率、客户满意度等指标也都是最高的。他个人为公司创造的价值年年稳步增长。所以说，市场总监包罗想取代他的难度非同一般。

因此，这才出现前面麒麟女大闹公司这么奇葩的事件。处心积虑了这么多年，包罗也就想出了这样的损招，真是赔了夫人又折兵。当然，这也是拜他得意门生马克所赐。俗话说，物以类聚，人以群分。跟着蝴蝶找到的是花的芬芳，跟着苍蝇找到的是垃圾的臭味。

015　午夜惊魂

夜已深，书碟躺在床上，随手翻了翻神秘高人给她推荐的书《活法》，作者是稻盛和夫先生，高人的指点，的确比同龄人要理性。

神秘高人曾告诉她人生最好的哲学态度是"争则不争",精辟的4字哲学。书碟是一个聪明的女孩,她又领悟到,不争则争,一切都是最好的安排。曾经她看到过一个故事是这样讲的:从前,有一个国王,喜欢打猎。有一天,国王带着自己最喜欢的大臣,一起打猎。很不幸运,国王被他的猎物咬断了一节手指。国王很气愤,但他有一位大臣却很淡定地说:"陛下,请息怒,一切皆是最好的安排。"国王大怒道:"岂敢幸灾乐祸?!来人哪,拉下去,押进大牢,择日斩首!"

这位大臣就这样被关进了监狱。

过了几天,国王又去打猎了。这一次,更悲剧的是,国王被森林里的原始部落给抓走了。臣子们想尽办法,出兵营救,未果。而被关进监狱的这位大臣,仍旧坚信一切都是最好的安排。果然,没几天国王自己就回来了。

举国上下,一片沸腾,祭拜天神保佑,感谢苍天庇护陛下。国王去大牢看望了那位说错话的大臣,并且当场无罪释放。同时,还摆设宴席,奖赏了一笔丰厚的奖金,答谢这位大臣。宫殿里的臣子们相互对视,不知国王用意何在。

国王缓缓道来:"朕能保全性命,乃爱卿所言,一切皆是最好的安排。野蛮部落祭拜神灵,朕之断指对神灵乃不敬,故被遣回。"

原来如此!

古往今来,仔细想想,大概都是如此。书碟相信,一切都是最好的安排,所以,她对高人对于她的职业规划信心十足,踏实本分做好这一份看似简单的工作。高人还曾说过,能把简单的事做好,就不简单。

一阵电话铃声,打破了公寓的宁静,显得十分刺耳。看了一下时间,已是深夜12点,一个陌生的电话。这么晚了,又是推销房子的吧。

"你好。"

"请问,你是叶书碟吗?景兮是你的朋友吗?"

"请问,您是哪里?"书碟没有正面回答,当下电信诈骗的事例实在太多了。

"我这里是江苏省人民医院,你的朋友景兮,现在……"

书碟瞬间感到一阵眩晕,已经听不清对方在说什么,迷迷糊糊地挂了电话。

"怎么办？景兮出什么事了？"书碟一边自言自语，一边随手从衣橱里翻出几件衣服。拎着包就跑到门外,准备下楼叫辆出租车。她低头一看，天呢，怎么还是睡衣。再返回屋里，随便换了一身休闲装，又冲下楼去。

深更半夜，对一个女孩子来说，出行实在太危险。但，跟景兮的生命比起来，这种顾虑显得尤为渺小。书碟单薄的身体，在深秋的夜里，瑟瑟发抖。她穿得太单薄了，恐惧的内心，已经失去了正常的判断。她担心着景兮的安危，虽然看似公主范的景兮，内心其实十分脆弱，做出任何极端的行为，也是意料之中的事。就在她焦急地等待出租车的时候，一辆白色的奥迪车停在她的眼前。

"美女，你要去哪里？走，上车，免费带你。"一个看似绅士，打扮得体的帅哥，语气有些轻佻。

"不、不、不用了，谢谢你。我在等我朋友，他就在前面，快到了。"书碟很礼貌机智地拒绝了。

对方听说，她的朋友就快到了，一踩油门嗖的一声，小车马上消失在漆黑的夜色里。

第七章　景兮的不幸人生坠落之谜

016　偶遇

随后，又是一辆黑色的汽车，缓缓停在了书碟的面前。

"这么晚了，怎么一个人在这里？"一个低沉的男中音，有些耳熟。

"不、不、不用……我朋友，我……"书碟诧异的表情僵在那里，"怎么是你啊？以冬。"

"需要帮助吗？上车吧，送你回家。"以冬轮廓分明的脸庞，在灯光的映射下，显得有点酷。

"谢谢你，我家就在这个小区，我是要去金岭。没关系的，我在这里等出租车，你早点回家休息吧。"书碟指了指背后的那一片老公房。

"这么晚了，你怎么会要去金岭呢？"

"我一个很好的朋友，现住在医院里，我不知道她出了什么事情。"书碟尽力抑制着自己焦急的情绪，不想麻烦眼前的这位公司运营部总监。

以冬能从书碟的眼神里，捕捉到她焦急的心情。虽然，在公司跟这个小姑娘的交集并不多，也不算熟悉。但此时此刻被她的善良感染，这让他想起了苏西，好久都没有苏西的消息了，以冬的心情略有一些伤感，对眼前的女孩不免有些带入式怜悯，一定要帮助她。

书碟此时也没有更好的办法，很不好意思地接受了以冬的帮助。搭乘他的顺风车去了金岭，刚巧以冬可以提前考察江佑金岭分公司的情况。一举两得，既帮助了书碟，也不耽误工作。

凌晨时分，书碟见到了景兮。只见，她虚弱地躺在病床上，身边没有人。见到书碟的那一刻，眼泪就像断了线的珠子。医生把书碟喊到一边，告诉她，景兮是因为酒精中毒才入院的。送她来的是陌生人，身边没有朋友也没有亲人。让人心疼。但令人沉重的话题还在后面，景兮怀孕了。

这个消息对书碟来说并不意外。她知道，这一天迟早会到来的。只是，景兮接下来要如何面对生活？是找个男人好好过日子，还是继续为了男人的钱而消耗自己年轻的身体。书碟一边想着这些头大的问题，一边走出医院，去给景兮买点吃的用的。这个可怜的女孩子的胃里，恐怕只剩酒精了吧。

自从那天接了景兮的电话，她一字不提只撕心裂肺地号啕大哭。再见面时，却是在医院里。景兮到底遭遇了什么？一向性格外向的景兮，怎会如此沉默？解铃还须系铃人，还是等她自己开口，来述说这一切，不用急于去追问答案。

此时，躺在病床上的景兮，眼睛空洞地望着天花板。内心的酸楚不断侵蚀着身体，好想有一个温暖的拥抱，哪怕借一个肩膀可以给自己哭泣。但她没有。她的精神是疲乏的，快乐之所以快乐，充其量也只是那些锦衣玉食，可以暂时迷惑自己是个富有的人。眼泪又止不住地流，糊住了双眼，那就不要睁开吧，让时间凝固吧。一幅被回忆了无数遍的画面，再一次呈现出来。

"爸爸、爸爸，不要走！"一个幼童的哭喊声，响彻了整条巷子，"我会乖，我会听话。"寒冷的夜，爸爸没有回头，拎着箱子径直朝巷子出口决然离去。这是景兮对爸爸仅存的一点记忆，也是最后的一点记忆。

妈妈告诉她，爸爸的故乡在大上海，因为下乡插队，本以为回沪无望，才与妈妈相爱结婚，才有了她。后来，政策变动，爸爸有了回城的机会。自此，爸爸一个家，妈妈一个家。一家人就此分开。虽然，妈妈的理由，似乎有些道理。但是，爸爸从此没有再回来过，这是事实，是遗憾，也是积怨。

017 抉择

"景兮、景兮！"书碟拎了满满两大包零食和日用品，回到了病房。看见景兮半闭着眼，泪痕印在苍白的脸上。

"书碟，来，来这里。"景兮看到书碟，试图用尽浑身的力量，去拥抱她。只是，她还是太虚弱了，左手还吊着纳洛酮。

"别说话，我知道你内心一定很伤心。"书碟捋了捋景兮脸上泪水凝住的发丝，"别害怕，还有我。无论经历过了什么，未来我都会跟你一起面对。"

"谢谢你，书碟。"景兮又哭了，尽管很虚弱，但是她还是要告诉书碟一切，"我怀了他的孩子。但是，他说，他不能给我和孩子名分，我不想一辈子活在阴暗的角落。"

"所以，你去买醉？"书碟打断了她。

"是的，自从我知道有了孩子之后，我感觉我的心变得好柔软，就特别、特别想要生下这个小生命。"景兮的眼泪像断了线的珠子，滚落在衣襟和病床上白色的被子上。

"我是一个被父亲抛弃了的孩子，我渴望父爱，总是巴望着我的爸爸能回来。"

"什么？你爸爸，你爸爸不是常常去学校看你的吗？"书碟抽了一张纸巾，帮景兮拭去了眼角的泪水。

"我连你都没有说过，那不是我爸爸。我没有爸爸，早在我3岁的时候，他就弃我们母女而去了。"

"这些年你是怎么过来的？"书碟感到一阵揪心。

"是我的大舅，我大舅考上了大学，分配在政府工作。这些年，都是我的大舅一直照顾着我。"

"景兮，不快乐的童年，已经结束了。我们遗忘它，好吗？"书碟的心也是湿漉漉的。

"我有一个不健康的原生家庭，才会滋生我这样不健康的人生观、世界观。你说的道理我都懂，我就是控制不住我自己，不去追究物质的生活。"

只要夜深人静或是逢年过节大团圆的时候，她的内心总是伤痕累累。她没有家，早就没了家。没有父母的嘘寒问暖，没有了亲情的温暖。只有，在购买奢侈品的时候，被导购们前呼后拥地照顾着、宠爱着，才能体会到那变了味儿的一丝丝温暖。

她何尝不想有一个健康的温暖的家，哪怕贫穷也可以，精神层面的贫穷才是最可怕的。直到，这个男人出现，就是书碟看到的这个胖胖的中年男人。因为，年龄上的差距，有所图也好，本就是暖男也好，他真的可以让景兮感觉到快乐。但是，有了孩子之后，他却不能给她名分。

在最初交往的日子里，景兮和他都很清楚地知道，彼此只是各取所需，仅此而已，不存在感情。人哪，说来也奇怪，当有了小生命出现之后，天生的那种母爱、父爱就自然被激发出来了。但是，这个小生命一旦落地，就会面临一系列的现实问题。

这个男人不能娶她，即便他也很想留下这个意外的孩子。他毅然决然地给景兮两个选择，要么留下这个私生子，过着见不到阳光的生活。要么，给她一笔丰厚的分手费，可以自己创业，也可以作为嫁妆嫁人。

听到这样的答案时，景兮的心碎了一地。就像满地的玻璃碴子，扎在心口生生地疼。这种刻骨铭心的疼痛，让她想起了那个被亲生父亲抛弃的黑夜。这个她唯一爱上的眼前的这个男人，却如当年的爸爸一样，狠心抛弃了她。童年的伤口再次被撕开，很疼。

人在最绝望的时候，就想失去意识，最好就像喝掉孟婆汤一样，忘记给予自己满身伤痕的记忆。可，如果没有死的勇气，终究还是会醒过来，再次回到生活的旋涡，依然要面对。

时间是治愈一切的良药，不急着给予答案，给他一点时间，替他找个理由，安慰一下血淋淋的心。景兮的直觉告诉自己，事实并不是这般直白，一定还有自己都不知道的内情。

而在医院照顾景兮的这些日子里，书碟也在想如何规划未来，景兮的未来。如何解决好当下，解决当下的矛盾，只是了解景兮的想法还是不够的。书碟决定去见一见那个胖男人。共同面对当下的问题，共同解决矛盾，一起努力给景兮一个健康的未来。

018　谈判

　　书碟拿着景兮给的地址，来到了位于珠江路上的一栋地标建筑，找到了那个胖男人的公司所在地。他是某外企的老板，听起来不错，大楼的大堂很气派，中间还放着一架三角钢琴。能在这个位置租下办公楼层的公司，基本上都是大公司，不差钱的。看来，书碟的判断没错，这个胖男人可以给景兮想要的物质生活。

　　在前台小姐的引领下，书碟来到了这个胖男人的办公室。很隐蔽，居然不是跟员工一个楼层，隐形门位于公司前台的后方。有个开关，摁下后，像个秘密迷宫一样，隐形门就是前台后方的那堵墙。楼梯铺上了红色地毯，在楼梯的尽头有一个密码门锁。输入密码，暗红的红木大门自动打开，一间装修豪华的办公室，墙面贴着精致的墙纸，还有一扇透明的玻璃大门。透过玻璃门，可以看到一片木板铺着的露台，放着两套休闲藤编的桌椅。露台的正前方，面对着珠江路上金岭大学的正大门。这还不是老板的办公室，两张红木的办公桌面对面地放着，是他两位助理的办公室。

　　穿过这间办公室，最里面的那间才是那个胖男人的办公室。曾经听景兮说起，他的办公室里面还有一间套间，放满了名贵的字画和珍宝。另外，还有一间起居室，卧室、卫生间一应俱全。这个隐蔽的楼层也只有3个人办公而已，一般员工是不可以随便上来的。

　　如今，这个多次被景兮描述的画面，真的展现在书碟的眼前时，让她感到诧异、震惊。从未见过如此神秘的办公室，似乎不是一个世界的。这里，看不到一点点职场上的那种快节奏紧张感，只有享受生活的味道。更像是一个家的书房，当然也是豪宅级的书房，毕竟很大。

　　胖男人很绅士地接待了书碟，与她坐在露台的椅子上。助理满面热情地问她："喝咖啡，还是茶？"

"咖啡,谢谢。"书碟有些拘谨。毕竟跟眼前的这个胖男人不熟,仅仅是一面之缘而已。

"景兮,她怀孕了。"书碟开门见山地说道。

"小姐,你真的很直接。"男人笑道,"不过,我喜欢这样的聊天方式,不用拐弯抹角。"

"是的,事到如今,还是说结果吧,至于,你们之间的爱恨情仇就免了。"书碟义正词严,"说吧,你打算怎么做?"

"我跟她早就说过了。我们只能有爱情,但不能有婚姻未来。"男人斩钉截铁。

"孩子呢?做掉吗?"书碟微微前倾着身子,双眼直直地盯着他锃亮的额头上。

"留下,只要她愿意。"

"你娶她?"

"我有太太,她在新加坡生活。"男人深吸了一口气,身体深陷在藤椅上。显得有些颓废,有些无奈和不得已。

"你这是绑架她,她的一辈子都被你控制在阴暗的房间里?"书碟的眼睛闪烁着愤怒和不解。

"没有这么严重,小姐。"

"你当然不觉得严重,事到如今,你是甲方,景兮是乙方,得听你的。但是,我告诉你,有些事,当然也由不得你。"书碟,话里有话也有警告。

胖男人当然知道书碟的意思。对,由不得他。看似外人眼里的光鲜,谁又知道他内心最不想提起的伤。

此刻,办公桌上的电话响起,胖男人很利落地拿起电话:"请再给我半小时的时间,另外,请你进来一下。"

"对不起,本来今天安排的会议,不知道您的来访,会议我推迟了半小时,麻烦你帮我做一件事。"胖男人的眉头紧锁。

书碟略略感觉到不安。

"支票,给您。"胖男人的助理敲了三声门,还没等应答便进来了。

"好,谢谢。会议你们可以先开始,稍后我就来。"胖男人颇有绅士风度。

"这是?"书碟接过胖男人递过来的支票,一头雾水。

"麻烦您帮我转交景兮,是我对不起她。这笔钱对她将来有用。"

"孩子的事情,请她三思吧,一旦决定就没有回头路了。我要离开了……"

"离开?要去哪里?公司不是还在吗?"书碟追根究底。

"以后,景兮会明白的。"男子起身,"对不起,我要去开会了。"

胖男人拿着一个本子,从容地走出了办公室,留下书碟一个人傻愣在那里。

缓了一会儿,她才想起来看看支票的金额。随后也离开了胖男人的办公室,奔着景兮所在的医院而去。

夜间医院的风吹在身上微微凉。书碟依然没有帮景兮找到很好的解决的办法。而景兮还奢望着好闺密书碟能带点好消息来安慰一下自己。然而接过书碟递过来的支票一看,差点晕过去,尖叫起来:"这是他所承诺的一笔丰厚的生活费吗?难道,这就算一笔勾销了吗?"

"景兮,我的直觉告诉我,他是不是有什么事情?你能猜到吗?"

"我不知道,我只知道,我的生活从来没有给过我阳光,即便是缝隙里的阳光也终究被乌云夺去了。"景兮的眼泪开始吧嗒吧嗒地掉。

"以后有什么打算吗?孩子你一个人可以抚养吗?"书碟的眼神布满了忧虑。她知道,景兮已被圈养多年,在社会上已经很难立足。想帮她,可怎么帮?现在又拖出一个孩子。而这个胖男人,给的分手费也好或者是孩子抚养费也好,也不过10万元,终究不足以保障景兮和孩子的未来。

景兮没有搭理书碟,或许是没有听见吧。此刻,只有她自己知道,她有多后悔,走上了本以为的捷径。而生活本就没有捷径,除了脚踏实地,勤勤恳恳,通过自己的努力,让自己持续增值,才可能会有所谓的捷径吧。

一个没有过温暖的童年,或许是景兮走上这条不归路的根本原因吧。但作为子女是不能去选择父母的,也有很多这样家庭的孩子,长大以后依然可以充满了正能量。而景兮的境况或者也是一个人自私的表现,她没有想过别人。她的思维始终在于自己的感受。生活的确没有给过她阳光,但是谁的人生又会是一帆风顺呢?她所要的捷径不过是窃取属于别人的生活而已。可怜她选择的是不被社会同情的、遭人唾弃的小三。

胖男人最终抛弃了她,不管他身处怎样的困境。从常理来看,景兮与他是不会被生活眷顾的，更得不到祝福。最可怜的是那个还未出生的孩子，终究是最无辜的。

不经意

不经意的相识

不经意的相处

然而

又是不经意的察觉

一切只是偶然

回忆

只是痛苦与遗憾

还是？

让一切都在不经意中

流失！

019　麒麟的悲惨人生

　　书碟这边尚未解决好闺密的后半生，那边江佑公司内部各种突发事件，如雪片般飘来。其实，这些事件跟一个公司前台并无关系，但书碟并非平凡女子，她爱思考、爱观察。往往也会被陷入事件之中，而波及个人情绪。

　　这不，麒麟女又传丑闻了，事情闹得还不算小。公司都炸开了，当然也是八卦，小道消息而已，但人尽皆知，各个角落里随意抓两个人，基本话题都离不开该事件的主人公。

　　"亲爱的，你可算回来啦。"范妮一脸诡异的笑，风风火火蹿到了书碟的座位后面。

　　前台属于公共区域，公司的任何一个人，都可以在书碟毫无防备之下，就偷窥了她的电脑屏。丝毫没有隐私权，但书碟也早就习惯了。她也没有什么个人秘密是不能被看的。有些人比较注意他人的隐私，会主动避开书碟的电脑，但大多数人可能是潜意识使然，总是不自觉地把眼睛锁定在书碟的电脑屏上，尤其是这个范妮。

"你知道吗？出大事啦！"范妮故作夸张的表情，"马克离婚啦，没想到吧？"还没等书碟开口，范妮就把事件抛得底朝天。

不过，也是出乎了书碟的意料，书碟惊讶地半天缓不过神来，"可是真的？他不是很在意落户的吗？这样不是计划全部落空了吗？"

"早就搞定啦，他的户口已经随他老婆过来了，名下也有一套小房子。算是愿望达成了吧……"范妮眉飞色舞地描述着这个传闻的细节，就像在讲一部电视剧一样，只是在寻求所谓的看点，打发无聊的工作时间而已。

而书碟并没有听进去这个故事的细节，她只是在琢磨着一个结果，一个令人匪夷所思的结果。马克在工作上唯唯诺诺，万事只求个稳，领导让他做啥就做啥。这样的人，在家里是不是也是一个毫无主见的人呢？而他的老婆，上次能闹到警局去的麒麟，难道就心甘情愿把这婚给离了吗？她不是看起来那么凶悍和强势的女人吗？怎么在婚姻中，倒也是成了弱势的那一方呢？

那么，景兮呢，一个漂亮且有文凭的女生，在婚姻的面前不也成了那个卑微又弱势的一方吗？其实，道理很简单，关键在于她的三观。童年家庭的缺失，是她人格缺陷的重要原因之一，她的内心一直被童年的阴影笼罩着，没有一个能引导她的导师帮助她，自己也没有主动去寻找外力，帮助自己排解不良的情绪，重新塑造正确良性的三观。

女孩子的青春是短暂的，用青春换取来的物质的生活，终究只不过昙花一现。人，终究是要老去。人的一辈子终究要回归家庭，而年轻时候的奋斗和努力，也是为了有一个更健康的家庭。如果，抛开了年轻时候的励志，一步跨越到老年式的圈养生活，那才是极度危险的。青青就像芦苇，随风而去。

那片芦苇

去也匆匆，
归也匆匆。
　　却——

深爱着那片芦苇坡，
随风波动，向阳微笑，
对着我们点头示意，
无言却有意。

深爱着那片芦苇坡，
环绕在她们怀抱，
感受到春的温馨，
秋的清爽。

深爱着那片芦苇坡，
对着她无须拘束，放纵自由，
给我找回新的自信，认定远的目标。

深爱着那片芦苇坡，
喜欢听她们之间的甜言蜜语，
喜欢看她们相依绵绵。

深爱着那片芦苇坡，
深藏在她们当中，
感受着无人打搅的舒畅，
感受人间宁静的情意。

深爱着那片芦苇坡，

面对她们许下诺言，
决定永不放弃，
将革命进行到底。

深爱着那片芦苇坡，
喜欢在她们中间游戏，
喜欢在她们中间谈心。

深爱着那片芦苇坡，
她给了我快乐无穷，
自信满满，滋润久久，
给了我幸福的预言。

深爱着那片芦苇坡，
我将带上记忆留在芦苇坡，
带着她们去一个新的天地，
我会好好爱着那片芦苇，
让她成为我永远的拥有。

深爱着那片芦苇坡，
——却
　　去也匆匆，
归也匆匆。

书碟在范妮的絮絮叨叨中，思绪早就神游去了。她是一个心大的女孩子，常常会通过身边的事情去思考人生，从中去替主人公反省也好，感悟也罢。总之，一个爱思考的女孩，生活总会给予她更多的眷恋。

马克终于抛弃了那个内心同外表一样丑陋的本地人，那个麒麟。这些年的煎熬，他收获了户口，还有房子。职场上马克就不是一个非常靠谱的人，跟着包罗投机取巧，耍小聪明，就算能获得一时之快，怕也是太过牵强了。

而他的前妻麒麟，说起来也是一个可怜的女人。人品暂且不谈，但她对于至死也要把老公牢牢拴在身边的执着，也算是惊天地而泣鬼神了吧。但，一个品格不能撑起自己的福德的人，老天也不会眷顾的。最后，她还是失去了那个被她视为珍宝的男人。

麒麟的工作单位离马克并不远，都在陆家嘴金融贸易区，走路不过10分钟的时间。所以，在江佑公司的大楼底下，总有这样一个肥膘晃荡的女人来回徘徊。她知道江佑公司里面美女如云，生怕哪天一个不小心，她的老公就被她认为的那帮"妖艳"的女人勾搭了去。

真是可悲可泣。在上海这样的国际大都市，但凡能在这样的上市公司立足的，那些惊艳的女孩子，都不只是虚有其表，只不过是麒麟扭曲了的内心，所带有的偏执。当然，这些具备颜值和实力的女孩子，怎么也不可能去中意一个人品不能驾驭内心的马克吧。尽管他有了所谓的户口和房子，但那又怎样呢？

"你们在聊什么呢？看把咱书碟听得这么入神。"林沐冷不丁地从办公区串到了前台。

"啊，没、没什么。我们在聊，书碟的这次金岭游的感受呢。"范妮挤出一丝尴尬的笑。

"对，对。金岭之行也挺累的。呃，对了，你们要喝咖啡吗？我犯困了，一起叫外卖怎么样呀？"书碟转移了话题。

林沐的出现未免有些尴尬，她们正在八卦着林沐的上司，让她知道总不太合适了。不管怎么，总归是家丑不可外扬嘛。再说了，这次包罗升职外派去了金岭，而马克眼看就要名正言顺成了接班人，当然这个林沐也是要易主了，总要把新主子给维系好。

一朝天子一朝臣，虽然，马克是包罗的老部下了，但谁又知道这马克新官上任又会放出怎样的三把火呢。所以，这段敏感时期林沐也是收敛不少，处处小心。公司仍旧延续着末位考核机制，而各部门的秘书又隶属于人力资源部容露的垂直考核，再是董事长面前的重量级部门，怕也是县官不如现管了吧。

"Hi，书碟，怎么样？金岭的事情都处理好了吗？那晚一定很辛苦吧？"以冬拿着一份文件刚好路过前台。也是继金岭之后，第一天遇上书碟。

"啊，还好、还好的，谢谢你以冬。"书碟露出甜甜的笑。

这一幕被范妮和林沐相视一笑，悄悄地印在了心里，不知道会意会出怎样的故事来。

020　移花接木，两面三刀

"嗨，胖子，问你个事？"范妮贼头贼脑地钻进了市场部，左顾右看的就怕被人发现她，声音压得很低。

"啥事啊？这么严肃的？"马克一头雾水，放下手中的文件。

范妮这个人一向就是这样，在职场少了一点规矩，无拘无束，把公司当成了家一样的随便。该有的称呼都没有，几乎每个人都被她取了绰号，还很难听。比如说，她的领导容露，原本一个漂亮的女子，因为脸上有少许的雀斑，她在背后就管人家叫"雀妖"。为什么要叫她妖呢？那是因为她真的很漂亮。但是，在职场那些心术不正的女同事眼里，恐怕这是最为要命的吧。就像范妮，羡慕嫉妒恨地都快要剁了她了。

"你若盛开蝴蝶自来"，可惜的是范妮这样的人，招来的容露也是半斤八两。关于容露的谣言，也不是空穴来风，容露的确是万豪集团某高管的新婚妻子。这位高管据说已年近60了，容露才36岁。但对于36岁的女人来说，也已超过了最佳生育年龄。据传，她的老公受到前妻和子女的压力，都不同意他与容露再要个孩子。

暂且不说容露，先说说眼前的这个马克。马克中年发福，胖乎乎的。范妮称他胖子，也就不奇怪了。

"跟老婆吵架啦？干吗呢，闹得满城风雨，人尽皆知的。这种事还是低调为好，不要在公司里说嘛。"范妮装作对马克很关心的样子。

"你怎么知道了？我没说啊，早上我只是跟包罗说了呀。包罗不会说出去。"马克一脸紧张。毕竟他也是一个极度要面子的人，不喜欢这种事情在公司传开，也不是什么光彩的事。

"我怎么不会知道，包罗是不会出卖你的。你确定你们部门就没有第三个知道？"范妮诡异的表情夹带着一丝坏笑。

"哦！我想起来了，早上说这个事的时候，林沐刚好进来。我还以为她没听见呢。真没想到啊，这个小姑娘耳朵挺长的啊！"马克的眼睛里愤怒的火光闪烁。

"消消气、消消气啦！林沐也不是故意的啦。小姑娘嘛，难怪守不住秘密。知道的人也不多，就我和书碟。"范妮继续导演着自己的戏份。

"什么？前台的书碟也知道了？这个传得够快啊！"马克对林沐的反感瞬间爆表，脸涨得红红的。

现在公司的大多数人，都还被范妮蒙在鼓里，都以为她背后有一个大靠山，一人之下万人之上。因为，能力缺乏，只能做个部门秘书，离政治中心是远了。但大家对她的存在，还有所敬畏，她的威力让人难以想象。黑白颠倒、两面三刀对她来说就是家常便饭。靠着到处贩卖一点小道消息，刷个存在感。

平时的相处中，范妮和林沐的关系看起来还算可以。在范妮的老大容露调整了销售部门的绩效基数之后，林沐对这个新上任的美女HR瞬间分数降到了60分以下。作为市场部的业务辅助岗位的绩效，的确不该与业绩直接挂钩，容露的考虑不周全也是与林沐矛盾的导火线。绩效基数的调整，在市场部来说，只有林沐一个人受到了影响。

在职场中，但凡与利益挂了钩，一切都不那么简单，人的本性都是极为自私的。再加上，每天范妮都跟林沐絮絮叨叨容露的各种"恶行"，怕是容露跳进黄河也说不清了，遗憾的是，就林沐绩效的事件而言，容露根本不知道自己已经彻底得罪了林沐（传说中的这个深受老板厚爱的重量级人物）。

就在马克对林沐泄露了个人隐私一事气得脸红脖子粗的时候，范妮却若无其事地拉着林沐去吃午饭了。其实，林沐已不是第一次被范妮扣上帽子，大大咧咧的林沐并不知情而已。公司里也没有人会去告诉她这些事情，当然也没有人知道是范妮故意让林沐背的锅。看起来，两人如胶似漆，感情好过闺密。

对于范妮这样的"惯犯",她就能做到一面故意给对方设置各种障碍,一面又能坦然与之相处。这或许也能算是一种能力吧。每个职场人身边都不乏这样的人存在。就算马克对林沐现在恨之入骨,但也没有办法。一方面她是他上司包罗的助理,一方面林沐也是有后台的。对于马克这样在公司毫无背景,在上海背井离乡的外乡人来说,他所以为的努力就是如何巴结上司而求得一己之位吧。

　　"亲爱的,有件事我要告诉你呢。但是你先不要激动哦。本来我不想告诉你的,但是还是让你知道一下比较好。"范妮贼眉鼠眼,平时看起来还算顺眼的丹凤眼,每每在她使坏的时候,就越发别扭了。

　　"发生什么重大事件了?搞得这么严肃?"林沐有点紧张,直觉告诉她,事情真不够简单。

　　"哎!这个就叫好事不出门,坏事传千里啊。我呀,听说了一些关于你的传闻。"范妮喝了一口汤,快餐盘里面的菜还没吃上几口,慢悠悠地说。她才不会放过任何一个可以给人洗脑的机会,吃饭对她来说只是一个场合,用于干扰他人日常判断的场合而已。所以,才瘦得跟纸片一样,毫无美感。

　　"听说啊,马克的老婆闹到公司来啦。说什么她老公跟她离婚就是因为有了第三者,首指就是你啊!"范妮继续绘声绘色地说道。与其说范妮是在陈述事实,不如说她是在编故事。

　　"啊?"林沐瞪大了眼睛,筷子夹着的菜悬在了两人的前方,"这个锅也是太大了啊,合计着他老婆的意思是,我看上了她老公了,要挖墙脚了?"

　　"嗯嗯,可不是嘛!"范妮撇着嘴,点点头,眼神里充满了对马克的老婆、那个有名气的麒麟的不屑,以及对林沐的意外蒙冤而表示怜惜。

　　"我去!我林沐虽大龄未嫁,倒也不至于做个小三,挖人墙角啊。"林沐摇摇头,冷哼了一声说道。

　　虽对这个意外的谣言,林沐心里很不舒服,但倒也不至于气得寝食难安。从范妮口中出来的任何事情,林沐都会信以为真。用范妮的话说,咱俩是一条船上的,手拉着小手,一起往前走。显然,林沐并没有把一条船定位为贬义词,她都当成是善意的。

　　"你啊,最近小心吧,跟马克保持距离,这个谣言啊,传多了,就变成真的啦。秀才遇到兵，有理说不清啊。"范妮假惺惺地说。

可怜了对面的林沐了，林沐始终不知道，原来自己早已是范妮盘里的开胃菜，任由其摆布了。

"还有，据传马克认为啊，这个公司里面的关于他的谣言，跟你有密不可分的关系呢。怀疑是你到处宣扬。"范妮继续在演戏编台词，故意挑拨着马克和林沐的关系。

"又是我吗？我被谣言了。假的真不了，真的也假不了，随它吧。"林沐无奈地用手捂住了脸，自我调侃了一下。

林沐对于此事，表现得还是很大度，并没有太多的关注。她始终认为假的就是假的，终有一天会真相大白于天下的。就算短时间内，有人信以为真了，那么也只是不够了解她的那部分算不上有多深交情的人。她认为，了解她的人自然懂得这只是谣言而已。

职场上最无奈的往往就是范妮这样的笑里藏刀的小人。君子坦荡荡，小人长戚戚。分明就是范妮一个人在制造是非，这是作为人力资源部门的大忌。如果是一个科班出身的人，怎会如此不专业呢？那么，这个范妮到底有着怎样的过往呢？

021　包罗新官上任

那边马克受到范妮的挑拨，对林沐满腹牢骚，敢怒不敢言，只能垂头丧气在顶层望着浩瀚的黄浦江，暗自叹气、忧伤。最近，包罗到金岭上任，这边的工作也都交给了马克。眼下，马克也算是正式进入了董事长的考核期了。事业上如履薄冰，家庭支离破碎，也是操碎了心了。

这边，以冬金岭出差刚回公司，就被董事长叫进了办公室。董事长想从以冬这边了解一下金岭的情况，尽管他一直跟包罗有单线联系，对于金岭分公司的筹备和装修进度也是知晓的。

其实，就像包罗自己心里的直觉判断的一样，董事长江沅，这次调离包罗也是一个缓兵之计，调离了上海江佑集团的政治中心，远赴金岭。

一方面，也是江沅有意进一步考察他，对于市场部的工作，如果不是考虑到包罗的背景关系，恐怕是难以及格的。

公司在迅速发展，继续让包罗在集团总部的市场部负责人的位置上，恐怕不利于公司业务的发展。何况，他这个人的对外沟通的能力还是相当缺乏的，继续委以重任，恐怕会给公司带来麻烦。正好眼下，包罗的小动作也是越来越嚣张，比如他对付以冬的手段，也是被江沅看在了眼里。

包罗是一个能力极匮乏的人，靠着有一定的背景支撑勉为其难地凑合着。但凡有稍许比他优秀的人出现，他的地位瞬间可以崩塌。而现任董事长虽念及旧情，但也是没几年就到了退休的年纪，以后也是有心无力了。一切，只能靠包罗自己的努力罢了。董事长的内心也是摇摆不定，一方面要给包罗继续支撑下去，一方面又要以大局为重，为公司未来的发展考虑。市场部总监这个位置，只有以冬可以驾驭，整个公司选不出第二个来。

面对董事长的询问，以冬有点为难，竟不知道如何答复。这次的金岭行，收获到的信息对包罗极为不利，可能是包罗做市场的缘故，一下子晋升为子公司副总，全权负责子公司的筹备、装修、外联等事宜，的确是为难他了。

各方面的衔接都掉链子了，以冬出现在金岭分公司的办公楼里，主动来抱怨的人络绎不绝。办公楼装修的进度缓慢，原因是与大楼的物业没有沟通好。比如说，施工队每次材料运输都需要到大楼的物业开当天的进门单。负责这些事情的联络人是副总包罗，对方对接的也是物业公司的高管，只有上层对接好了，执行层面的人才好办事。

而据物业高管说，包罗这个人似乎很忙，从来都是发消息石沉大海，电话永远无人接听。办公楼的装修涉及方方面面的沟通，比如说公司前台、门口的监控、通电、通水等。另外，还有是否符合消防安全等细节。包罗作为金岭分公司的最高层，从来都是一个影子一样的存在。包括家具商在内，沟通也很不便，外界总结一句话，沟通太累！贵公司真的要被列入黑名单了，属重点关注租户，没有之一。

"金岭方面进展情况怎么样了？"江沅的表情很严肃。

"呃，装修进度正在计划中。"以冬有些犹豫，眼睛没有直视江沆。

"我希望你如实跟我汇报情况，不要顾及我。"江沆的语气坚定但不失真诚。

"我所得到的一些情况，可能不是您想要的结果，各方面的反馈都比较糟糕。"以冬边思考边想着如何表达得更委婉些，"包罗作为江佑集团总部任命的高管，是金岭分公司各方面的主要负责人，他的态度简单地说是不作为。但有关方面反馈说，他只是代董事长，也就是听从您的指令，代为执行而已，一切都是您的意思。"

"可有此事？"江沆的表情更加严肃，"具体说说，都有哪些事？"

"这个……"以冬有些犹豫。他也知道包罗在公司的后台就是董事长大人，眼前的这位江沆。那么，他如果说出关于包罗的任何不是，毕竟包罗是董事长这边的人，就算他们私下也有所不合。

"你不要有顾虑，告诉我事实。"江沆大概是看出了以冬的心思了，"不瞒你说，我也是一直在观察他，这次的调任新职也是在考验他，也是最后给他的唯一机会。"

以冬想想，事到如今，还是如实汇报，这是他的职责所在，既然代表公司去金岭考察，必然应该带回最客观的事实情况了。

"装修的进度搁浅了半个月了，房租和管理等费用包罗并没有按照合同的约定及时付款，所以，物业公司给断电了。"以冬停顿了一下，继续说道："装修方原本承诺橱柜上周安装到位，也因为装修款支付的延期而搁置。从目前的进度来看，公司的入驻时间至少要比计划晚一个月左右。如果后期仍然出现这种事情的话，时间不敢保证。"

"你继续说。"江沆瞪大了眼睛，眼神里藏着怒气。

"我们的布线也极为不合理，可能需要返工，由于施工方与我们对接人沟通的断层，造成监控、网络、电话很多区域并没有按照我们修改后的方案来执行，仍旧是按照初稿操作的。施工方多次函告金岭分公司，要求给予配合和反馈，否则为了保证及时交付我方，只能按照现行的装修初稿来执行，后续造成的一切损失和返工等问题由我公司负责。"以冬不假思索地说出了一堆问题，叹了口气。

"包罗都在金岭做些什么？"江沆听罢沉重地点了点头，一方面也是对以冬带回的情况表示确认。

"他很少去现场跟进进度,在1912酒吧比较多,夜生活也比较丰富。"以冬欲言又止,不再多说。

"这小子,真是混蛋!"江沅内心非常失望,"公司不惜重金,想要开发金岭市场。这还只是起步阶段。本想给他一个机会,如果他能处理好金岭子公司的前期筹备和进场事宜,我考虑给他分管行政部和人力资源部还有企业文化部,市场的开发对他来说,人生地不熟,也是难为了他了。"

"但现在看来,枉费了我一番苦心了。"江沅长长地吐了一口气,身体陷进了沙发里。

022 容露救急

"以冬,容露最近跟你有没有工作沟通?"江沅突然把话题从包罗转移到了容露。

"啊?"以冬跟不上节奏,愣了一下,"有一些沟通,但不是很多。"

以冬,并不清楚董事长怎么突然问起了容露,所以,也没有过于直白。

早在包罗升职之前,容露就走访了高层。公司早有一些议论,以冬也有自己的判断。

那天,容露也约了他,跟他在办公室聊了半个小时之久。说是工作走访,其实针对性太强了。通过简单的谈话,以冬很明显能够感觉到,容露是有备而来的,就是来了解江月的情况的。直到沟通结束,容露并没有得到想要的答案,以冬对江月毫无偏见,但也没有表达对江月的肯定。以冬知道,容露如此针对江月,如果他再故意偏袒她,势必对江月更加不利。唯有中立的态度,让容露摸不清以冬的立场更利于人际关系的稳定吧。

在团队中,如果一个人遭到了团队成员的敌对和排挤,有时候并不是因为这个人不好,可能就是恰恰他太好、太优秀了。以冬看人始终有自己的标准,他是这样认为的,评价一个人看三点:第一,这个人自己行不行。第二，有没有人说他行。第三，说他行的人自己行不行。反过来的道理也是一样。

所以，在从容露处得知，高层中有一大半的声音是否定江月这个人的。而这些持否定态度的人，基本都是不得人心，搬弄是非，没有责任心，耍小聪明混日子的关系户。也有一些人是支持江月的，支持的人都是一些作为人才引进的高端人才。

"今年的战略方向，你也是知道的。集团也会匹配业务的发展，相应调整组织结构。容露的个人能力到底怎么样，其实我也没底。"

"您也没底？"以冬有些惊讶。

"没错，公司未来的业务需要做转型，开拓市场，在金岭能做大做强也是非常艰难的。除了我们自身的努力，还需要政府给予政策方面的支持。"

"明白，所以容露也是上面的安排。"

"可以这么说吧，也可以说是参与到我司的日常管理，给予我们更好的支持吧。"

以冬从江沅的只言片语中，听出了些意思。虽没有深入去聊，但已明白大概的故事。

社会本就是一个利益交换的市场，若要长久合作，美其名曰是双赢，其实就是相互行个方便。有时候企业难的不是战略不是技术，而是人脉。

"我想，包罗这边还需要一个人的支持。"

"您是想容露协助包罗吗？"以冬就是这么聪明，一眼看穿了董事长的心思。

"对，最懂我的还是你啊。一点就通，悟性很高。"董事长终于笑了。

难怪，以冬能够始终得到董事长的认可。他是一个智商和情商双高的职场精英，没有他摆不平的事，为人公正，做事有责任心和使命感，对公司勤勤恳恳。这样的人才，哪个老板不爱呢？

"如果有需要，您尽管安排我，交给我，您放心。"

"我知道，金岭子公司的筹备，你全权负责会一切顺利。这次之所以安排给他们，也是对他们的考验。我还有其他考虑。所以，金岭方面的事情，等我通知再参与，没有通知你观望就好。记住，给我最真实的信息。"

023　金岭完工

一周后，容露信誓旦旦地外派金岭，全程协助包罗负责金岭子公司的筹备、装修、搬迁、招聘等事宜。任务其实很重，江佑集团与金岭某区政府达成协议，定于3个月后到金岭总部，再议后续合作事宜。万事开头难，难的不是1到100而是0到1。虽然，董事长江沅也非常担心，是否能够顺利，但不经风险怎能成事。他心里早就有了自己的安排。

自从容露走后，范妮像是越了狱的囚犯，那种洒脱，那种霸气，分分钟就能爆表。整天无所事事，在办公区里乱晃悠，跟这个关门扯半天，跟那个躲在监控看不到的角落再扯个半天。她总有那么多说不完的是是非非。

有好几次，容露远程遥控不到她，就让书碟满层楼去找。一开始，书碟是连厕所都不放弃，掘地三尺都没影儿，范妮竟然拉着人去了天台，聊天去了。与其说聊天，实则是洗脑，去灌输一些不好的思想，影响他人的正常判断。没有别的新鲜内容，无非是她老大容露的种种"罪状"。如果，别人有什么只言片语的应和，她能包装包装作为小道消息再"贩卖"给容露。真是个人精，可惜啊，容露还是蒙在鼓里的。

当然，眼下对于容露来说最重要的是，如何保质保量地完成董事长安排的新任务。这次的工作安排，对容露来说驾轻就熟。到金岭后第一时间便与包罗召开了长达12个小时的会议，一直开到凌晨2点。一个全新的月度工作计划新鲜出炉了。这一点也是不可否认容露是有一定的实力。

在之后的一个月，容露动用了一切能调动的关系，从上而下，协调好了各层关系，大楼的开发商、物业公司、装修公司、施工队、家具商、环境绿化、中国电信、人才市场、猎头等等。各单位基本都是按照容露的时间进度表开展施工协调的。果然，与之前包罗的拖沓相比，形成强烈的对照。金岭分公司内如火如荼，各项工作紧锣密鼓有序进行着。

在两个月后，保洁公司进行了深度保洁工作后，一个能与上海总部相媲美的新的办公环境呈现在大家面前,董事长默默点头微笑着看着容露。容露回报一个自信的笑容。一切都是在良性的循环中发展。显然,容露圆满完成了首次重要工作。

此后,便有一个新的言论在集团上下蔓延。传说中说道,容露有望成为整个集团的二老板,也就是一人之下万人之上的领导了。从容露的空降,本来就是集团董事长与政府的协议,后来全盘负责金岭分公司的筹备,装修事宜又完成得如此出色。董事长的眼神,大家有目共睹,于情于理都应该是当仁不让的实权在握了。

很多人便开始蠢蠢欲动,各种溜须拍马全部蜂拥而至。容露心里像个明镜,早就看穿了这一切。但却没有一个人能够打动她,她觉得大家都很无趣。直到有一天,一人的奉承倒是格外突出,正合了她的心意。

024　局外人

马克缩头缩脑地在容露办公室门口晃来晃去,看见容露正在喝茶。容露有个习惯,每天早晨都会带上一壶自己煮的茶到办公室,传说中的养生茶。偶尔也会喊上范妮一起来分享。在外人看来,似乎有点看不懂她们的革命友情了,或者是说上下级之情。

"这次金岭之行收益不菲呀,老板。"马克贼眉鼠眼嬉皮笑脸不怀好意。

"来吧,喝杯养生茶。"容露笑了,"以后不许在办公室这么称呼我,要给我惹麻烦的。"

"怎么样?什么时候到金岭再安排一局呀,大家伙可都等着呢。"

马克摸清了容露的套路。人呢,各有所好。对于容露这样的白富美而言,可能金钱的诱惑不是很大,当然也不是一点没有用。虽然,容露过去从小三上位的这段历史并不光彩。但是能让一位60后,舍妻弃子,与她共度余生,想必也会有一定的过人之处了。容小姐最爱的可能还是权力,或者那种前呼后拥高高在上的感觉吧。当然,这种感觉不仅限于金钱的利益输送,还有与之而来的增值服务,那就是威望,也就是她内心对权力的欲望。

"不错。"容露的声音温柔但利落。

"择日不如撞日吧，本周六，老地方，老部队。相约1912。"

"OK！"

俗话说：常在河边走哪有不湿鞋。或许，马克也没有想到，前后不过几次的局，这么快就要玩完了。但是，他还没有得到他想要的一切。马克知道，自从老大包罗派去金岭驻守，基本是指不上什么了。县官也不如现管嘛。靠着自己那点三脚猫的功夫想要坐稳现在这个位置，怕是不可能了。抱棵大树才是眼下最重要的事情了。左思右想，这位人选，他锁定在了刚来公司不久又有背景又得势的容露身上了。

从前几次精心策划的局，深得容露的赏识，马克也是整个人轻飘飘，忘乎所以，肚子里的馊主意接二连三出来。

这个周末，容露如约而至，把这场局的金子银子毫不客气再次收入囊中了。对于这样的套路，容露也是再熟悉不过了：变相的贿赂。局中人都眼巴着金岭分公司的要职，或者项目的合作。整个集团上下，无人不知容露的地位，谁都无法撼动。

有一个人，倒真的是个局外人。这个人就是马克的老上司包罗先生。马克的所作所为都被包罗看在眼里。一种人走茶凉的悲哀，在包罗的心里生了根发了芽。虽然，平时包罗做事一副心不在焉的样子，其实他心里也是跟明镜一样，只不过揣着明白装糊涂。

自从马克上次借老婆恶作剧一事来讨好包罗，期望借包罗上位好庇佑他。包罗就明白，马克是靠不住的。为了自己的利益不择手段。不惜牺牲家庭而成就自己所谓的事业。彼此只不过各取所需，根本谈不上什么革命友情。倒是可怜了马克那个又傻又丑又老的前妻了。这么久过去了，偶尔还有人会在大楼门口偶遇到那位麒麟女。可怜之人必有可恨之处，不是一家人不进一家门哪，与马克那段夫妻的缘分也是匹配极了。

第八章　麒麟女背后的真相与结局

025　再遇麒麟女

这不，说曹操曹操就到。这天，下班的时候，书碟还真的就巧遇了麒麟女。

刚开始，看到那只庞然大物，书碟内心一惊，这人怎么像那个人。正打算绕过她，远远地看看她的正面确认一下。恰好这时，麒麟一个转身，与书碟的眼神撞个正着。书碟来不及躲闪，上次的惊险还心有余悸。这回，不是来闹事的吧？但愿她不要认得我。书碟的眼神已经暴露了她的小心思，逃也逃不掉了。

"你是？"麒麟的眼神温柔了不少，一眼便认出了眼前的书碟。

"啊，是你啊。就是上次那……"

"对不起啊。"麒麟害羞地两只手搓着衣角，显得特别害羞，脸都红了。

"呵呵，你是在等人吗？"书碟故意转移话题。毕竟上次她大闹前台的事迹，足以让麒麟脸红半辈子了。

"如果，你不着急回家的话，可以陪我一会吗？"麒麟的眼神有些躲闪，不敢直视，"就那边吧，麦当劳坐一会儿。"

"呀、呀，好的，我们走吧。"书碟内心并没有缓过神来，这究竟是怎么一回事？但，她一贯的标配素养，驱使着她必须这样去做。麒麟一定是很想找一个人倾诉。

写字楼附近的麦当劳，这个点人并不是很多。同事和附近的白领都喜欢打包带走，很少有人会坐在这里聊天。书碟也很奇怪，为什么麒麟会带她来这里，接下来会聊什么？她们之间除了尴尬，再无其他回忆可追寻。

看着眼前这个步履蹒跚的女人，书碟不禁内心一阵怜悯。她无法去猜测麒麟的体重，但可以判断她的身高，最多不过160厘米。但体重少说200斤还是300斤，不好判断。

麒麟在一个角落的位置，坐下了。桌子不自觉的剧烈晃动，在麒麟艰难地挪好身体之后，停止了。书碟悄无声息地坐下，两人相视一笑。

"我、我，我在减肥。"麒麟也感觉到了自己身体的突兀，"最近瘦了很多了。"

书碟，没有说话，只是礼貌性地报以微笑，耐心地倾听便好。窈窕淑女，哪个女人不期盼。眼前的麒麟也是够心酸的。

"可能你没有看出来，我减肥的效果吧。"麒麟有点尴尬，"上次你见到我的时候，我有230斤，现在瘦了30斤，目前200斤。"

"啊？"书碟睁大了眼睛，有点不可思议。大概是瘦子不懂胖子的苦吧。

"对，我知道，说出来大家未必能相信。其实，我的过去也有值得回忆的记忆。"麒麟的眼神有一点哀怨和无奈。

书碟静静地看着她，没有说话，只是礼貌性地轻轻点头。

"或许，你们都已经知道了吧。我跟马克已经离婚了。"麒麟强忍着眼泪，用一只看不见骨感的手，轻轻擦拭了一下眼角。

"这个你别介意，我们都不知情，我也是刚刚才听你说，你们这又是为何呢？"

"其实，即便不是上次在你们公司闹腾的事情，我们也走不下去了。"麒麟的泪水顺着那张胶原蛋白过多而显得臃肿的脸庞流了下来。

"你别伤心了，有话慢慢说，我相信，你一定有你的苦衷。"书碟从包里拿出一包纸巾递给麒麟。随后，起身去买来了饮料，替麒麟插好吸管，递到她的面前。

没想到，书碟习惯了对朋友的照顾，竟然让麒麟感动不已。

"谢谢你啊，我身边已经太久太久没有你这样对我好的朋友了。"麒麟抽泣起来，泪水像拧开了的水龙头。

"我们仅一面之缘，何况那次见面还惹了不少麻烦。你能不计前嫌，陪我过来听我唠叨，还这么细心地照顾我。"

"别难过了，我懂你的苦，有什么话，你就跟我说，我来跟你一起想办法面对。"书碟一直以来就是这样的善解人意。

"你看，这个女孩你面熟吗？"麒麟把手机递到了书碟的眼前。

"哇，好漂亮啊。"书碟情不自禁被麒麟手机里的女孩惊艳到了。

难不成，这个女孩就是拆散麒麟和马克的罪魁祸首吗？书碟心里悄悄打了个问号。

026　麒麟女的泣诉

"这个照片上的女孩，是我。"麒麟嘴角微翘，眼神流露出前所未有的自信。

书碟差点就信了，但眼神里的疑惑却出卖了她。

"其实，很多人都不相信的。"麒麟失落地收起手机，"你是不是也很想知道，我为什么变得这么胖了？减了30斤，还有200斤。我自己也难以置信。"

书碟不说话，一如既往保持那份对麒麟的尊重，耐心倾听。其实，这个时候就是来做个听众的。不需要太多的言语，安静地倾听便好。

麒麟没有说慌，照片上的女孩的确是她。这么多年过去了，她还是头一回跟一个并不太熟悉的女孩，打开了尘封已久的回忆之门。

在认识马克之前，麒麟曾在一家航空公司做过乘务员，也就是大家所熟知的空姐。精致的妆容，端庄美丽的高贵气质，在一个女孩子最好的青春年华，麒麟算是一个幸运儿，老天曾给过她美丽的容颜。第一次，登机在天空中翱翔，在浩瀚无垠的蓝天白云中，麒麟以为大概她的人生从此可以一直一直地这样美丽下去。

直到有一天，连续上了一个白班和一个夜晚，整整24小时没有休息。疲惫不堪，憔悴不已，她恍惚了之前的幸福感。一个比她资历要长的姐姐主动找她聊，或者说是教导她。麒麟终于明白了，为何一起进来的几个人中，只有她没有得到合理的排班。回想工作中的细节，自己并无过错。而是……

对，她知道了，所谓传说中的潜规则。机长、排班，无一例外都需要维护好关系，也就是所谓的公关。麒麟懂了，自己需要面对什么。没有太多的选择，去还是留。一面是人人梦寐以求的高薪又体面的职业，一面要想做稳这份工作需要付出的代价。一个连恋爱都没谈过的女孩，这又意味着接下来要面对怎样的人生？

那时候，麒麟濒临在崩溃的边缘，加上连续的倒班，体力不支也大病了一场。或许是一个女孩儿的虚荣心在作怪吧，麒麟怎么都跳不出这个怪圈，思维定式地认为，只能进不能退。不惜一切代价，也要保住这份光鲜的工作。

后来的后来，自然，按照麒麟的思维，被潜规则了。

长江后浪推前浪，一年之后，麒麟很快就失宠了。但是，她傻傻地执着地要争取所谓的真爱。只不过是一场成年人的游戏，哪里来的真爱。

再后来，麒麟得了严重的抑郁症，工作自然也是丢了。空姐生涯也就此结束。治病期间，各种药物的副作用，加上情场失意之后的暴饮暴食，自暴自弃，体重一发不可收拾，最终突破了200斤。

麒麟的父母为此也是操碎了心，尤其知道她为了虚荣心，为了所谓的体面而搭上了女孩子最为宝贵的贞洁。不得不说，麒麟也是一个家庭教育的失败。在这个世界上，还有什么能比自己的身体更重要？

书碟听了麒麟的故事，也是替她惋惜不已。

"如果可以重来，我只愿踏踏实实做个普通人。"麒麟的声音满是哀怨。

"那马克可知道这些？"

"知道，从来没有隐瞒他。我们只不过是利益交换，他想要的是依靠我能落户。"

"他的家人，尤其是他的爸爸，这么多年在他家吃饭，从来没有允许我上过桌。"麒麟含着泪继续说。

"没有上过桌吃饭？"书碟很诧异。怎会在当今社会还有一家人不能一起吃饭的事情存在。

"对，从来没有，嫌弃我胖。一家人都没有正眼瞧过我。"

"没关系，虽然我们不能左右别人的想法，但我们可以做自己。不要在乎其他人的想法。我们需要取悦的是自己。"书碟俨然已经把麒麟当成了朋友一般安慰着她。

"谢谢你，还能安慰我。其实，这些年我已经习惯了别人的眼光。"

"最关键的是你和马克之间还有可能吗？"

"没有，不怪他。我们只是利益交换而已。好歹我这样的胖女人、丑女人也算是嫁过了。"麒麟自嘲地笑了，让人心疼。

书碟没有想到，眼前这个毫无视觉美感的胖女孩儿，也有过辉煌的过去和曾经。自从她错误地选择了人生的另一个路口之后，她的人生就再无回头路。

一个人的成功，不是能用利益去交换的，而是需要靠着自己一步一个脚印踏踏实实本分做人，命运自有安排。凡是走捷径而得来的一时之利，也终究不会长久，可能会输得一无所有。下这样的赌注之前，可是要思考周全的。

人生的路，如回眸的一瞬间，仅仅在一瞬间。

回　眸

桥下
鸳鸯结伴，碧波粼粼
细细水流如耳鬓细语

骄阳
穿越云层折射耀眼彩虹
映衬在你年轻的脸庞

微笑
驻足在你妩媚的嘴角，扬起幸福的面纱
清风掠过湖面，羁绊烂漫的浪花

桥上
两只身影倒映在长长的青涩湖畔
相伴相随朝着远方潜行

当生命穿越时光隧道
容颜已褪色
窈窕也渐逝
心境徘徊于冰点

猛回头
遥望小桥的尽头
渐渐模糊的影子也消失在湖畔的夕阳
已没有人在原地等你

仰面哀叹
是幸福已擦肩而过
抑或是
姗姗来迟……

深夜，书碟躺在床上，辗转难眠，她忧心的已不再是麒麟大闹前台之事。而是，这个胖女孩儿的人生将要何去何从？本是一手好牌，却被错误的三观而打得稀巴烂。可悲、可惜、可叹。人各有命，只期望麒麟能够好自为之，过好自己的后半生。

书碟深吸一口气，准备安静地睡去。一张面孔在脑海一闪而过。是景兮，好久没有景兮的消息了。

027　见面

"不要这样啊！"

"放开！"

"放什么放？打死你，贱人！"

"啊！"

书碟猛地从床上跳起来，惊得满头大汗。慌忙中打开床头的台灯，抽了张纸擦了擦汗。环顾四周，原来是一场梦。不经意地拍拍胸口，压压惊。

一场梦而已，但是怎么会梦到景兮在哭泣呢，是不是发生了什么事？书碟越想越害怕，心脏咚咚跳个不停。

躺下，闭上眼，想继续睡去。

可是，时间一分分过去，根本睡不着，注定要失眠了。与其这样失眠到天亮，不如给景兮打个电话问问情况。

嘟——嘟——

无人接听。

过了几分钟，继续打。

嘟——嘟——

怎么不接我电话呢？是发生什么不好的事情了吗？还是那个胖男人又欺负她了？

"嘟——嘟——"继续打。

"喂，书碟。"景兮带着睡意蒙眬的声音。

"哎呀，你怎么回事啊？这么久都不接电话，急死我了。"

"我最近睡眠不好，调了静音。我突然醒了，总感觉你要给我打电话，但是我想想也不可能，都半夜了。我不放心拿手机看看，你还真的打过来了。"

"你这丫头，吓死我了。没事就好，没事就好。"

"能有什么事呢？我还活着。"景兮的声音越说越小。

"我刚做了一个噩梦，你最近还好吗？"书碟的心提到了嗓子眼儿，忐忑不安。

"有什么好不好的，我还是我，我的生活还是回到了平静。"景兮很平淡。

两个人不知不觉聊到天亮。一段时间没联系，景兮的生活真是翻天覆地。

毫无疑问，那个胖男人抛弃了她。任何一段婚外恋来说，结果能好的，微乎其微。

景兮也没有特例，相反，这个男主角对她的伤害可能比其他的婚外恋更为悲惨。一向胆小怕事的景兮，遇到人生中这般打击，竟然没有第一时间告诉她的知心好友书碟。可能，在她内心深处早已打算不再对任何人诉说。从此，尘封心里，一切重新来过。

直　觉

留给，留给
自己一点时间
很想，很想
私下裁剪一片蓝天
作枚邮票
写封信给曾经的自己

的确，你错了
是
你！
从前的你再也没有出现
不想，不想
宽宽的走廊
连同你的背影
一起消失在雾里

怨对天公，却也化作阴霾
别问是谁在错
一切
我都有了答案！

毕竟，世界是自己的，与他人毫无关系。

胖男人并不简单，与景兮保持关系的同时，其实，一直还养着一个小四。如果，不是他老婆追到金岭找到景兮，可能景兮永远不会知道还有一个小四。

景兮记得那天，天气微凉，下着雨。接到一个中年女人的电话，那个女人很有礼貌地告诉她自己的身份。约她中午到新街口一起吃午餐，有事情需要跟她聊。

虽然，对方很客气有礼貌，但是这样的尴尬，足以让景兮惊得一身冷汗。景兮不由得摸了摸肚子，肚子里那个可怜的孩子。她不敢去，马上拿起手机给胖男人打电话，可是电话一直是关机状态。

顾不上那么多了，纠结了这么些年了。自己付出了青春，怎么也想为了自己的未来赌上一把，彻底跟那个女人摊牌。反正自己还年轻貌美，有足够的资本和底气。话又说回来，除了美貌一无所有。

景兮如约而至，到了约定的餐厅。远远便看见一个端庄美丽的女人，坐在约定的餐桌旁。杯子里的水还是满的，似乎她没有喝水。眼睛注视着窗外，似乎在等人。

没错，就是她了。

景兮轻轻走过去，也很礼貌地跟这位女士确认了身份，然后忐忑地坐在她对面。

这时，服务员走过来，"李小姐，可以点餐了吗？"

"可以，请先把饮品端上来吧。还是老规矩，两杯橙汁。"

李小姐，你保养得这么年轻。原来，他一直在骗我，她不是他口中那个臃肿低俗的中年妇女。可为什么如此美丽的女人也会受到男人的背叛？

景兮的思维陷了进去，似乎忘了自己这个可怜的小三，同情起这位正室，还带着一串串疑问。

"李小姐，还有一杯橙汁放哪边？"餐厅服务员给景兮端上一杯橙汁后，端起另一杯橙汁，礼貌地问。

"请放在这位小姐的旁边，谢谢。"李小姐优雅知性地笑了。

"还有其他人吗？"景兮睁大了眼睛，满脸疑惑地问。

"对，还有一位，她也喝橙汁。"

此时，气氛似乎慢慢变得紧张起来……

028　景兮落难

此刻，景兮感觉身旁一阵阴风飕飕，还没缓过神来，一个女人的声音像爆米花一样，噼里啪啦格外刺耳。

"就是你，对吧？说吧，把我约出来想做什么？！"一个清瘦的女人，整个人看起来像个纸片。

"我、我……"景兮不知所措，抬头看了对面的李小姐一眼，低下头摸了摸自己凸起的肚子。

"王小姐，请不要这么激动。喝一点橙汁，压压火气。"李小姐保持惯有的理智和优雅。

"你又是谁？你是她什么人？"这位王姓女人一副凶神恶煞的样子，纸片般的脸上还架着一副金属眼镜，镜架上拖着长长的两根链子，随着激动的情绪，在她那尖尖的脑袋两侧剧烈晃动着，一眼看去像个神志不清的老太太在摇头晃脑，毫无任何美感可言。

李小姐在内心一阵翻江倒海，老头子的审美真的是跟他的年纪一样，老糊涂了。不过，还好，怀孕的不是这个女人，不然真的不知道会为家族诞下怎样的继承人呢。

"是我约你来，没听出来声音吗？"李小姐微笑着说。

她对面的这个女人根本没有听她说话，就对着景兮一通乱吼了。

"你们什么意思？有话快说，没事我走了。"

这个没有素质的女人，叫王佳，就是蛊惑景兮的那个胖男人的大龄剩女。她原本是到胖男人公司来应聘的。说到这个人也是奇葩了，李小姐还是通过公司其他人告诉她事情的原委。

　　王佳通过一家猎头推荐，到胖男人的公司面试。通过3个小时的面谈，准确地说是忽悠吧，胖男人当场拍板录用了她。而在之后的入职手续办理，只带了她这个人来，身份证明无、学历证明无，就连工作简历都是伪造的。来到公司的第一天，就开始摸底排查每一个稍微有点姿色的女员工。然后，设计陷阱，各种利诱也好，威胁恐吓也好。一个个地把人都弄走了。

　　也是，厉害了，而那家猎头也是厉害了。从此，李小姐不准备再与这家猎头合作，纯粹是骗子遇上骗子了。但是，胖男人却不以为然，对王佳深信不疑。慢慢地，两个人从工作关系巧妙过渡到情人关系。对公司的发展百害无益。自从王佳插手公司的业务以来，99%的业务合作伙伴叫苦连天，推进工作的难度比愚公移山还要大。慢慢地终止合作了，公司几乎业务瘫痪中。

　　公司的重要董事看不下去了，跟同为名义董事的李小姐进行了深度沟通。李小姐深知这个王佳的确是个祸水。见到本人，她确信红颜压根儿不着边际。李小姐也不明白，这胖老头子脑子是糊涂了还是吃错药了，被这样一个低俗江湖气息严重的女人给忽悠了。

　　李小姐在约她们之前，也想过，这个王佳到底想干嘛？通过一段时间的调查，发现她本就是一个什么都没有的社会小混混，无非是想弄点钱。

　　通过公司层面正常的人事面谈流程，李小姐是想解除与她的劳动关系。但是这个人胡搅蛮缠，不好解决。好在与李小姐素未谋面，倒也相安无事，表面风平浪静。

　　而景兮的存在，李小姐是知情的。李小姐因为身体的原因，不能为家族生下接班人。也就默认了景兮，也希望她能生下个合格的"小王子"。当然，等孩子落地，也就是要跟景兮摊牌谈补偿金的问题了。然而，这些策划，景兮并不知情，还痴痴地以为是美女与野兽的故事，也算是遇见了没有颜值的老王子了，至少这个胖男人是个钻石王老五。

　　早在几年前，李小姐和胖男人就有商量，为了下一代的优良基因，对这个孩子的母亲做了严格的筛选。学历背景、颜值、身材、身高、体重，甚至视力都有标准。而景兮的确是非常优秀的女孩，标准完全吻合。

原来，所有的美好，甚至算不上一个梦幻的故事，纯粹是一个骗局。景兮注定了是故事里那个悲戚的主角。甚至，是没有结局的故事。

029　受伤

此刻，王佳并不知道眼前的李小姐就是公司董事长的夫人，她还以为滋事的人，是她旁边的漂亮孕妇——景兮。她那杀气腾腾的眼光径直刺穿景兮鼓起的肚子，毫不客气地质问："你到底是谁？"一种不祥的预感，在景兮心里翻腾。她内心在急切地呼唤着书碟，但也只能默默祈祷上天的庇佑吧，感觉一场暴风雨就快来了，此刻谁都帮不了她了。

"王小姐，请控制一下情绪，对一个孕妇请温柔以待，你可要知道孩子的爸爸是董事长。"李小姐说道。

"董事长的孩子？董事长怎么就有孩子了？"王佳怒目圆瞪，面目狰狞。突然，从座位上一跃而起，啪一个耳光打在景兮的脸上。

"啊！"一个躲闪不及，景兮倒在地上，肚子重重地撞在桌角上，瞬间鲜血直流，一度昏厥过去。

李小姐被突如其来的这一切，惊吓得捂住嘴巴，许久都喊不出声来。王佳听到孩子两个字，瞬间就像一匹脱缰野马一样狂躁起来，前后不到5秒钟，便把景兮给推倒陷入昏迷。

餐厅里一阵慌乱，随后120、110都来了。景兮被紧急送往医院抢救，而李小姐和王佳则被带到派出所做笔录。三个可悲的女人，一个可悲的男人，构成了这场畸形三角恋的基本要素。无一例外地被悲催的命运一网打尽。这场三角恋中，没有一个是赢家。

医院的病房内，景兮孤单地醒来，身边空无一人。她虚弱地摁下床头的呼叫铃，护士来了。

"现在感觉还好吗？"陌生的护士很温柔。或许只是职业的习惯，照顾病人不禁流露出的关爱。

"我的孩子呢？"景兮摸了摸肚子上的伤口，眼泪噙在眼眶。

"你的家人什么时候来？让他到医生办公室来一下。"

"家人？家人都在很远的地方，一时半会儿还赶不过来。告诉我吧，发生了什么？"景兮虚弱的说。

"手术前，签字的那个人呢？他过来也可以。在你手术结束苏醒期间，他说回去帮你拿些衣服就过来。"护士说道，但心里很是疑惑，病人家属明明来过，怎么她会说在远方呢。

上一秒的记忆还在餐厅，这一秒醒来便失去了孩子。也难怪景兮迷糊错乱情绪十分低落。景兮并不知道，胖男人第一时间接到妻子李小姐的电话时，就已经飞奔到了医院。虽说，李小姐和胖男人在这个有些荒唐的角色游戏里，扮演了坏人的身份，但他们毕竟良心没有坏透。出于道义，他们还是会对景兮后续的健康负责任。

对于李小姐而言，她没有想过事情竟是如此糟糕。本是想利用女人的嫉妒心理，让王佳知难而退，顺利与公司解除合同。谁知，这个王佳本就不是一个正常的人。不知道她经历了什么，内心竟是如此残暴和极端。现在，还搭上了一个无辜的小生命，精心策划的故事，也只是故事，那个梦寐以求的继承人也永远只是在这个荒谬的故事里。

景兮的胖男人，接到这样的消息，大脑一片空白，只是盲从地办理了景兮的入院手续和手术手续。等到景兮手术成功后，他便借口逃离。的确，他还没有想好如何面对景兮，如何给景兮一个解释和交代。与自己有关的3个女人，他要如何安抚她们？良心未泯的他第一次感受到什么叫心痛。

李小姐做好笔录就平安回家了。警方在调取餐厅监控录像后，根据见证人李小姐、餐厅服务员和其他客人的口供，证实王佳的故意伤害罪成立。一场牢狱之灾不可避免了。王佳怎么都没有想到从小犯到大的小聪明，代价竟是坐牢。一个从未重视过规则的江湖气的女人，这回被狠狠地规则了一次，这一次或许要搭上一生的好光阴。

事件发展的速度之快，让人来不及思考。就像是一场梦一样一闪而过便是天亮了。可怜的景兮，此刻并不知道伤害自己的人，为什么要下此毒手？她很想问问李小姐，是不是她导演了这一场戏。可她不明白，憎恨自己的人，难道不应该是李小姐吗？可那位王佳是谁？如果是配合演戏，难道不害怕坐牢吗？一串串疑问在景兮的脑海里盘旋。

030　命运垂怜

　　景兮的疑问在最初的几天内，没有得到确切的答案。照顾她的护工说，在手术知情同意书上签字的那个胖男人，给她找了一个护工，照顾身体虚弱的景兮。

　　其实，景兮已经不在意，那个男人会不会再出现了。只要有人可以照顾她平安出院，或许是当下最现实的奢望了。一个失去了孩子的女人，对于一个迫切需要孩子的男人来说，还有意义吗？没有爱情的交易本就是冰冷的，怎能祈求温度。

　　失去了孩子的同时，景兮的心也就跟着那胎儿奔赴了天堂。关于这个还没有结局的故事，她早已不再关心任何情节，一切顺其自然吧。或许，现在的悲伤也是老天对景兮的惩罚。一个从未珍爱过自己的人，又谈何奢求最初的平安和简单的幸福呢。

　　在景兮出院几个月之后，一个风和日丽的午后，景兮在窗前，漫无目的望着远方的人群，只是静静地、淡淡地，不带任何的想法和情绪。或许是过于专注，李小姐推门进来，她都不曾听见。这段时间以来，她出奇地安静，甚至是木讷。

　　"你还好吗？"一个苍白的声音。

　　"是你，李小姐。"景兮慢慢回过身。

　　"对不起，突然来访，冒昧了。我看大门开着就自己进来了。"

　　"客气了，坐着说话吧。"景兮慢慢挪步到床头，轻轻坐下。人显得比较虚弱。

　　"我来，是想跟你聊聊。我想，你一定也有很多话要问我。"

　　"不，我没有话要问你。"景兮的眼神竟是温柔，未滋生仇恨的眼睛还是那么清澈动人。她知道，这是老天的惩罚，这些年她错了。

"没有想到经历这么大的事情，你是如此冷静。"李小姐的嘴角露出一抹微笑，内心对景兮还多了一份欣赏。更多的是欣赏她心态的稳定和面对变故的淡定。

"我想，或许你是来问我要答案的吧。现在，你也看到了，孩子已经没了，我已不是你的威胁。"景兮说。

"我知道，你受苦了。心里有怨也有恨，我能懂也能理解。其实，最该来的是他。"李小姐的声音有些哽咽，"他不会再来了。"

"我猜到了，不过没关系，我也不需要。"景兮冷冷地笑了。

"他不是不想来，而是此生都没有赎罪的机会了。"李小姐泪眼婆娑。

"这是？"景兮意识到发生了什么变故，内心不由自主变得紧张起来。要说不爱，是骗人的，毕竟曾经也有过欢声笑语。

"他已经走了。"李小姐强忍着眼泪，跟景兮宣布了这个不幸的消息。

听到这个消息，景兮的心像无数根银针扎着，很痛。她也不知道这种痛是为自己，还是逝去的胎儿，或者还是这个胖男人。但，她清楚地记得，书碟上次去找胖男人，带回的那张存有10万块钱的支票。她可以确定，心痛不为这个无情的男人。在他的眼里，自己也就值10万元。

"既然是这样，那倒也一了百了了。"景兮面无表情。

这时候，也是该坦白了。所以，李小姐告诉景兮事情的原委和真相。

其实，那个胖男人生病有一段时间了，医生说他的日子恐怕不多了。但他本人并不知情。一样沾花惹草，并不安分。惹了事还得李小姐出面收拾。

原本李小姐认为，王佳可以用钱打发。所以，准备了一张存有10万元的支票，通过公司的一个心腹，找到王佳谈判。意外的是，谈判很顺利，王佳收下了并且答应了李小姐的条件，可以结束这场畸形的职场之恋。

可谁知，那个王佳不知使了什么计谋，竟然说服了胖男人，把10万元分手费转手交给了他。要他收回李小姐的承诺，胖男人信誓旦旦地给她承诺要娶她。与此同时，这才出现了胖男人用10万元分手费来打发景兮的故事了。

至于为什么，谁也说不清了。李小姐也没有想到，胖男人走得比医生的预估还要更早。在王佳入狱不久后，也就撒手人寰了。一直在静养的景兮，竟然也是一无所知。突然，接到这样的消息，来不及悲伤，倒也先心痛了。当然，是为她自己。事情真相大白于天下。

　　李小姐还告诉她，一开始胖男人是为了要她肚子的孩子，这是他们夫妻共同的策划。为此，她也跟景兮致歉，并且也给了一笔补偿金500万元，以慰藉自己曾善良过的灵魂，也是给自己赎罪。

　　景兮没有拒绝，收下了这笔补偿。也是想对自己的过去有一个交代。往后的余生，只求平淡和平安。

　　书碟没有想到，短短数月，景兮的生活竟然发生这么大的变故。还算安慰的是，李小姐还有所敬畏，给了一笔丰厚的补偿。这也算是对景兮的一个安慰了。

　　这一世于景兮而言，醉梦一场。

醉梦谣

夜悄悄静
　　　风轻轻吹
　　　　　人慢慢醉…

夜空繁星满布
　　　流星划破云端
　　　　　飘洒凡尘；

你从遥远国度走来
　　　是那天使偷偷将你
　　　　　植在了我的梦境；

当触觉惊动缥缈的梦都
　　　当浮云覆盖多情的星际
当时间腐蚀动情的蜜语
　　　当现实击碎荒谬的故事；

梦渐渐醒
　　泪缓缓流
　　　　心层层碎……

泪光闪烁之时
　　回忆便也凝固成画面
　　　　定格在虚幻的睡梦里。

上帝悄悄地带走狼狈不堪的你
只是一场事先预谋的游戏而已；

我一再小心翼翼
　　却也始料不及
最终——
　　还是伤痛不已……

031　再遇苏西

　　这天的早晨，阳光璀璨，光彩夺目，书碟的心情也格外舒畅了。不用替好朋友景兮的未来思虑太多。经历了这一件事，景兮也是一夜长大了，相信她的未来会越来越好。
　　来杯咖啡吧，咖啡对于都市的白领来说，就像包包，包治百病。书碟起身端起那只刚买的星巴克的马克杯，来到茶水间。还没到门口，便听见咖啡机磨咖啡的声音，同时传来熟悉的女声。
　　"吆，你那个老大呀，现在混得可以啊。你也要跟着翻身喽。怎么样，对你好些了吗？"林沐阴阳怪气地说道。
　　"怎么？现在啊，她可是咸鱼翻身，深得江沅的厚爱啊。可这跟我有什么关系呢？"范妮的语气充斥着不满。

"你可得乖点哦，听说啊，她后面可是有大后台的哦，加上这次金岭分公司的整体装修的任务，办得可谓如鱼得水啊。马屁还是得拍拍的哦。"林沐朝范妮挤挤眼。

"是啊，但是，她先入为主的印象，我再怎么努力改变也于事无补啊。"范妮叹了口气。

从前，容露刚来公司的时候，也是主动迎合范妮，初衷也是想有一个轻松的团队氛围。然而，女人多的地方，矛盾就多，这是不争的事实。何况，一个个都敏感多疑，那就是无声的战场了。又有几个能真的做到看淡和放下呢？

"我之前对她也不友好，一来就调整我的工作职责，说什么资源共享，管理规范。算了吧，是想换人了吧。"林沐毫不客气。

"跟你透露一件事哦，容露可能会人事调整哦。最近，可一直在往江沅办公室跑。"范妮伸着头从门口望了望，生怕被人听见了。

"我知道，我知道。我还听说了，好像容露和江月的关系也很微妙啊。"

林沐和范妮在茶水间津津乐道，像发现了新大陆一般兴奋地八卦着。这一切，都被书碟给一字不落地听到了。书碟默默地转身，轻轻地挪开脚步，回到了自己的座位，当作什么都没有听见。

回到座位，书碟吧嗒吧嗒在微信上呼唤那个神秘的高人，告诉他刚才所发生的事情。

高人说，有人的地方就有江湖，有人的地方就有矛盾和纷争。很多时候，我们不能改变他人，但真的可以做到像杨绛先生所说的那样："人生最曼妙的风景，竟是内心的淡定与从容……我们曾如此期盼外界的认可，到最后才知道：世界是自己的，与他人毫无关系。"简单地说，就是"不争则争，争则不争"。凡事全力以赴，顺其自然吧。

书碟明白，至今范妮和林沐对容露还是意见颇深，或许是第一印象所致，关系的破裂似乎难以修复。如果能有一个公开透明的环境，大家都可以畅所欲言，不要有这么多小九九儿，那该多好呢？书碟望了望依然空着的杯子，心里有些惆怅起来，已经没有刚才想要喝咖啡的热情了。

"Hi，书碟。好久不见！"一个甜甜的女声，如此耳熟。

书碟闻声起身，惊讶地说："苏西，是你啊。好久不见，回来是找以冬的吗？"

眼前的苏西，跟过去大不相同，气质变得更加好了，言谈举止也变得干练了许多。一看，就知道离开公司后的这段时间，她一定过得很好。

"不，我不找以冬，我找董事长江沅。跟他约好时间了，一会他的秘书江月会过来带我进去。"苏西很利落地说道。

书碟视苏西如宾客，将她带到前台旁边的会议室，等待江月的到来。

说来也奇怪，这次苏西的到来，到底是谁找谁呢？是江沅找她，还是她找江沅呢？这里面又隐藏着怎样的奥秘呢？

第九章　江月的智慧与容露的倒台

032　矛盾升级

苏西在江沅的办公室待了好半天才出来，公司的小道消息很快就传开了，总有一些爱八卦好是非的人去打听。当然，被打扰最多的是总裁秘书江月，但这些人往往败兴而归，任何秘密即便是公开的秘密，也不会从江月这个渠道传播出去。这是作为高管秘书的职业道德，江月清楚地知道，保守秘密这一原则，不受制于任何人，包括直属上级或者上级的上级。

然而，在职场上不可能是纯净的水，人人都遵守规则，总有一些人利用自己的职权去窃取所谓的机密。江月毫无疑问也是遇到了这样的人，这个人就是容露。容露虽然分管人力资源部门的工作，但从直属关系来讲，也是江月的直接上级。但是，江月的工作是为江沅提供服务和工作支持，处理的往往是江沅所关注的工作，已不仅限于部门内的工作。跨部门协调工作，已是工作中的日常。重要的还有高层会议的议题和决议，这些当属重要的机要工作，并不属于向容露汇报的工作内容。这些习惯早已在容露进公司之前就已约定俗成。

江沅与苏西约谈的第二天，就去了金岭分公司。前脚出门，后脚容露就到了江月的办公室，找她的麻烦了。埋伏了很久的斗争，就要爆发了。

"打你电话，为什么不接？"容露僵着脸，突然出现在江月的办公桌前。

"抱歉，刚才我不在办公室。"江月感觉到了容露的对立，但仍然不失礼貌地回答。

"现在到我办公室来一下。"容露提高了嗓门，转身一阵风似的回到了办公室。

几分钟后，江月出现在容露的办公室。人力资源部空无一人，此刻，范妮和几个同事正在大会议室举办月度生日会。场面热闹非凡，谁能想到，江月却要经历一场激烈斗争。江月的内心有一些恐惧，一种不好的预感袭满全身。来不及多想，敲了敲里面容露办公室的门便进去了。

办公室内容露的脸感觉要炸了，面部呈绿色。江月瞧了一眼，深吸一口气，心里已经做好了迎接挑战的准备。这个时候，内心的委屈，也只能自己吞咽了，她根本不知道容露为何突然变脸，如此针对她。或许，本就有所预谋的吧，早在容露入职不久，便开始走访高层。固然，会对江月有一定的负面影响。江月是一个正直又容易伸张正义的人，而处在这样一个高处不胜寒的特别职位，自然会让一些同事所误解，从而无意间树敌了。

或许是，容露的到来，恰好迎合了某些人的心理诉求，玩一把借刀杀人的阴谋诡计。没想到，这个容露人虽然长得漂亮，但情商还缺了不少，尤其是跟总裁秘书江月相比，更加逊色了不少。可能，金岭分公司出色的装修任务也不能弥补她短路的情商了。

"你知道自己哪里错了吗？"容露开门见山，一改往日的温柔。

"抱歉，我不知道。请领导明示。"江月不卑不亢。

"运营部和市场部的文件，为什么一直没有出现在我桌上？要我提醒你几次？"

"对不起，容露。跟您之前就有过沟通，您要看人力资源部门和行政部门属于您分管部门的文件，我第一时间给您呈上。但是，其他部门的重要文件，还请您与相关部门的领导沟通。"江月不慌也不乱，思路清晰，情绪稳定。

"你这样的态度是对领导在说话吗？！"容露的声音扩大了两倍。

"抱歉，任何其他部门的文件批阅内容，不可以从我这里传出去，这是我的职业操守，请您见谅。"

"谁给你的权力？我是你的直接上司，你的工作我不该知道吗？"

"我的工作您可以知道，但是涉及您管辖范围之外的，需要江总授权。"

"什么？江总授权？你能看，我作为你的领导我不能看吗？这么简单的事，不明白吗？"容露的情绪明显开始激动。

"不能。"江月斩钉截铁。

啪——一份文件被容露狠狠地甩在江月面前，"懂不懂规矩？要跟你说几遍？你怎么这么笨！悟性这么差！"

这时，保洁秦阿姨推门进了容露的办公室，假笑堆了满脸："容露，我收一下垃圾。"

容露没有吭声，秦阿姨收拾完垃圾，抬眼与江月四目相对，随后推门出去。看到秦阿姨的表情，江月知道，过不了几时，公司便会新增一个新闻了。

033　江月蒙羞

"你知道吗？全公司的女孩子里面，你是最差劲的一个。你也是最不适合做秘书的一个！任何一个人都比你好。"容露的脸色气得一阵红一阵白，骂起人来也滔滔不绝。

江月始终保持着一开始的坐姿，没有任何改变。背部笔直地坐着，双手交叉放在膝盖上。尽管被骂得如此不堪，她也丝毫没有任何的不良情绪。而是，自始至终微笑着看着容露。内心其实在狂笑了，如此不堪的素质怎能带起一个团队。

"我实在搞不明白，你为什么一直还在笑？怎么笑得出来的。告诉你，我要降你的职！"容露愤怒得口水四溅。

"抱歉，降职不是你可以决定的。这得听江总的。"江月不卑不亢，淡定自若。

"什么？听江总的？你可要搞清楚了，我可是你的顶头上司，我对你有决定权。不接受降职，那你辞职吧，离开公司！"

"辞职？抱歉，这也不是你能决定的！"江月轻言细语，淡然一笑。

此时，江月在内心已经给容露翻了无数个白眼了，但表面上的淡定，也是她的能力之一。擅于管理好自己的情绪，才是成大器之人，才具备做大事的能力和基本素养。对比之下，显然这个容露，是一个对自己情绪管理特别糟糕的人。那么，这样的人带团队就会特别累。没有一个员工愿意跟随一个情绪特别不稳定的上司。

眼看着容露没有要结束谈话的意思，江月主动说话了："容露，您已经骂了整整一个小时了，您看我是否可以先去吃饭，肚子实在太饿了。吃好饭我再过来可以吗？"

容露没有说话，而是翻了个白眼。当然，江月并不是征求她的意见，而是告知。随后，江月就起身自己开门出去了。当然，饭后江月也不会再去领骂。再强大的心理素质，在持续一个小时的侮辱之下，内心也是久久不能平复。

那个下午，江月其实都是神游的状态，她一直都明白为什么容露视她为敌。在整个江佑公司大家都知道江月已跟随江沅多年，具有举足轻重的地位，也是江沅最信任的人。而容露也是江沅的关系空降兵，在集团上下，都以二老板自居。加上金岭分公司装修事件的推力，容露现在也是毫无顾忌。

"江月，今天下午你骂容露了？"范妮鬼鬼祟祟的样子。

"什么？我骂她？"江月一脸惊讶。江月觉得意外也不意外，很多时候，是非就是这么不明黑白地传开来的。

"秦阿姨都传开啦。说得有板有眼，就说你跟容露吵架呢。人家容露可是有理有节的哦。"范妮悄悄在江月耳边说道。

"呵呵，这个秦阿姨厉害了，说得跟真的一样。你信吗？"江月转头跟范妮微微一笑。

"当然不信啦！谁还不知道我们江月多么佛性呀。怎会如此粗鲁不堪呢？"范妮跟江月俏皮地笑了。

034　会场

"亲，你录音了吗？不然，你可真是有口难辩呀。"范妮收紧了笑容，装着一脸的认真。

虽然人前范妮对江月一副好闺密的样子，但在内心谁都知道，要说对江月没点想法，那也不太现实。毕竟江月特殊的工作身份，难免引来侧目。尽管，江月平时非常注意自己的言行举止，总想能一团和气。但是，职场如战场，有时候理想很丰满，现实却很骨感。不过，对于这一切江月早就看得很淡，若不是调整自己的心态，可能每天都是阴雨天了。但就这件事上，利益是范妮的共同体，她始终会在江月这一边全力以赴支持她的。毕竟，范妮也希望能有人与容露抗衡。

"录音？"江月伸手摸了摸口袋里的录音笔，没有接话。

这就是大家所不了解江月的地方，但凡能力稍有欠缺，怎会在这样的关键职位上游刃有余。江月对任何事情总是能看出十之八九，虽不是学心理学的，但是经过工作当中的日积月累，对人物的心理特征也能猜出一二，往往还都很准。这次，她就猜到了容露找她，本就是一场鸿门宴，要懂得自己保护自己，留下证据往往也是必须的，尽管不是为了所谓的百战不殆，但至少要能知己知彼，需要还自己一个清白的保障。对于秦阿姨的为人，大家也都知道的，用趋炎附势来形容她再贴切不过了。

此刻，江月根本听不见范妮说着什么，她的内心早已翻腾各种勾画的画面，有好也有不好。她不知道这件事江沅如果知道了会如何处理。有时候，职场不是有道理的就是对的，有时候存在即是合理，合理即会存在。那么，这个容露的背景又是如此神秘，对于通过社会渠道招聘进来的江月，确实显得危机四伏。

等江月缓过神来，她都不知道自己是何时回到办公室的，早已瘫坐在椅子上。她也不知道如何跟范妮结束谈判的。近来大家的好言相劝，总是在耳边回荡，换作其他人，大概率上会顺从容露，睁只眼闭只眼。

但江月就是江月，从众了也就不是她了。尽管内心有些迷茫，但她并不后悔，坚持了自己的原则。

这样的状态过了一天又一天，公司早就谣言四起。有为江月担忧的，也有看笑话的。这就是我们真正生活着的社会。人活着，也就是偶尔笑笑别人，别人笑笑自己。听起来也扎心，但富有哲理。但也不能一味妥协，所以江月也主动找了几个关键的人帮忙，群众的眼光是雪亮的，善良的人总会有回报。愿意帮助江月的人，慢慢形成一个阵势。其实，这不光是基于江月的人品，也有容露的自毁前程。在与江月的矛盾激发之前，容露在金岭的所作所为也早就传到了江沆的耳里。正所谓好事不出门，坏事传千里。

两周后……

江沆出差回来，召集了一场会议，公司中层以上人员全部参加，大会议室里坐满了人。每个部门挨个进行工作汇报。原本是一场再寻常不过的工作会议，但却在容露汇报工作的时候，演变成一场舞台话剧，场面可谓精彩又刺激。容露竟然把矛盾毫不隐讳地直指江月，"江月极不配合我的工作，导致工作难以推进……"容露激动得像个失业的怨妇，毫无职场女精英该有的分寸，比她醉酒后满口胡言的样子还要失态。毕竟，清醒着的胡话实在找不到可以搪塞的理由了。

会场所有人齐刷刷把眼光投向了江月。而江月内心的淡定和从容，不但没有垂下头，还大方地昂起头与大家来个友好的眼神接触。但内心的委屈也如同刺骨的寒风，刺痛了每一寸裸露的肌肤。

就在这时，江月在大家的百感交集的眼光中，起身像往常一样往江沆的水杯里添了添水，尽管江沆的水杯里还是满满的一杯水。当然，这就是江月的长处，她懂得暗示，跟随江沆多年，江沆当然也知道江月的用意。

"她有委屈。"一个潜意识的声音，在江沆的脑海里飘过。再看看容露因极度愤怒而狰狞的面孔，已经没有人愿意继续听她讲下去了。

035　真相

　　江沅等容露发言完毕，并没有给予任何点评，而是直接请下一个部门继续汇报。江月也并没有事先告诉江沅真相，在她看来能自己处理的事情，绝不要去麻烦老板，更不能给老板出难题。作为老板身边的秘书，能够想在老板的前面，帮他处理和杜绝一些麻烦的发生，才是称职的。对于这件事而言，江月也知道，老板心中自有判断，凡事不急着下结论。

　　而会上无声胜有声，江沅不作点评的情况还是第一次。所以，与会的所有人都能明白老板的意思。如果不是考虑到容露的后台关系，恐怕江沅也会批评几句，但这次不点评的意思也已经非常明确了。

　　这样的一个汇报结果，容露自然是失望的，不开心的。原本以为在江佑公司二把手的身份已坐实，现在恐怕也没人敢下这个判断了。

　　会后……大家散去。

　　"江总，这些是最近需要您签批的文件。"江月跟往常一样，依旧笑容甜美，仪态大方，轻轻把文件夹放在江沅的办公桌上。完全不像一个刚刚被人攻击得一无是处落荒而逃的可怜人。

　　"最近可好？"江沅一边翻开文件夹批阅文件，一边抬头看一眼江月。

　　"一半一半吧。"江月心里明白江沅想问的问题，她随手又递过去一个U盘，继续说道，"我想最近公司的要闻，可能在几天前就传到您那里了，至于事件的真相在这里。"

　　"这是什么？"江沅拿起U盘，一脸疑惑地看着江月。

　　"那天，在容露办公室的谈话录音。"江月说。

　　"录音？"

　　"没错，谈话录音。是这样的，我跟您解释一下。容露每次给我布置工作，我都会录音，毕竟也是刚刚合作不久，还在磨合期，我怕理解错了工作要求，在工作中保持一份谨慎也利于工作质量的提高，但我没有想到的是，这次的工作面谈却如此不尽如人意。"

"明白了，我晚上会听一下。"江沅听了江月的解释，表情放松不少。毕竟，对于江沅来说，内心还是希望容露和江月能够合作共赢。

"内容有些长，如果有必要的话您选择性地听一些就好。"江月说，顺手带走了几份刚刚签批的文件，轻轻关上江沅办公室的门，回到自己的座位上。

回到座位后，江月刚长长地舒了一口气，还没缓过神来，办公室就来了一个人。

"江月，里面有人吗？"以冬突然出现在江月的办公室，指了指江沅办公室的大门。

"没有其他人，进去吧。"江月职业性地答复道。

20分钟后又有一个人出现在江月的办公室，排着队等江沅的档期，是包罗。

好一个门庭若市。江月跟往常一样，招呼着包罗在旁边的沙发上稍坐片刻后，她便安静地敲打着键盘，写着当天的会议纪要。

每次写材料的时候，江月极度投入，两耳不闻窗外事，没有人去拉一拉她，她真的完全感知不到外界，这样的专注力非一般人所能及。

"叮！"微信提醒声，唤醒了专注的江月。打开微信看到，江沅请她进办公室。这才发现不知道什么时候，包罗已经跟江沅聊完工作也走了。

江月本能的反应是江沅一定是批阅了所有文件了，让她及时分发下去。

"进来吧，坐一会儿。"

江月一推开门，江沅便示意她在办公桌的对面坐下。

"你受委屈了。"江沅说，"刚才以冬和包罗也都是来跟我说关于容露的事情。最近在公司影响很大，也非常不好。对于和你之间的事，大家也都是支持你的。刚才，我也听了录音，容露确实让我很失望。"

江月盯着江沅目不转睛，内心的感动和感恩溢于言表，但她也看到这件事让江沅很头疼。

"容露呢，她老公是市商委江主任的朋友，一句话就给塞过来了。"江沅皱紧眉头，端起茶杯喝了一口，不紧不慢地说道。

"您不要有压力，我没关系的。我知道工作该怎么配合。"江月说。

"前天呢，我和江主任也通过电话了，容露在金岭赌博的事，我也跟他提了。毕竟影响并不好，江主任说随她去吧。"

"啊？"江月很惊讶。一是没想到容露的背景，二是没想到容露会赌博。

"你的工作，过去怎么做，以后还怎么做。不要受到这个事情的影响。你自己呢也调整一下心情。容露的言辞不当，这是作为领导干部，她需要去反思的地方。"

"我明白的，江总。您放心。"江月就这件事也算是表态了。

既然老板江沅知道事情的真相，也给了明确的答复，至于秦阿姨的造谣生事，也就随她去吧。经历了这些天来容露的折磨，这个结局来得有点意外而又惊喜。江月相信，上天会眷顾每一个善良的人。内心除了感恩二字，再无其他。

036 江佑人事大调整

三个月后……

江佑公司的前台被一个嗒嗒的声音包围了。

"容露这个带薪病假啊，也够长的了。这钱啊，真是好拿。"范妮端着一杯咖啡，悄悄跑到前台。

"对了，我这里还有她的快件，都放好几个月了呢。也不知道是什么材料，会不会耽误她的事？"书碟撇着嘴，若有所思，也没有接范妮的话。

"你可真操心，你还管她什么呢？我啊，我就想着她干脆辞职算了呀。"范妮嘴角泛着不怀好意的笑。

"你们这些办公室的事，可真是闹心啊。还是我这个小前台舒坦。"书碟有一搭没一搭，随手点着 OA 上的新闻。

"啊！"书碟的惊讶声打破了前台的寂静。

"怎么啦？怎么啦？"范妮赶紧趴到书碟电脑桌前。

"真的是辞职了啊。"书碟张大了嘴巴。

刚刚 OA 发布了一份任命书……

任命以冬为高级副总裁：分管运营部、人力资源部、市场部；

任命苏西任人力资源部经理；

免去容露人力资源部经理的职务；

免去包罗市场部经理的职务。

白纸黑字，看得范妮和书碟目瞪口呆，鸦雀无声，此时无声胜有声。

一场江佑公司的地动山摇，一场浩瀚的人事变革，让大家来不及喘息就要面对了。

但在书碟的内心还是开心的，一方面是以冬升职了，自从上次深夜临时奔赴金岭，搭了以冬的顺风车就对这位有颜有才的高管，印象分上了几个等级；

另一方面，又可以见到苏西了，还记得那次麒麟大闹前台，苏西可是革命战友，共同经历了那么重大的事件。虽然事后因为这件事，苏西受到了牵连而辞职。但，一切都是最好的安排，这次苏西逆袭了，还可以继续与老上司共事。人生竟然可以如此美好！脑补着这些画面，书碟竟然情不自禁扑哧一声笑出声来。

"你笑什么啊？我都没缓过神来了。这是怎么回事？发生了什么？来来来，我们一起捋捋这复杂的人物关系。"范妮从前台的打印机抽出一张纸，在书碟的笔筒里还挑了一支卡通的圆珠笔，画起来组织架构图。

范妮是真的蒙了，她万万没有想到，江沅的动作这么劲爆，原本以为只是容露可能有调整，根本没有想到其他人。

"范妮，那容露的这些信件怎么办啊？要不你拿着，下次给她。"

"我怎么给她啊，难道还要跟她聚餐，欢送呀。算了吧。你就放着吧。重要的材料她会找你的啊。"范妮头也没抬，很认真地画着她的组织架构图。

书碟噘着嘴，一种直觉告诉她，这封邮件里的资料非同一般，一定很重要。但是，怎么给容露呢？在公司也就范妮跟容露比较熟悉，毕竟一个部门，但是她俩的关系一直是面和心不和。若是范妮不肯帮忙，难道是自己送去吗？或者叫快递但是也不知道具体门牌号码。

一个容露的快递真是愁死书碟了。想象了那么多画面。到底是什么资料呢？书碟把快递拿在手上再次端详了起来。难道是广告，会员卡之类的？书碟脑海里复制了N个问号。

"好了！终于画好了，我回座位了，慢慢看。"范妮重重地把笔扔下，直起了腰，揣着那张图纸回工位去了。

望着范妮远去的背影，书碟立马又陷入了沉思，如何把这份快递送到容露的手上。一种莫名的直觉促使书碟一定要这么做。

037 惊雷

就在容露辞职后的第二天，江沅主动和江月告知对于容露背后后台的反馈意见。那位领导也显得万般无奈："辞职就辞职吧，由她去吧。"江沅略显尴尬，毕竟是重要部门的领导安排过来的人，怎么就闹成这样，无论如何也要挽留她。但，也被这位领导给拒绝了。看来，容露的过往可见一斑。

而滞留在书碟手里的那封快递又是什么呢？

事情闹到这般地步，容露也是没有脸面再回公司。据知情人说，那次会后她就一病不起卧床在家。对于她这样的靠着男人的多金女人来说，这一份工作的丢失对她生活的影响微不足道，一病不起看来并非因为这份工作。

书碟思来想去，容露在公司期间也未曾伤害过她，现在虽是公司的过街老鼠人人喊打，她倒也不至于做一个乌合之众，能帮则帮吧，还是联系一下容露本人把快递交给她。

这天，下班后书碟按照容露给的地址找到了她的家，容露很热情地招待了书碟。毕竟现在公司唯一待见她的人可能就是这位善良的书碟了。

环顾四周，容露的家里很简陋，并不是想象中的那么奢华，阳台上也只有她自己的衣服，未曾看见有她先生的任何衣物。书碟不由得内心开始游离，怎么一个人独居了呢？不是传说中的某大型集团的高管太太吗？

"书碟，来喝杯咖啡，我给你做了一杯拿铁。"容露微笑着递过来一杯咖啡。

"您太客气了，谢谢。"书碟接过咖啡喝了一小口接着说："很香。"

这时，容露依旧保持着微笑，拆开快递，慢慢地把文件拿出来。

"这封快递已经放在公司很久了,我想对您来说一定非常重要,而又突然接到您辞职的消息,我就想着亲自给您送过来为妥,也没有必要再经他人之手了。"书碟盯着手里的咖啡慢悠悠地说。

接下来的沉默,整个屋子的空气瞬间凝固。容露没有回应。

书碟满是不安地瞥了一眼容露。只见,她瘦弱的身子深深地陷在了沙发里,脸上的表情僵硬,眼神空洞地望着天花板,一行眼泪顺着脸颊流了下来,手里的文件也滑落在地上。

一切来得太突然,书碟来不及思考,焦急地喊:"容露、容露!"

没有回应,此时此刻容露完全听不见任何声音。书碟捡起地上的文件迅速扫过,她的脸色由红变白再变青,气息变得急促,眉头紧皱,拿着文件的双手微微颤抖。到底还是年轻不经事,面对惊雷般事件的恐惧感一览无余。

而容露虽然伤心难过,但倒也平静。难道她早有准备来应对吗?她的眼神始终没有离开过天花板,也并没有感知到书碟已经看过了文件。只见她擦了眼角的泪,慢慢缓过神来,拿起茶几上的文件,装成云淡风轻的样子说:"没事,只是想到一个要好的朋友突然去世,不由悲从中来。刚才,走了神了。不好意思啊。"容露并未注意到文件是书碟从地上捡起来放到茶几上的,更不知道书碟已经看到了文件的内容。

书碟见状,努力克制自己的那份胆战心惊,找了一个借口赶紧离开了容露的家。她在容露的楼下站了很久很久,内心波澜起伏,万万想不到容露的人生经历竟是这般惊天动地,作为同事一场也难以去评判谁是谁非。历史功过还是留给后人来评,存在即是合理,没有谁对谁错,都是缘,有善缘也有孽缘。

038　宿命

"啊!"一声凄惨的叫声打破了深夜的宁静。一个女人在楼上的窗边探出了半个身子,那一声叫得撕心裂肺。

书碟循声望去，没错是容露。

多坚强的女人才能承受这样的打击。关于容露的过往，看来只不过是一个虚构的故事，事实的真相还相当的荒唐。今日的结局或许也是容露的咎由自取吧。书碟在内心思索着。

那个快递是法院的传票，容露即将面临着一场牢狱之灾。

关于容露的这个案件还得从3年前说起。容露一直在亲友圈以万豪公司高管太太自居。当然年龄上的悬殊大家也都知道，一定是二婚了。据说这位高管的儿子和容露相差不了几岁，有传闻容露未曾生育也是因为这位高管的儿子已成年且形成家族的阻力。

然而，她欺骗了所有人，万豪的高管先生一直是有家庭的，只不过妻儿在新加坡定居，每年他会去新加坡3个月，夫妻两人聚少离多，这也给他腾出了很多空间和时间找临时伴侣。容露对此也是知情的，一开始只不过是各取所需彼此利用。她做了高管先生的情人，他给了她很好的职位和薪水。

后来，由于两人在公司眉目传情被同事们传开了，公司决定必须调走一个。自然位高权重的高管先生成了公司的保护对象，这才有了后来江沅给她腾职位一事。俗话说，德不配位，必有灾殃。如此优厚的工作最终也是落花流水。

容露和高管先生之间，最终还是以容露的毁约导致了现在的结局。高管先生给她奢华的生活，有房子、豪车以及各种名牌首饰，但唯一不能给的是婚姻，这是一开始双方就谈好的。但是容露太贪心了，越来越贪得无厌，除了已经有这些物质以外还算计着生了一个私生子。

碍于面子，还有顾忌法律的制裁，把这个孩子一出生便送回了星海老家，让一个老家人照顾着。眼看着孩子到了上学的年纪了，容露又打起了移民的主意，要求高管先生给她和孩子办理移民手续，也要去新加坡和他的妻子以及婚内的儿子享受同等的待遇。

为此容露一哭二闹三上吊各种威逼利诱，高管先生终日不得安宁。俗话说，常在河边走哪有不湿鞋。很快这件事就传到了高管太太的耳里，虽然她人在新加坡但总有几个亲信在国内。她也一直知道丈夫在国内有个情人，这件事夫妻二人早就达成默契，只要不分割财产不影响家庭，高管太太也无须干预太多。

然而，没有想到容露的目的并不单纯，一步步设计圈套，一步步逼宫。高管太太忍无可忍，在收集了大量的证据后，一纸诉状把容露告上了法庭，两罪并罚，第一条罪状先收回婚内一切共同财产。包括房子、车子、各种奢侈品包包和首饰，还有转账及现金等等。第二条罪状是重婚罪，明知他人有配偶者仍与其同居并生有私生子，坐实重婚罪的事实。

这回，老天也救不了容露了。接下来是3年漫长的牢狱之灾。到头来竹篮打水一场空。容露知道自己走投无路了，最后的希望就是她的孩子。怎么办？如何面对父老乡亲，如何面对亲朋好友，一直伪装的高调的高管太太的生活如何给所有人一个解释。除了法律上的制裁还有来自道德和良心的拷问。想到这些，容露仰天长啸，双手抓头，尖尖的指甲陷入了头皮里，略见一丝血迹。忽然她又像弹簧一样蹦起跑进了厨房。"哐当"一声巨响，她要干什么？

039　灯塔

一把菜刀从容露的手里滑落到地砖上，原本她是想一死了之。但想到远在星海的孩子，又想见最后一面。至于要不要陪伴孩子的成长，她自己心里也明白，已经不现实了，一来孩子从出生就被抱走，对生母也没有太多记忆和感情；二来，进监狱是迟早的事，与其让孩子知道有一个犯罪的母亲，还不如永远不要让他知道这个生母的存在。

容露并不知道书碟已经知道了这件丑闻，若是知道，她一定会非常担心书碟会传出去。她是一个对他人不容易信任的人，哪怕真心待她的人，她都会打个问号。她是属于"唯恐天下人都会害她"的那种女人。

第二天，书碟怀揣着不安坐在了公司前台的座位上。经过的同事都看到她满脸愁容，但她也不会到处乱传，一个人默默承受着。但是，她内心有无数个为什么，无从解答。如此复杂的婚恋关系，对于一个未婚的小姑娘来说，对自己未来的归宿越发迷茫。身边总是充斥着各种颠倒三观的事，之前有景兮，现在有容露。她们两个的经历都像是昙花一现，留给她们最多的是痛苦和悔恨。

"早上好，书碟。"第三天上班，电脑屏幕上弹跳出神秘高人的对话框。

书碟正犯愁呢，刚好他的出现，似乎是一道光闪过，没有他解不开的答案。

经过一来一回的文字对话，神秘高人大概也知道了发生在书碟身边的事情，以及她本人对未来的迷茫和困惑。面对书碟对自己未来婚姻失去信心的信号，神秘高人耐心地和她谈了关于他对爱情和婚姻的一些看法。

关于爱情，爱上一个人，书碟的判断标准是那个他／她所拥有的，对方所欣赏的优点，如果自己特别喜欢他／她，也被他／她的个人魅力深深吸引着，那就是爱了。但是，她又害怕对方不够爱自己怎么办？是否未来的婚姻会遭受各种危机。那么，是否应该选择一个自己不那么爱的人结婚更安全。但不管是自己爱的还是不爱的，似乎都会存在对婚姻的焦虑和迷茫。

而神秘高人是这样说的，爱一个人和欣赏一个人是不一样的。爱是包容、接纳，人无完人，每个人都会有缺点，如果你可以不计回报，毫无保留地接纳他／她的缺点，当被对方的缺点而伤害时，能够原谅和接受不完美的对方，这才是爱的力量。

而欣赏一个人，是要求这个人必须完美无缺，不能包容对方一丁点儿的不完美。在发现对方不够完美或者被对方的缺点伤害时，会表现得痛不欲生。然而每个人的婚姻都是带有瑕疵的，需要夫妻双方共同去经营和维护。人性是恒久不变的，爱情是人类最高级别的情感，各朝各代的男男女女都曾为情所困。随着社会的进步和时代的发展，随着生活条件的变好，现代社会的离婚率也节节攀升，这还缘于现在的人对待感情的淡泊和随意，就像是一件东西坏了，第一反应是扔掉换新的，而不像过去社会的人们第一反应是修。爱情也好婚姻也罢，出现了裂痕和危机，最理性的做法还是去修复。只要用心经营，做好自己就可以拥有美好的婚姻。

听高人一席话，胜读十年书。书碟瞬间觉得心安很多，每个人都是独立的个体，不做乌合之众，始终做一个清醒的自己，相信命运自有安排，

第九章　江月的智慧与容露的倒台

不做一个不幸的焦虑者。

书碟不再为自己的未来担忧，但又想到了景兮。好久没有她的消息了，书碟联系几次没有回音。或许是身在其中心情低沉而没有回复吧。书碟这么想着："亲爱的，最近怎么样？"随手发过去一条微信。瞬间得到的回复是对方拒绝接受您的信息。随后，书碟赶紧点开景兮的朋友圈，看到朋友圈封面是一片黑，一条白线特别刺眼。

"拉黑我了？"书碟自言自语，一脸疑惑。没错，景兮拉黑了书碟，但是书碟明白，这是不想再麻烦到她。或许是想彻底告别曾经的朋友圈，重新开始新的人生。可是，处在当下的景兮，还能有什么样的人生呢？她的下半辈子又该怎么办呢？这一连串的问号，书碟越想越发慌，恨不得立刻跑去找景兮。

040 身陷深山的景兮

有时候，心有灵犀一点通也不是仅限于恋人之间，好朋友之间也往往适用。就在书碟百思不得其解的时候，一个陌生的电话打来。她本能地挂掉了，又是骚扰电话。接着又打过来了，继续挂断。连续好几个回合，书碟认真看了一下号码，一种直觉驱使她迅速回拨过去。

"书碟、书碟，是我。"景兮的声音，非常急促也很紧张，心里不由一愣，或许是和景兮失联太久了，公司又有各种烦心事，早就忘了那个满是生活气息的景兮了，但是很快书碟就反应了过来，景兮出事了！

"我在，我在。景兮你慢慢说，你在哪里？"

"我在贵州的一个山区，现在在哪里我也说不上。我被拐卖了。"景兮崩溃地哭着喊着。

"等我来救你。加我微信发我定位。"书碟用简短的语言说。这个时候来不及问太多细节，找到人才是最重要的。

"我是、我是，用的一个大叔的电话给你打的。我和他商量一下，看能不能加你微信。"景兮的声音哆哆嗦嗦。

还没来得及等书碟说话，那头就挂了电话。

书碟焦急得像热锅上的蚂蚁，回拨过去竟然是无法接通了。怎么办？怎么办？

而在景兮这边，她还在试图和大叔努力沟通着。

"大叔，您行行好，帮我和我朋友联系好吗？让她来接我。她会给你钱的。"景兮睁着一双清澈的大眼睛，尽管满脸污垢，但也挡不住她的盛世美颜。

"俺要这么多钱做啥子？你长得这么好看，比钱好多了。"一双满是污垢的手伸了过来。

"我有病，真的有病，传染病。千万不能碰我！"景兮退后了几步，吓得浑身哆嗦。

"跑啥跑呀，这深山老林的也只有我才能带你走出大山，我有手机有车费。"大叔咧着嘴笑，露出一排发黑的牙，直叫人感到恶心。

此时，求生欲极强的景兮，也只能应付着。

看着他的嘴，仔细听着他肮脏的嘴里蹦出来的每一个字，生怕听错了，得罪了这根救命稻草。比起前几个转手的大山男人来说，这位大叔相对还要面善一些。景兮的心稍稍放了下来。她知道此时此刻失身总比失去生命要好很多，不管发生什么都不能和他起冲突，要想办法周旋。

"我看哪，你还回啥城哪？俺在这大山住不是很好嘛。有山有水还有绿色蔬菜。我还不嫌弃你有病，我会把你养得白白胖胖，漂漂亮亮的。"说着，那张难看的嘴就凑了上来，贴在了景兮的脸上。

景兮下意识往后一个踉跄，倒在地上。这时，野外的妖风瑟瑟，伴随着雨点，越下越大，一场暴风雨来了！

书碟这头急得上蹿下跳，一口气跑到公司楼下把通讯录里但凡和警察沾点边的朋友都联系遍了，就是连小区门卫的保安都不放过。到处打听局子里有没有熟人，要去救人。在这紧急关头，就是跑到派出所立案，也只是疑似拐卖，未必会很快立案搜救。病急乱投医，还是自己私下先找找人吧。

041 逃跑

在这暴风雨中的深山老林里,丧失人性的大叔不顾景兮的抗拒,顺势扑倒在景兮的身上。倾盆大雨从天而降,就像个空中淋浴洗刷着景兮满是泪痕和污垢的面庞,电闪雷鸣中,满面悲伤的景兮依旧迷人,这也将她狠狠置于危险之地。

景兮泪如雨下,扯破嗓子朝着天空呐喊:"为什么啊!命运夺走了我的孩子,我的男人,现在为何还要如此这般折磨我?拿我命去吧。我也不想活了!我要赎罪啊!我要赎罪!"

轰隆隆!老天以最惨烈的雷声闪电回应着景兮,她并不害怕,连死都不怕还怕天谴吗?这位大叔也不害怕,看到被大雨淋湿的景兮,越发欺负得厉害了。

景兮虽然内心早已崩溃,但并没有挣扎反抗而是听之任之,只是无助地哭喊。她知道这个时候,无谓的挣扎只会消耗自己的体力,也可能因此而丢了性命。不知道过了多久,她不哭了,脑海里瞬间闪过这些天来欺负过她的那些个山区男人们丑陋的脸。她自己都不知道怎么来到了这里,只记得昏迷了很多天,迷糊中被这里的人辗转多家,就像一个玩物被这里的男人糟蹋了。

等到恢复记忆就是在最后的一个单身汉的家里,被要求生个孩子,但是景兮体弱,刚好遇到了郎中,把脉的时候景兮发出求救信号,本以为遇到了救命恩人,但没想到这位郎中也是一只披着羊皮的狼。

景兮知道靠这位郎中大叔是无法走出大山的。对于刚才答应借景兮手机一用已算万幸。至少书碟已经收到了她的求救信号。那么接下来只能听天由命,能不能逃过这一劫就看命运了。

就在这时,又是一道闪电划在他们的头顶上。景兮惊吓地大叫一声,而这位郎中大叔顺势倒在了地上晕了过去。景兮迅速爬起来,顾不上穿好衣服,从郎中的口袋抓起手机,拔腿就跑,天很黑,雨很大,景兮径直朝一个方向跑去，不敢回头，生怕大叔醒来要抓她回去。就这样跑啊、跑啊，不知跑了多久，天渐渐亮了，雨慢慢小了，隐隐约约看到远方有一个村庄若隐若现。景兮的心慢慢放下，思绪万千放慢脚步，回想着自己的前半生。

她心里渐渐明白，畸形的价值观导致了今天的悲剧。人生不能重来，曾经犯下的错只能用后半生来偿还和赎罪。破坏了别人的家庭，做了富商的小三那么多年，过着金丝雀一样被圈养的生活，到头来一切都是空的。现在所经历的一切才是因果报现前了，欠下的债总是要还的。老天是公平的，起心动念都有本账，福报用尽，报应也就现前了。景兮知错了，她暗自下决心，只要能平安回城一定要好好悔过，重新做人。

想到这里，景兮用尽全身的力气跑得更快了。她要把过往都留在这里，要跑向一个新的未来和新的生活。忽然一道温暖的阳光浮现，景兮感觉自己仿佛置身于鸟语花香的树林，空气变得清新，步伐变得轻盈，一种快乐油然而起。

042　交锋

书碟向公司告了假，一心扑在解救景兮的事情上。

这些天江佑公司的前台总觉得少了一些生机，范妮在前台晃悠找不到人可以说说话。苏西上任人力资源部经理以来，一直埋头苦干，为了熟悉人力资源部的工作常常加班到深夜才离开公司。而这一份努力在仍旧是人力资源部秘书的范妮看来，内心早就不屑，坐等看她的笑话了。说来也能理解，曾经的同事转眼却成了自己的上司，这种尴尬和不甘也是人之常情，毕竟境界高的圣人并不多见。

虽然，范妮在人力资源部的工作能力还不够，但是她在公司有后台，大家对此也早就心照不宣了，也没几个人会议论她，惹不起还躲不起吗？平时，除了她的那个小圈子以外，也就是书碟还搭理她，这也是因为书碟是前台的身份，和她并无利益冲突。所以，范妮平时总喜欢往前台凑，聊聊八卦。而具备较强洞察力的书碟,坐在前台的位置总能捕捉到各种信息,但是她懂得保守秘密,只看在眼里而不说破。但同时,她也是一个非常好的倾听者,所以范妮还是非常乐意和她聊天。

"范妮,麻烦把去年的《薪酬管理制度》给我看一下。"苏西在办公室里对着门口的范妮非常礼貌地说。

"啊,这不是我做的,我这里没有。"范妮支支吾吾,一脸不耐烦,"要不你从 OA 文档里面下载好了。"真是个麻烦精,敢来差使我了,我偏不给又能怎样。总不能让你这个领导的位子太好坐了。我偏不听你差使!范妮在心里嘀咕着,同时噼里啪啦在她的小圈子群里来了个同步直播和讲解。

苏西听到这话没有吭声,只是屏住呼吸轻轻地舒缓了一口气。她默默查了 OA 文档,虽然有这份《薪酬管理制度》,但是还是 pdf 版本的,对于今年的修订方案直接改是不合适了。

常说新官上任三把火,苏西也想把工作做到位,不辜负江沆的期望。部门内所有工作的计划也都是她自己提的要求。要改革创新需要先熟悉过去的工作情况,再说也离开公司一段时间了,对这段空白期的情况需要了解和补足。而过去也都是在运营部工作,对于人事业务还需要熟悉和了解。鉴于以上的这些客观事实,苏西对于范妮的态度还是默默忍了。作为部门负责人没有博大的胸怀,怎能连贯左右承上启下呢。

范妮的这种态度显然也是对苏西的示威,仗着在公司有后台,又是曾经的老同事老员工,倚老卖老,她并不觉得自己有什么错。甚至在她那个小圈子内一呼百应,都要来抱紧范妮这棵大树,俗话说大树底下好乘凉。

对苏西来说,这些天书碟不在公司,还真少了一个得力的助手。根据这次的组织架构的调整,书碟的岗位也归于人力资源部了。书碟之前和苏西的合作就非常默契,诸如麒麟女大闹前台事件的处理。

逆袭江佑公司,苏西对于公司组织架构的搭建和调整也早就有了思路。对于一家发展中的公司来说,最需要做好的是以人为本,当代社会的竞争无非是人才的争夺战。江佑的这次人事变革就透露了一个重要的信号,公司的发展需要人才的迭代。

俗话说一屋不扫何以扫天下,公司人事的变革先从人力资源部开始。

苏西默默在心里思考着，用对人做对事才能事半功倍。

043　锈迹斑斑的团队

　　苏西上任以来，对内和之前容露的团队逐个进行沟通，对外和各部门负责人进行走访沟通，从各维度对过去人力资源部的工作进行了解，也多方听取大家的建议，有心把这个团队做大做强。

　　从内部的团队来讲两极分化，容露在任期间招聘的人基本是她的老乡星海人，是公开招聘还是走了快捷通道，也只有当事人知道。但从团队的凝聚力和对容露的奉承来看，公开招聘的可能性极小，很可能就是她自己的亲信。工作能力非常一般，但是溜须拍马的本事倒是极强，每日能够把容露哄得哈哈笑。

　　另外一部分人是容露上任前的老员工，大多数为上海人或者在上海工作和生活多年的新上海人。基本上工作的习惯和思维模式达成一致，具备了较高的职业素养，工作效率高，工作能力强，往往都能独当一面。

　　这个团队中除了容露独来独往特立独行以外，还有一人，她是纯粹的关系户，心气又高能力又差，所以与这个团队显得格格不入，但是也没有人敢得罪她。所以，她的工作相对顺风顺水。跟着容露这样的领导范妮是无法成长的，但相反，如果是一个有领导力的领导，范妮的职业发展或许还有一点希望。

　　容露作为人力资源部的负责人，在用人方面却犯了忌讳，常常以个人的主观判断把不合适的人放在不合适的岗位。她的标准是如何给星海帮派争取利益最大化，毫无底线和原则牺牲上海员工的利益。导致短短的几个月的时间先后被挤走好几个上海的员工，随后容露就立马替补了星海人。导致星海文化从人力资源部开始迅速向外扩散，公司的文化导向越来越偏离江沅的理念，这也导致江沅破釜沉舟决定改革的原因之一。

　　在星海人的眼里，自己做的每一件常规工作都应该得到公司的奖励和上级的褒奖，比如说江佑公司请外部合作单位做了办公协同的系统，从系统的框架来看无非是把过去的纸质表格做成了电子表格，放在了系统里罢了。系统的开发并不到位，只不过是初级模版标配，但江佑公司却投入了二次开发甚至三次开发的费用了。同档次的系统让任何一个上海员工来主导总费用绝不超过 10 万元，但星海人主导的系统开发费用却高达 30 万元。整整 3 倍，更为搞笑的是系统上线时，容露还用部门团建费用为星海人庆功，开香槟办派对，还要求部门全员参加，不得请假不得缺席，还必须得喝酒。

对于容露的种种劣迹，苏西的脑容量都不够装了，足以震惊了行业圈子。面对这样的一个烂摊子，苏西开始焦虑了，一时没了头绪。如何做到海派文化和星海文化的融合，如何打造一个有凝聚力的团队？有的部门负责人直接给出简单粗暴的建议，建议苏西新官上任快刀斩乱麻，替换所有星海人，否则这个团队难以合作。

044　景兮获救

再说书碟随同警察一行，搜索范围就是在困住景兮的那片山脉。这次，帮助到书碟的就是门口的保安，他的战友有几位在警察局，给予了书碟最大的支持和帮助。在当地派出所的协助下，在天黑前他们发现了已经深度昏迷的景兮，躺在树下。浑身满是泥土，衣衫不整。书碟流着泪脱下外套给景兮穿上，带她返程。

在医院的病房里，早晨的阳光透过窗户的缝隙照在景兮的脸上，书碟已经累得精疲力尽，趴在景兮的床边半睡半醒。她不知景兮何时会醒来，一直不敢睡觉。

"啊，救命啊！"景兮在噩梦中醒来，满头大汗，浑然不知身在何处。

书碟被惊吓得站了起来，安抚景兮："别怕！别怕！是我是我。"

景兮看到书碟的那一刹那，再也控制不住内心的悲伤和无助，一阵号啕大哭。

宝贝不哭

是谁
触碰了你脆弱的泪腺
让你泪流满面；

是谁
击碎了你美丽的梦境
让你无法平静；

是谁
辜负了你的这片深情
让你一度伤心；

是谁
把你丢在幸福的路途
让你如此糊涂……

宝贝不哭
别再把他当成你的心肝
请让我把你的泪水擦干；

宝贝不哭
梦醒时分有我在你身旁
请让我给你幸福的天堂；

宝贝不哭
他的绝情取代不了我的痴情
请让我来烘干你潮湿的心灵；

宝贝不哭
抓紧我的手
让我带你走……

"哭吧,哭出来吧,都过去了,一切都过去了。"书碟也默默流下了眼泪。

早在读大学的时候,书碟多次劝说景兮不要走上迷途,天下没有免费的午餐,人生没有捷径。任何诱惑都是需要付出沉重的代价去赎罪。可景兮不听,依旧羡慕着学姐们纸醉金迷的生活。她从小生活艰苦,总想做人上人,但却用错了方法,她认为只要有美貌就可以有资本获取男人的金钱。然而,却不知其中的代价和创伤要用一辈子去修复。景兮始终没有听,甚至对书碟的选择不能理解,书碟毕业后从事前台的工作,这样的生活景兮看不上也过不得。

但书碟不这么认为,踏踏实实做好每一份工作,收获的是成长和踏实,通过努力也会在职场越走越顺,世上没有捷径,成功需要一步一个脚印。她并不着急一步登天,而是在日积月累中去积累。

现在景兮的状况显然应验了过去价值观的错误,让自己付出了惨重的代价。她原本以为的那个可以为她挡风遮雨一辈子的胖男人,却是一个短命鬼,陪他耗尽了青春,虽然得到了丰厚的经济补偿,但精神上的创伤却是一辈子的。

然而,书碟却始终保持着健全的人格和健康的心理状态,能够感知四季交替,春暖花开。难道这不是幸福的人生吗?书碟享受着这样平凡而又宁静的生活。

书碟没有特意去问景兮这些日子所经历的一切,她知道一定非常痛苦,等到景兮愿意说出来的时候,她内心的痛就治愈了一半。

与此同时,当地警察也在对景兮被困事件展开调查,法网恢恢疏而不漏,绝不姑息有罪之人。通过多日的摸索排查,犯罪团伙全部被逮捕,包括那个郎中。接下来等待他们的将是法律的严惩。

书碟接到消息的第一时间,就把结果告诉了景兮。景兮听到这个消息,表现得很平静,默默流下眼泪,嗓子里模糊地发出一个字:"好!"

这件事的始末不用细问书碟也明白，景兮是受大委屈了。问太多的细节只会让她陷入过去的伤痛不能自拔，只有让她内心放下过去，才能真正开始新的生活。

045 星海之殇

法院的审判结果下来了，还有两天容露就要服刑了。最近，她跌跌撞撞从过去的云端坠落到现实的地狱，慢慢爬起来，稍微整理了一下心情，已经开始整理个人物品。从豪宅搬出来之后，她就已经扔掉了很多东西，环顾四周也没什么值钱的。现在开始的每一分钟，她都像是在与生命进行倒计时，3年对于普通人来说不长，但对于一个狱中服刑的女犯人来说可谓度日如年。家里的物品收拾得差不多了，最后只剩一个小小的箱子需要留下，其余的都扔了。

容露觉得有些累了，给自己叫一份最后的外卖吧，到了监狱可不是想吃什么就吃什么。过去是山珍海味，以后只有牢饭。这些天容露已经流尽了眼泪，早已没有力气悲伤。人的命运生来就是注定的，无论你如何规避，无论你如何化解，结局就在那里，或许是上辈子所欠的债。这辈子无望了，3年后一个服过刑的女人，还能有什么未来呢？想到这些，容露深深地吸了口气，她也想过，这样的日子还不如死去。可是想到那个幼小的孩子，又有些不舍，尽管孩子不在自己身边长大，但毕竟是自己的血肉，母性是人性深处最伟大的情感，对于容露也一样，她内心深处割舍不下孩子。现在显然已经不可能看着孩子长大，将来出狱也不能去认他，但是哪怕是远远地看着他长大，也就知足了。

"风"会停吗？

在这初秋的日子里
我尤其迷恋着秋夜的风
你这里的风，家乡的风。

也许，不，是一定的
唯有这里的风让我陶醉
只是风——
它过无痕，吹也无形；

一阵风过
飘起的发丝
仍旧会垂下
没有任何留下的纪念。

这时，爱风的感觉又变得淡薄
不由得
心里升起一丝凉意。

这样的季节里
风曾给过承诺
相信它一直会去追寻。

是的！
它的信念是坚定的；

因为，
富有诗意的风里
有个娇美可人的她。

相信风会停下
为了这幅美丽的风景停下
——风吹着，人陪着
多美！

这时，网易新闻播报了一条紧急通知，来自她的家乡星海。近日星海市陆续出现传染病。星海市已迅速进入紧急防病治病之中。容露从未担忧或者恐惧过。但是今天看到星海的传染病情况的新闻报道，容露坐立不安，心情低沉，压得喘不过气，总觉得有什么事情要发生。

一个陌生电话占据了整个手机界面，容露习惯性地摁掉，骚扰电话实在太多。以往她还会接一下很礼貌地说不需要，然而现在真的没有时间，一句话几秒种的时间都耽误不得，她实在太牵挂星海的家人了。同样的电话又打了进来，继续挂掉，接着还打。这时，容露突然意识到什么，手莫名颤抖起来，她摁下了接通键。

"请问是容露女士吗？"一个陌生男人的声音。

"我是，您是哪里？"容露的声音有些微弱。

"这里是星海殡仪馆，您的孩子已经去世，根据相关规定进行了火化处理，现在通知您来领取骨灰盒。"

"不,不是这样,我领不了,一定是搞错了。"容露泪如雨下,语无伦次。

她不知道最后是怎么挂了电话的，天塌了，彻底崩塌了。接到这个噩耗她瘫在了地板上，天昏地暗，她已没有力气哭泣悲伤。难道这是老天对她的惩罚吗？还是要她无牵无挂地去服刑。

事到如今，命运着实和容露开了一个不可逆转的痛苦玩笑。忽然间从天堂坠入地狱，一无所有的她，终日对着四面高墙，行尸走肉般跟着狱警的节奏，日复一日。夜晚她总能梦见孩子和父母，他们在梦里时而微笑时而哭泣。有一次梦见了她年迈的父母，他们并不像想象中那样的责备她，而是向对孩子一般的温柔。梦见孩子的时候，也没有责备她，而是鼓励妈妈好好改造，重新做人，如果有缘来生还会做她的孩子。

伤　痛

带着伤痛离开
　　曾经满是创伤
　　　　的土地！
然而——

我又带着创伤走进
　　　　这个陌生的城市。
　　　　　　试问天下有情人，
爱的真谛
　　究竟为何物，
　　　　他又在哪里？
　　爱就是你！
你，就是所谓的爱！
　　　　今天的选择
　　　　　　是这样的辛酸
　　　　　　　与无奈！
祝你平安！
　　给你深深的
祝
福！
你的明天会更好！
　　再见，我的爱人！

　　每当梦中醒来，容露总是湿了枕巾，她开始期待深夜里的梦境，期待每天能与父母和孩子在梦中相见。她的生活除了白天的劳动改造，就是深夜里迷迷糊糊的梦境。偶尔也会想起从前生活里的人和事。她也从未想过，沦落到这般地步还会有谁能记起她，也不敢想象还能记起她的人会是怎样的惊愕。

　　一个阳光明媚的日子，容露正在认真地劳作。"容露，你有朋友过来探监，整理一下过来，30分钟。"狱警过来传唤。

　　"啊，是我吗？"容露有些不敢相信，谁会来看她。

　　接着，她在脑海里搜索各种可能来看她的人，很快就来到探监室。玻璃的对面坐着两个年轻的女孩。一个是书碟，另一个容露看到她马上躲闪了目光，不敢直视，也很忐忑她的到来会传递什么信息。

　　回忆将容露拉回了若干年前。

那天是一个周末，容露约苏西在西餐厅 FUNK&KALE 进行面试沟通。这是苏西离开江佑公司后的第一场面试。世界太小了，那时容露根本没有想过自己会离开江佑公司，苏西也没有想过容露会离开江佑公司。容露为了保持神秘，那天她被口罩和针织帽捂得严严实实，只露出一双眼睛。她们简单寒暄几句，随机走进一家人少的西餐厅（店名：FUNK&KALE），容露径直走进拐角的位置，坐在沙发上，面对着吧台和大门，苏西在她对面的椅子上落座，由于视角关系，苏西的视线范围内只能看见她。

刚落座，容露就慵懒地陷到沙发里，拿起手机盯着屏幕，不苟言笑地说："我来看一下你的简历，江沅发给我了，还没有看。"开场就和苏西拉开了距离，气氛并不轻松。

"好的，我也可以介绍一下我自己。"苏西看着容露，尽量不让自己有任何想法，保持平静微笑着说道，"容露小姐，您想喝点什么？我去给您点。"

"姜丝柠檬，这里需要消费的。"容露继续刷着手机，没有看苏西。

苏西起身，走到吧台点了两杯姜丝柠檬，一杯正常糖，一杯少糖，以备容露选择。

回到座位，苏西还是端坐着静静地看着她。

容露继续盯着手机，皱着眉头说："你等一下，我回一下江沅的短信。"

过了一会儿，容露终于抬眼看了看苏西说："江沅说你的工作很认真用心，之前你在江佑公司的职位比较低是吧，但你的工作给江沅留下了一定的印象，不然他也不会记得你。"容露的语速很快，能感觉到她在尽量压抑情绪，言语里也充斥着对苏西的各种看不上，所谓的肯定也很牵强。

046　再遇苏西

"我最近压力特别大，做梦都在开会、走路，现在什么都干，杂活也干。"容露的声音提高了几个分贝，摇了摇头，直了直身体，随后又靠在了沙发上，言语里有些不满和抱怨，紧接着她又忽然前倾身体，睁大眼睛，盯着，提高嗓音说，"我的要求很高的，所以我上一家单位的下属一个都不敢跟过来。"最后一句话铿锵有力，气势强大。

苏西微笑着眨巴着眼睛，看着她没有接话。

"来，你说说你对人力资源管理有什么见解？"

"你为什么想要再回江佑公司？"

"你对江佑的企业文化是如何理解的？"

"……"容露的提问一个个接踵而来，苏西认真地回答了容露的所有问题，沟通看起来还算顺利。

提问结束，容露开始和苏西介绍她这里的岗位情况，"我们这里呢，我想，需要招聘一个高级人事主管……如果你进来的话，你的下面设一个人，前台吧。这个人你定，你来招。我不可能给你安排你下面的人，让你做主。这样以后你就不要说容露给我安排的人，不好用。"容露看了看苏西接着说，"现在有一个前台，书碟，你们本来就认识嘛。就是她了，她在你下面，江沅也说了，她也要协助你做事的。"容露的思路开始混乱，前后不搭，自相矛盾。她语速很快，依然没有苏西插话的份儿。

"薪水方面你有什么想法？"

"薪水方面领导们定就好。"其实，这是标配回答，并没有哪里不妥。

"怎么能不谈薪水，你是靠能力进来的，你不是靠江总的关系进来的。你之前的薪水多少？"容露有些急躁，语气强硬。

"我之前15K一个月，另外还有通讯费、餐费、交通费等福利。"苏西语气平缓，不急不躁。

"那就是17万元年薪？"容露说道。

"不是的，每个月还有15%的绩效奖金，在年底发。"苏西赶紧补充。

"一个月15%，年终不是一样吗？跟你说话怎么这么累！"容露皱着眉头，有些愤怒地看着苏西。

苏西的脸微微烫，看到容露的反应愣在那里，不知所措。

"你offer怎么写的？"容露不再看苏西，盯着手机看，表情变得严肃和紧张。

"我这边进来都是要完税证明的，你是江总推的，就不要证明了，你说清楚具体多少？"容露咄咄逼人，强势的性格一览无余，对苏西的回答显然是不满意的。

"那么有些没有数字量化的福利需要折算吗？"

"算、算、都算！"她不耐烦地打发。

苏西低头在手机上吧嗒吧嗒一笔笔算起来，因为给一个整数容露是不满意的，她需要精确到小数点。与其说她工作认真不如说为了将苏西拒之门外。从内心来讲，容露是极不希望江沅在自己的下面安排他的人，总有一种被监视的不安全感。

其实，谁都知道，江沅对容露的表现非常失望，企业要发展，总不能一直这样僵持和停滞。苏西本来就是从公司离开的，对她的工作表现公司上下有目共睹，是再好不过的人选。如果容露能够知人善用，能够从心出发，以心为本来接受苏西，那人力资源部的崛起指日可待。

然而，苏西和容露的初次沟通已经打破了这个大家所寄予的美好幻想。

"跟你沟通太费劲了，你到现在还没给我说清楚。你够不够职业？你都多大了，你是刚毕业吗？不谈钱吗？！"容露怒目圆睁，劈头盖脸奚落苏西一顿。

"说不清，你给我写，现在就写，你一条一条给我写下来。"容露低头盯着手机，一只手指指着苏西继续说道，愤怒到极点。

此情此景，你知我知，现场也只有她们两个当事人，换谁都难以相信这样的沟通场景。然而，这就是女人之间的较量和斗争。

这也是苏西始料未及的，善良的她本着与容露和睦相处而来，但却没有预料到这样的情况。进退两难的她被杠在了那里，拿起手机又不知所措，气氛极度紧张，她也不知道该写什么，已经离开再去算多少又有什么意义。

"有些福利是不能量化的，我就不算了。那么年薪大概在20万元+。"苏西继续补充着。

"我要抓狂了！我可以想象以后和你沟通得有多累！"容露抬头愤怒地看着苏西，"你浪费我的时间了！"接着她拿起手机打了一个电话，具体说什么，苏西一个字都没有听进去。

挂了电话，容露迅速起身，唠叨着："没法沟通，太累了！"边说边气呼呼地走出西餐厅。

苏西也无暇顾及旁人的目光，木讷地跟随容露一起往外走。

容露跟一阵风似的，风风火火，怒气冲冲，横穿马路，一下走到马路对面。

047　约定

"你还好吗？"苏西温柔地说。隔着玻璃窗的容露，回过神来，回到了现实中来。面对着书碟和苏西，容露的内心既愧疚又感动。人走茶凉，过去的那些看起来很好的朋友也好，同事也好，至今没有一个过来看她的。第一个来看她的人，却是从前她最看不上也最不喜欢的苏西。想到曾经对苏西的侮辱，容露恨不得找个地缝钻进去，瞬间脸涨得通红。为了缓和尴尬的气氛，容露先开了口。

"我挺好的，你们不要担心。公司的小伙伴们都还好吗？"容露不知道说什么合适，除了工作似乎也没有别的话题了。

"大家都很关心您，让我们作为代表带来一份心意。请您收下。"苏西从包里拿出一个大信封，厚厚的一沓，里面装满了人民币。"这里还有一包生活用品，您一并收下。"书碟双手提起一个大号手提包，吃力地放在了身旁的椅子上。

容露的眼泪夺眶而出，肩膀不停地颤抖，泣不成声。

"想哭就哭吧。"书碟心疼地看着对面的容露，一度湿了眼眶。毕竟朝夕相处过，毕竟同事一场，虽然令人失望，但总归人心是柔软的。

"抓紧时间，探监时间快到了，你们有什么话尽快说！"狱警在旁边催促着。

"谢谢你苏西，谢谢你还愿意来看我；也谢谢你书碟，替我谢谢大家。你们对我的好我都记在心里。"容露流着泪，声音带着哭腔，双手合十，缓缓站起来对着书碟和苏西深深地鞠了一躬。

书碟能来探监，容露不意外，但是苏西的到来却是一场惊喜。在苏西心里从未记恨过容露，那场有生以来最受侮辱的面试，她也明白或许并非是容露的本意，只是当时的容露迷失了自己，无论是她的价值观、世界观、人生观，也就是所谓的三观都出了问题。相当于是她的思想或是精神上生病了，对于一个病人来说，健康的人又何必去计较去争执。唯愿容露能够早日康复，身心健康，重新做人，过好余生，这是苏西的心愿，没有半点虚假。正因为苏西的善良和她的高情商，才没有让这次的见面十分尴尬。容露感受到了鼓励和温暖，在她即将消失在苏西的视线时，她回头了，露出甜美的微笑，轻轻地说："等我出来。"然后，双手比了一个爱心，慢慢离去。

"我等你，那时我们一起喝咖啡。"苏西的脸上露出淡淡的微笑，笑靥如花，温柔地说道。

在离开监狱前，书碟轻轻地走到狱警身边，塞上一个信封，有些薄有些硬，"麻烦您。"

狱警下意识地接过信封，信封没有封口，他打开来看了一眼，嘴角微微抿了一下，点点头说，"交给我，放心吧。"

外面的天空蓝蓝，微风拂面，阳光和煦，暖暖地洒在身上。书碟和苏西相视而笑，"今天完成了我们共同的心愿。"苏西微笑着，眼里闪烁着人间最温暖的光。

"相信容露归来，破茧成蝶。"

两个姑娘爽朗地笑了，笑声在空气里散开，越过树梢，越过围墙，如一首甜甜的歌谣，在这令人望而却步的四面高墙上空回荡，镶嵌在这温暖的日子里……

048　预感

这天，上午还晴空万里，下午就乌云密布，不一会儿就雷电暴雨，突袭这座城，往日的端庄有些朦胧。也只有在文艺的人眼里还是浪漫和诗意的吧。这对于忘记带雨伞又性子急的范妮来说，真是糟糕透了。

一阵急促的电话铃声响起，范妮拉着脸语气里尽是不耐烦："喂，找谁啊？！"

"你好，范妮。我是江月。"总裁秘书江月甜美的声音从话筒传来。

"您好，您好，有什么指示？您请讲。"范妮喜笑颜开，语气变得柔和很多。

在公司里，江月这个名字是独一无二的，也是总裁的代名词，有时候大家都很期待她的来电，有时候又很恐惧她的来电。就看各有所思的高管们是如何开展工作的。苏西上任以来，已经很久没有听到江月的声音了，通常江月也是在总裁办公区，很少会到部门来。一旦有她的来电，通常说明公司会有大事发生。

谁也不敢怠慢她，就算心情再糟糕，范妮也不得不收拾一下坏情绪，挤出笑容来回应。

"请你们老大苏西来一下江沆的办公室。"江月淡定又干脆地传达总裁的指示。

"这回咱人力资源部有好戏了。"范妮在心里默默地想着，但一个念头一闪而过，她自己的位置还能不能保住？

转念一想又被自己给逗乐了，在公司谁不知道她是关系户，是有特权的，动谁也动不了她。容露曾沸腾一时，现在还不是一个阶下囚，但也是罪有应得。范妮虽然小心思也不少，但是起码在道德底线上，她还是会有自己的原则，对于容露也是嗤之以鼻。

一阵急促的脚步声从书碟的面前经过，苏西急冲冲地往江沆的办公室走去，来不及和书碟打招呼，甚至来个眼神对视的时间都没有。

书碟心里有些紧张，一种莫名的紧张。在这个位置上，看到的听到的实在太多了，有些事情其实她并不想知道，但很多时候又不得不被动接受到。难能可贵的是她守口如瓶，任何事情都不会从她这里传出去。这也是她始终得到大家信任的原因。

但在有些违背公司利益的事情上，她心里也着急，碍于自己的岗位限制，往往也不得不放在心里。苦恼也是不可避免的事，好在她还有一个"高人"可以依靠，在内心彷徨时，总能听到一些鼓励和善意。让这个复杂的世界变得简单而柔美。

就在她这样胡思乱想时，一阵急促的脚步声再次传来。

闻声望去还是苏西，虽然脚步急促，但这次她回头看了看书碟，没有说话也没有任何表情，只是迅速对视了一眼就走了。看样子，她还有很着急的事情要处理，但是又感觉她对书碟若有所思。这让书碟心里七上八下，尽管和苏西的关系非常好，但这件事又似乎不那么简单。对于一向敏感的书碟来说，她迅速捕捉到了苏西眼神里的信息。

"喂！"

"啊！"书碟一声尖叫。

正在想着心事的书碟被眼前突然到来的范妮吓了一跳。

"你走路怎么连个声音都没有？"书碟有些埋怨。

"我一直就这样的啊，以前你没说，今天倒是吓到你了啊。是你有心事吧。"范妮若无其事地开着玩笑。

049　奇迹

铁窗外，微风袭来，轻轻吹动了容露额角的发丝，她眨了眨眼睛，若有所思地望着外面的风景。泛黄的树叶随风吹落，无声地落在树根边上。落地归根，在容露脑海里一闪而过，她轻轻叹了口气，定格在窗前，望着秋天这触动心弦的景色，心头一阵一阵隐隐作痛。她又想孩子了，想象着那个小不点儿小小的模样，依偎在她的怀里，多么可爱的孩子，竟没有好好享受她带来的一点一滴的温暖，竟没有好好和她一起看过人间四季。

何为母亲，何为称职的母亲？容露一直觉得她做得很好，想方设法甚至不择手段打着孩子的名号，自认为合理性地侵占他人财产，现在的她终于知道自己错了，而且错得离谱，悔恨来得太晚了，起心动念都有本账，欠下的债总得要还回去。

恍然间，容露跑到水池旁，洗了把脸，理了理头发，看看镜子中的自己，没有了化妆品的加持，稍有黯淡，但也算天生丽质的她，看起来精气神还算不错。她满意地和镜子中的自己微微一笑。

记得狱警提到过，今天会有一次特殊的探视，说是一个惊喜。容露想来想去，都找不到有任何惊喜的理由。人生跌落到了低谷，哪里还有惊喜的人过来看她呢，若不是来笑话，已经算是幸运了。

当她在接待室隔着玻璃坐下，看清对面的人。容露泣不成声，这个惊喜来得太突然。探视的人也跟着一起痛哭流泪。在狱警的安抚下，大家稍微平缓了情绪，纵有千言万语此情此景也难以表达清楚。一切尽在不言中。容露没有和他们说话，而是转向一旁的狱警，问道："这是真的吗？这一切是真的吗？"

"妈妈，妈妈……"对面年幼的孩子哭着拍着玻璃。旁边的老人拿起电话讲着，"孩子，你受苦了……"老人在哽咽中放下电话，在一旁哭泣。这时，狱警已经拿来一台电脑，打开上次苏西留下的信封里面的秘密。原来是容露的亲人的照片和视频，电脑屏上的孩子和老人，正是眼前的他们。容露终于相信了，这一切不是梦，孩子原来还活着，果然是殡仪馆的一个误会，果然是一个同名不同人的错误。

"孩子，别哭、别哭，我们只是走散了一段时间，我们都好好地活着呢。"容露的爸爸老泪纵横地说道，"你好好改造，我们在星海等你回家。"

这场别样的探视，在泪水中开始，也在泪水中结束。

"我对不起你们！"容露除了说对不起，其他所有的言语都显得苍白无力。不幸中的万幸是孩子的平安。她无法相信疫情下的一切都变得荒唐，就连个人信息都出现了错误。

惊喜来得太突然，容露需要时间消化，在孩子离开后，她始终觉得自己是在做梦。她竭尽全力去证明这一切不是梦。她用力掐着自己，感受到身体的疼痛，她用手去摸摸身边的一草一木，没错这些都是真实地存在着。

刹那间，容露欢快地跑了起来，开心地笑开来，默默在心里呐喊，"感谢你，感谢命运给了我希望，感谢命运让我失而复得！"

这个惊人的好消息同时也传到了书碟和苏西那里。她们落泪了，是欣慰的泪，是感动的泪。那些天她们默默在星海核实容露家人的信息，调查事件真相，功夫不负有心人，终于证实了她们的预感，容露的孩子确实平平安安地活着！

"容露，这孩子怎么了啊，出什么事情了啦？"容露的母亲噙着泪，用颤抖的声音，好不容易挤出了两句话。

为了核实容露家人的下落，苏西作为江佑公司的人力资源部负责人，同时也是对外发言人，容露作为江佑公司曾经的员工，家里发生这么大的变故，于情于理都需要亲自前往核实。

面对容露母亲的哭诉，苏西的心里五味杂陈，忧喜参半，开心的是果然是个乌龙事件，容露的家人信息被错报，走掉的是同小区的另一个重名的人。容露又是若干年不回家的人，登记错误也无法第一时间核实。

看到一家人好好地在眼前，苏西揪着的心终于放下了。然而，又一阵痛楚突袭而来，眼前这个年迈的可怜的母亲，始终盼着女儿的归来，盼着一直素未谋面的女婿的到来。孩子一天天长大，终究没有盼回爸爸妈妈。而老人的身体随着年事渐高，总是这里痛那里疼，面对邻居异样的眼光，心里总是忐忑不安。然而，这么多年过去了，担心的事还是发生了，原来自己的女儿真的没有好好嫁人，原来外孙的父亲果然是一个有妇之夫啊！

"这可如何是好啊？造孽啊！造孽！"容露的母亲听到苏西带来的关于女儿在上海的消息后，痛苦不堪。

"阿姨，您别难过了，容露过些日子也就回来了。只是暂时受点委屈，吃点苦。"苏西拉着容露母亲粗糙干枯的双手，安慰着她，继续说道，"这人哪，一辈子哪有不犯错的呀，这命运哪，总要给一点坎坷，不是这里碰一下，就是哪里磕一下。过去了也就好了，罪早受早了。您就放宽心，好好养好身体，等着女儿回家。"

听着苏西的一席话，容露母亲的心情平复了很多。抹了抹眼角的泪水，哽咽着说："姑娘啊，谢谢你这大老远地赶过来看我们。不瞒您说，这些年真的受尽了白眼，背地里不知道被人怎么说。"

"阿姨，您别放心上，日子是自己过的就让他们说去，咱不难过，好好带大孩子。"苏西边说着话，边递过来一张纸，拍了拍容露母亲的肩膀。

"他们说什么的都有，有的说孩子是捡来的，有的说孩子是私生子，有的说孩子的爸爸不在了，还有的说孩子的爸爸肯定是个有家室的老头，有些话真的听不下去啊。一开始，我还说几句，孩子的爸爸忙，过些天就会回来的。可这等啊等啊，等了一年又一年，也不见这个人啊。我问容露，她要么说别瞎想，要么说过两天回来，就是没一句靠谱的话啊。"容露的母亲诉说着心里苦闷和疑虑,她多么希望能从苏西这里多一些了解。

苏西望着这张沧桑又苍老的脸,内心也非常难过,都说可怜天下父母心,如果是自己的父母生活得如此委屈和痛苦,自己又情何以堪。

这时,她用余光打量着这个只有老人和孩子的家。家不算很大,但也算干净,墙上挂着一张全家福,还是容露很小的时候拍的。照片上年幼的容露面带浅浅的笑,依偎在母亲的怀里可爱又甜美,年轻的母亲披着一头瀑布般乌黑的头发,和容露一样骨子里都透着惊艳的美。父亲轮廓分明的脸庞同样洋溢着幸福的笑。如此一般幸福的家,奈何走着走着就走到了今天这般模样了。苏西不由得一声叹息。

抬头看看眼前的老人,这一会儿工夫就已经哭红了双眼,如此下去,可还能撑多久啊。苏西深深地担忧着。

"哎呀!"一声尖叫声打断了苏西的思绪,"抱歉,抱歉,对不起啊,我打翻了这个箱子。"书碟慌忙蹲下来快速捡起散了一地的杂物。

"这是什么?"苏西从沙发上站起来,走过来看到一个牛皮纸信封,上面画了一个卡通图像,颜色鲜艳耀眼。接过来一看,是小孩子的涂鸦作品。

"这个啊,这个还是容露小时候画的呢,我一直珍藏着。刚好能放下这个光盘,里面都是她的孩子从小到大的照片。给她留个纪念。"容露母亲的脸上洋溢着幸福的笑,眼角里还有刚才未干的泪。

书碟接过来,看了又看,小心翼翼地问:"阿姨,这个能给我们带回上海吗,带给容露留个纪念,可以吗?"

"当然可以,当然可以,本来就是给她留的,你们先带给她去,过些天啊,我和她爸爸一起去上海看她。"

说完,她转身又钻进了厨房,从冰箱里拿了几瓶自制的小海鲜,放进了塑料袋里,递给书碟说:"小姑娘,阿姨没什么手艺,做了一点我们星海的小海鲜给你们尝尝鲜。"容露的母亲是一个热情好客的人,尽管内心已经千疮百孔,但是仍不失礼仪,给书碟和苏西做出了她最拿手的好菜,自制小海鲜。

苏西望着桌上一瓶正待开封的小海鲜,陷入了回忆里。那天去找容露家人的场景再一次清晰地浮现在眼前。虽然只是一面之缘,但是却常常想起容露的母亲。佛说无缘不相见，苏西总觉得她很面熟，像极了一个她身边熟悉而又重要的人。人与人之间讲缘分，有的人一眼就特别亲切，有的人一眼就不愿接近，这往往因为眼前的这个人和自己经历过的某个喜欢或讨厌的人有一些相似之处。或许是眼神，或许是发型，甚至是衣服的款式或者颜色，等等。都能勾起内心深处的感知判断。其实，也可以说是相由心生。一个内心有爱善良的人，他长得一定是慈眉善目，如果一个内心扭曲的人，那么他一定长得面目狰狞。

苏西并没有受到容露的友好对待，在过去不多的交集里几乎寻不到一处难忘的温暖的故事，相反是一种无可奈何，但这并不会影响到苏西的正义感和正能量。当下的她有个念头一闪而过，"在容露刑满释放之前，我替她来照顾她的双亲和孩子。"一个内心充满爱的人，面对生活的挫折，她并没有抱怨、愤怒、憎恨甚至报复，而是以德报怨，用她最柔软的心，去温暖这个悲哀到冰凉的苍白的故事。

这时隐隐约约的痛从胃部传来，忙了一整天，苏西竟然忘记了自己还没有吃晚饭。她从冰箱拿出了一瓶八宝粥，是她从小的挚爱，娃哈哈八宝粥。尝了一口容露母亲亲手做的小海鲜，酸酸甜甜、满满的妈妈的味道。

多么纯朴善良的母亲啊，命运有些悲惨的容露至少还有母亲在，这也是命运最后的眷顾吧。父母在，人生尚有来处，父母去，人生只剩归途。

苏西望着窗外的景，内心一阵默默的感叹，一阵酸楚油然而生，她也想家人。每个人都是母亲心里永远长不大的孩子，儿行千里母担忧，不知道远方的妈妈是否一切平安顺利。

工作繁忙的苏西，内心一阵愧疚，似乎又是很久没有给家人打电话了，然而看看时间，又过了晚上10点，父母早就睡下。这时间差似乎是母女之间不可逾越的鸿沟，导致一次次错过了电话。

第十章　聪慧的书碟迎来职场好运

050　合作

容露的事虽暂告一段，但苏西的内心依然翻江倒海，面对容露留下的七零八落的团队，一筹莫展。

独自坐在办公室里，逼迫自己静下来理清思路。她记得父亲曾经的叮嘱，社会百态唯有空杯心态，方能在困境中摸索前行的方向。

作为部门的负责人，如何能带领整个团队？不是靠容露那样的打压和盛气凌人的姿态，而是魅力。魅力来自何方？源于吸引，吸引更多同频共振的人。环顾四周，在迷乱的当下，可用之人屈指可数。

"苏西，来喝杯咖啡提提神吧，最近为了容露的事情，肉眼可见你都瘦了。"书碟端着一杯澳白，轻轻推门走了进来。

"书碟，来来，你来得正好。"苏西顺手拉了拉桌旁的椅子，试图请书碟坐下。

书碟顺势坐了下来，静静地看着苏西，眼神里充满了心疼和崇拜。没错，书碟和苏西共同经历了职场斗争，书碟看着苏西离开和回归，共同经历了麒麟女事件、容露的离任。在江佑公司，最了解情况的也只有书碟，如今苏西受到江沆的重用，接了容露的班，还给容露善后。苏西的大度和睿智深深吸引着书碟，她向一个小迷妹一样，崇拜之情油然而生。这就是她苦苦追寻的要跟随的人，一个小小的念头在书碟的脑海里盘旋着。

这时，苏西抿了一口咖啡，举起杯子看了看，微笑着说道："我最爱的澳白。"

"也是我的最爱。"书碟露出了整齐的 8 颗牙齿，画面温馨又美好。

"有兴趣加入人力资源部吗，来帮我一把。"

"啊？好意外啊苏西，如果能有机会在你身边成长和你共事，那是我的幸运。"书碟笑得格外灿烂。

"最近我一直在思考，如何拯救整个摇摆不定的团队，没有完美的个人，只有完美的团队。只有同频共振才能成就事业。你是我需要的人。"苏西拍了拍书碟的肩膀继续说道，"我和江沅董事长去沟通，争取尽快做一个工作交接，加入我的团队。我们一起打造完美的团队。"

书碟收获意外的惊喜，不知所措，下意识地双手合一，眼若星辰，闪着灵动的光说："感谢苏经理的赏识和肯定，我一定全力以赴。"

就在这时，苏西的电话响了起来，"好的，马上过来。"苏西收起笑容，转身走出办公室，回头看了一眼书碟，"先去忙吧，等我消息。"

直觉告诉书碟，这个电话一定与她有关。由于时间太紧凑，苏西根本来不及透露只言片语。等待的过程，充满希望又忐忑。书碟为了让自己平缓心情，开始收拾前台旁边的书架，一本一本按照时间、类别又细细整理了一番。

恰好，遇见江董事长和苏西一并走了过来。江董事长看到了这一幕，微笑着对书碟说："到底是读书人，举手投足间都是对书籍的热爱啊。"江沅侧头看着苏西，继续说道："眼光不错啊，今天打一份岗位调整的申请，我来批复，明天又要出差了，抓紧办理，不耽误你们的工作安排。"

"好的，江董，我马上办，立刻办！"苏西露出了久违的灿烂的笑容，眼神与书碟相碰的瞬间，温暖了这段落了灰的时光。

在职场上，有一种人既可以做朋友又可以做战友，那就是苏西和书碟，无论何时她俩相加一定是 1+1＞2，而不是相互消耗的关系，这是最完美最和谐的职场关系。

第十章　聪慧的书碟迎来职场好运

051 书碟晋升

第二天，江佑公司文化墙上的宣传栏、公司的OA新闻都第一时间公布了一份新的任命通知。

任命书碟为高级副总裁助理兼人力资源部经理助理，协助副总裁以冬、人事经理苏西工作，并分管集团各部门秘书，负责集团横向、各地分公司纵向沟通与协调。

看到这份任命，书碟更是意外了，原本以为只是调整部门和岗位，没有想到董事长如此器重，也没有想到还得到了以冬的认可，委以重任。暗自下决定，全力以赴做好工作，不负众望。

这是苏西二次入职江佑以来最大的好消息，与老上司以冬共同升职，再次携手并进，书碟的加入为这个团队再添力量。

每一次公司的人事调整，第一个过来溜须拍马的，还是马克，这不，第一时间跑到前台来找书碟，一脸阿谀："恭喜恭喜，不久的将来就是书总啦。"

"您真是会开玩笑，只是岗位调整，哪里来的总不总的。"书碟一边整理着个人用品一边应付着马克。

"咱以后也是一条船上的了，都是以冬副总裁的分管部门，以后还望多关照。"马克继续谄媚着。这个老江湖一眼就看明白，书碟的这次升迁意义非凡，身兼数职，在老总助手的岗位上，公司地位仅次于总裁助理江月。

稍微有点政治头脑的人也看得明白，这是江沅董事长有意向培养的人才，没有之一。自进公司那一天起，很多人就看不明白，书碟的条件任何一个行政岗位都可以胜任，为何要从一个前台做起？现在答案揭晓，缘于江沅董事长的用心良苦啊。

此事，最不得意的是范妮。她想破脑袋都想不到书碟升迁之快，之前她的地位在书碟之上，这一下子成了下属了，于情于理那个不甘心，她那精致的脸上时而红时而白，硬是憋着一团火气。

她没有想到自己在公司造势这么久，连个升职加薪一点动静都没有，越想越气，气不打一处来。只见她狠狠捏着小拳头在桌子底下独自较量着。

"范妮，麻烦你进来一下。"苏西在办公室里朝门口喊了一声。

"来啦、来啦。"范妮瞬间从自我想象中挣脱，立刻进了苏西的办公室。顺手带了一叠需要签字的个人发票。

"麻烦你今天把最里面那个桌子收拾一下，一些人力资源部门的材料可以归档的整理好交档案室存档，再请保洁打扫干净，腾出来给书碟，明天她就正式加入我们部门了。"苏西一边签着范妮递过来的发票，一边嘱咐道。

"好的、好的，我这就去办。"范妮拿着发票一股儿脑跑出了苏西的办公室。

苏西欣慰一笑，这丫头还算用心，对书碟还算友好。

然而，范妮经过前台碰见弯腰整理物品的书碟连个招呼也没打，一头扎进了财务室。

就在这时，迎面碰到了江月。

"范妮，你来一下我这里。"江月很礼貌地朝着财务室的大门说道。

财务室内并没有传来回应。相隔更远一些的前台，书碟听得清清楚楚。江月以为范妮没听到，转身又回了办公室。

"叫、叫、叫！我范妮的名字也是你叫的吗？"范妮气呼呼地从财务室出来路过前台自言自语。她大概没有发现猫着腰的书碟。

"我给董事长煲汤的时候，还不知道你在哪呢？拿着鸡毛当令箭，你以为你是谁啊？"范妮自言自语，走路带风，就连空气里都是她的怨气。

留下一个冷冷的背影，书碟一脸蒙地杵在那里，不知所措……

052　子虚乌有

整个江佑公司包括金岭分公司，无人不知道范妮，也都知道她背后的靠山就是董事长，这个故事以讹传讹，铺天盖地塞满公司的每个角落。

这也是为何在其他各部门协调工作时大家都会礼让范妮。她早就告知天下，她给董事长煲汤喝，确实有在办公室工作场合煲过汤，但势利过火的她甚至还捏造事实，说她周末去过董事长的家里煲过汤。

此话意味深长，大家不敢猜、不敢问、不敢传，慢慢地假的也当成了真的，这件事就成了她横走江佑公司的护身符，甚是管用。就连她自己也深陷想象，无法自拔。

"Hello，书碟，好久不见。"

一个熟悉的声音，从身后传来。

"呀，好久不见了，戴薇。"书碟露出职业的微笑。

戴薇在苏西辞职后，果然顺利地拿到了连续三年的优秀员工，风风光光拿到了公司奖励的免费出国旅游的名额。

但当时任运营部经理的以冬非常清楚地知道，是苏西的礼让成就了戴薇。

苏西离开的那些日子，发生了很多事情，有些人有些事压根不足以被记忆留存。

"江月在吗？我和她打个招呼去。"戴薇自顾自说着话径直跑到了江月的办公室。

刚才的那一幕除了书碟，还有戴薇听得一清二楚。说到戴薇和范妮还有一段不为人知的纠葛和故事。

在以冬升职、包罗外派去金岭之后，集团运营部、市场部在以冬的主持下，全面调整，两个部门进行减员合并，一来是节约成本，二来是岗位优化，淘汰不合适的人，腾出岗位，优化整个团队建设。

戴薇的小心机，当时以冬虽没有拆穿，也同意了苏西的离职，这一盘大局，其实是以冬以退为进。又处在包罗和他的争权夺利之时，为了进一步保护苏西，才批复同意辞职一事，也是缓兵之计。在坐稳集团高级副总裁的位置时，以冬以优化团队的名义，优化了戴薇，虽然给了一笔补偿金，但一切都值得，这样人品不过关，没有利他之心的人用不得。这样贪图小利的人用不得。

戴薇也万万没有想到，连续3年拿到的优秀竟然因为岗位撤销而被裁员。本不属于自己的东西，终究还是要还给那个对的人。离开公司以后，她还常常过来遛个弯,见见曾经战斗过的小姐妹。

其实她也是想在以冬面前露露脸,还指望着哪天有岗位空缺再回来。不得不说,她的理想很丰满,现实很残酷。好马不吃回头草,大家估摸着她也是没找到好的去处吧。

在职的时候看似和人力资源部的范妮貌似相处得不错,最后两人因为离职证明不欢而散。

一段关系中不舒服一定是双方的,范妮也早就对戴薇嗤之以鼻,但她并没有想到今天的满腹牢骚竟然被忽然闯进公司的戴薇一字不漏地听到并背下来。

"跟你说个事……"戴薇压低声音悄悄凑近江月的耳边,把今天在前台听到的那些话一字不漏地复述了一遍。

江月倒心静如水,心无波澜,淡定地接受来自范妮的非议。冷静之下,她早就想好好查查这个范妮的来历和底细。全公司都以为董事长江沅是她的保护伞,甚至以讹传讹,故事越发不堪入耳。但是作为董事长身边最亲近的人,江月深知董事长的为人,他的形象怎能被一个普普通通的员工而诋毁呢。

江月深吸一口气,若有所思,细细听着戴薇的爆料。

第十一章　范妮犯罪成为公司大地震

053　爆料

"你知道吗？他们说范妮的报销有问题，但是财务不管的，闭着眼睛签字的。"戴薇绘声绘色。

"为啥不管？"江月诧异道，声音高了几个分贝。

"怎么能容忍这样的事情，于公司的底线置于何处，如此嚣张？"

"都懂得呀，她的背后有老板撑腰呀，谁还敢查她的账不是。"戴薇阴阳怪气地说道。

"岂有此理。"江月忍住心中的不悦，内心排江倒海，她一定要为公司为老板做点什么。

在戴薇走了以后。

江月打开财务部当天送过来的一筐报销单，翻到范妮的报销惊呆了。一些餐饮票、交通票漏洞百出，时间通常发生在周末，一些请客的理由是明显不符的供应商，其中大有文章。

"一定要查！"江月自言自语地说，随后赶紧打开笔记本，记录了部分可疑发票的基本信息，不动声色放回原位，等待时机向董事长汇报情况。

而此时的范妮还欢天喜地期待着又一笔不属于自己的钱。

两天后，阳光照在江沅的办公室里，氛围平静又温馨，江月和往常一样，泡了一杯咖啡走进了江沅的办公室。

江月轻轻放下咖啡说："江总，您的咖啡，今天的天气不错，看来今天是个好日子。"

"草长莺飞的日子，天天都是好日子，但是我这心里怎么七上八下的呢？"江沅无奈一笑，侧脸一眼看到了费用报销单。

"呃，这是财务部昨天下午送过来，月底了该出账了，您今天看看能否批掉。"江月乘机引导着。

江沅像往常一样一份一份签批起来，放在最上面的就是范妮的费用报销单。正如江月所料，他只是翻了翻财务是否有签字，根本没有看发票的明细。当然这是财务的职责所在，如果老板每天都要亲力亲为，那么还要职能部门做什么呢。

"等一下，这份报销请您看一下发票，非工作时间的招待费用，非合作供应商的招待费用，这是不符合财务发布的《江佑公司财务管理规定》，这个人的类似的报销已经有很久了。公司上下无人不知。"江月很严肃地说，一边指着发票的明细。

"还有这样的事？财务为何不审核？"江沅皱起眉头，把笔一放，看着江月说道。

顺着老板的话，江月继续说道："不敢说。"

"不敢说？"江沅眼光变得尖锐，似乎感觉到了其中的隐晦之处。

"是的，不瞒您说，范妮的事情，我已经了解了一段时间了，也听到了很多人反馈。她一直对外说，您很喜欢她，周末她还去您的家里煲过汤，财务也和我说过，她的报销不用看那么仔细。"江月一股脑儿说出了实情。

"还有这样的事情？怎么都没有人告诉我！如此荒谬！"江沅拿电话，给财务部经理打了过去，"范妮的费用报销你们核对了吗？账实不符，你们怎么能签字的？想不想干了？"接着江沅重重地挂了电话。

"您消消气，这件事我去和财务沟通吧，之前的关于范妮的费用报销都得查。"江月认真地说，眼睛里写满正义。

"好，你去办吧，交给你了。"江沅长长叹了一口气。

回到座位，江月久久不能平静，通过这一番对话，看得出来江沅董事长是被盖了帽子了，被范妮这样的一个小小的员工给扣了帽子了。这件事一定要查个水落石出，一方面给公司及时止损，也是及时挽回董事长的颜面。

一个年轻的姑娘到处说，老板喜欢她，周末去老板家里煲汤，这得给人多大的想象空间，这又得给老板多大的污蔑。

这真是奇葩之举。

054　监督检查

接到董事长的委托，江月放手去查。她第一时间找到财务会计，追查范妮的所有报销凭据。但是她并没有通知人力资源部的苏西，在还没有暴露所有的真相之前，还不必牵扯太多，兴师动众。

结果令人震惊，不查不知道，一查吓一跳，短短的 2 年时间内，财务所查到的账高达 10 万元。财务经理问江月，已经查处了 10 万了，还需要继续往前追查吗？江月一面让财务继续查，一面向董事长汇报情况。

当江沅听到 10 万元时，愤怒地说："通知法务总监，介入此事，一律秉公办事，按流程走，该追究法律责任的必须追究。"

没想到此事升级预警如此之快。

范妮也听说了这件事，吓得立刻要辞职一走了之。这让她的顶头上司苏西为了难。这才上任多久，人力资源的事情真是层出不穷，理也理不清，还越来越荒谬。

拿着范妮的辞职信，苏西第一时间向江月反馈情况。江月迟疑片刻，想了想说："此事不简单，不能这么快放她走。等我请示一下董事长，给你答复。"

"江董，公司有一个部门可以负责此事，监察审计部，按照规定主管级以上人员的离任，都需要接受审计调查才能批准离职。范妮虽是一般员工，但事情严重，影响较大，建议监察审计部介入调查，按照程序办理。"江月逻辑清晰，有理有据。

"就这么办，你去和监察审计部沟通，一周内给我反馈。"江沅没有丝毫犹豫。

因为范妮一事，整个集团泛起一片涟漪，监察审计部会同财务部一起检查审计历年范妮的报销原始凭证，负责的同事们加班加点去检查核对。人力资源部也跟着波折不断，苏西放下所有工作，全力配合监察审计部和财务的审查工作。

经过 1 周的检查核对，让所有人惊愕不已。入司以来，范妮非法报销达 20 多万元。一个月薪不过 4000 的员工而已。

"根据我国《刑法》第二百七十一条规定，公司、企业或者其他单位的工作人员，利用职务上的便利，将本单位财物非法占为己有，数额较大的处三年以下有期徒刑或者拘役，并处罚金；数额巨大的处三年以上十年以下有期徒刑，并处罚金；数额特别巨大的，处十年以上有期徒刑或者无期徒刑，并处罚金。"监察审计部的同事义正词严地说道。

"您这边就此事出具一份审计报告，给董事长批复，走下一步流程。"江月答复道，接着扭头对苏西说，"现在离职已经不是她说了算，公司会追究她的法律责任。"

"明白，我这边等公司的处理意见。"苏西倒吸一口凉气。

上任以来，一直在替容露的团队处理疑难杂症，范妮看起来这么柔弱的一个姑娘，也能犯罪。

苏西百般不得其解。在场的每一个人都不能理解，范妮为何这么做？但现实都在眼前，一切百口难辩。这不得不让人联想到，范妮一直在做微商一事，看来是生活上比较困难。否则，也不会胆大包天，不惜牺牲自己的名声，编出这样的谎言来蛊惑众人，达到自己的目的。

但事已至此，究其原因意义不大，需要做的就是依法处理此事。

055　谣言的底层逻辑

这天一大早，监察审计部主任拿着一份审计调查报告跑到江月办公室来。"江月，这份报告已经经过领导们审批了，现在给董事长签字就可以执行了。根据法律规定，范妮怕是免不了一场牢狱之灾了。"

"两位早啊，是不是您也来汇报范妮的事情啊？"苏西推门进来。

三个人在江月的办公室沉默片刻，这不是一件简单的工作，对于在场的三人而言仅仅是处理一件工作而已，但对于范妮而言却是整个人生。

"是这样的，昨晚很晚的时候，范妮给我打了一个电话。她情绪不是很稳定，人很伤心，很后悔，希望公司能网开一面，放她一条生路。"苏西神情有些沉重，继续说，"她告诉我说，她很需要钱，她从小没有母亲，父亲再婚生了两个弟弟，不争气，欠了一屁股赌债。家里已经卖掉了所有能卖的东西，甚至房子，现在老人也无处可居。她不忍心看到年迈的父亲整日以泪洗面，备受煎熬，才铤而走险。"

"她本人提出来，愿意把钱都还给公司，恳求公司不要追究她的法律责任，她很想尽孝，给父亲一个依靠。她说的时候声泪俱下，知道错了，哎。"苏西继续说着。

……

又是一片寂静和沉默……

江月沉思了片刻说，"二位如何看？"

眼光停在了监察审计部的同事的脸上。

"追究法律责任是法律赋予公司的权利，当然公司也可以从实际出发做出决定。"

"嗯。"江月点点头，眼光移到了苏西的脸上。

这可让苏西犯了难，"纵然范妮有错，还是严重的错误，触犯了法律。根据人力资源部的规定，这样的员工应当即刻开除。法律层面的决定还是要征求和听取监察审计部的意见。"苏西说。

"哦，一大早就这么热闹，各位早上好啊。"江沅拎着手提包，走进了江月的办公室。穿过一个内走廊，径直走进了自己的办公室。

如往常一样，这一次江沅没有关门，言下之意是有意让外面的几个进来聊一聊。江沅已经看出来是关于范妮的事情。

这时，江月赶紧跟了进去，关上门，轻声和江沅说道："江董，监察审计部已经出具了一份审计报告，经过调查范妮侵占达20多万元。"话音刚落下，江沅瞪大了眼睛，"胆大包天，一个员工贪污这么多，一并追究财务的责任，审查不力，这个范妮依法办事，严惩不贷！"江沅的脸上气得一会儿红一会儿白。

"您先消消气，范妮这是犯罪，绝不姑息，就算是去坐牢也是罪有应得。"江月接着说，缓解一下江沅的情绪，让他平静一下。

　　"但是，昨晚范妮和苏西具体沟通过了，她本人表示愿意如数退还金额，挽回公司的损失，也说了背后的原因，事出有因，家里确实很困难。"江月继续说，"具体情况，能否请门外的三位进来汇报一下。"

　　"让他们进来吧。"

　　一个上午，江董事长和监察审计部、人力资源部负责人与江月充分讨论达成一致意见，公司要求范妮如数归还公司财产，人力资源部根据公司的人事制度予以开除，出于人道主义精神，网开一面，公司不再追究范妮的法律责任，也规劝她今后无论遇到多大的困难，都不能坑蒙拐骗，要脚踏实地工作。

　　综观范妮在公司的情况，她处处制造人设，把董事长作为背书，挡箭牌，最终目的是为了牟利，不择手段，甚至可耻。

　　最终范妮还是失去了一切，但凡歪门邪道得来的东西最终都是竹篮打水一场空，开心一时，损失一世。

056　紧急会议

　　早晨，阳光透过落地窗洒在江沅的办公桌上，一叠文件惬意地沐浴着阳光，最上面放着《关于范妮的处分决定》。江沅还没有签批，经过一晚上的思量，结局拭目以待，但是每个人都不是很轻松。

　　于公司而言，出这样的蛀虫属实令人震惊，一定是很多部门出了问题，用人有问题，管理有问题，监管也有问题。于江沅而言这不是单纯的一件小事，不单单是范妮这个人的事。诺大的公司开除一个人品有问题的员工，并不算什么。但是江沅担忧的是，公司到底还有多少个范妮这样的人存在。还有多少不称职的管理人员存在。

　　江沅早早来到公司，坐在办公桌前，静静地想着这些事情。他要召集一次专项会议。不以范妮的职位定论，一个普通的员工离职还不足以惊动高层开会讨论决定。而是这件事情的性质非同一般，现在不及时止损补救，将来一定出大事情。

"江董，人齐了，会议可以开始了。"江月轻轻敲了敲门，走了进来。

"走吧。"江沅拿起桌上的文件和笔记本起身进了会议室。

不同于往常，一排人已经坐在会议室，但是却异常安静，不像往常嘘寒问暖，说说笑笑。

参加会议的有财务部、人力资源部、法务部、监察审计部，会议主要由监察审计部汇报关于范妮职务侵占一事的情况通报，由法务部提供法律建议，最后由人力资源部通报公司的处分决定。

江沅还是仁义的，最终没有追究范妮的法律决定，但是通过这件事，特地给以上的这几个重要的部门再次强调，公司的管理问题、用人问题要严肃对待。

"德才兼备之人不多，但德永远是首位，一个人的才能出众，但是人品不好，这是最大的危险，一定会出问题，而且是大问题。"江沅语重心长地说道。

"人力资源部今天的会议结束后，要对集团中高层以上做一个人才盘点，越细越好，之前是容露负责的，问题可以说相当多。苏西刚接任，辛苦你了，也请你们几个多配合。"江沅第一个就给人力资源部下达了命令。

"法务部，每月固定的法律普及的课程要扩大范围，对于员工的基本法律知识要充分覆盖。另外，我们也可以给员工多提供一些专业以外的，包括家庭、生活等方面的法律援助。我们公司既然有专业的部门，那么也要普及大众，多给员工一些帮助和支持。"江沅给法务部也下达了命令。

"监察审计部，对集团高层以上管理层每个人都做一份审计报告，从入职公司开始算起。我相信公司绝不只有一个范妮，可能在范妮的上面还有一个更大的范妮存在，你们去查，严查！"江沅给监察审计部下达了命令，义正词严。

"补充一下，人力资源部今天办理好范妮的离职手续，做好工作交接。"江沅看着苏西说道，又转头看了看江月，问："你协助苏西跟进督办此事。"

整场会议只有江沅的工作命令下达，接下来意味着可能是江佑公司的地动山摇……

057　顺藤摸瓜

一个月以后……

监察审计部悄悄拿来一份审查报告，直接约见江沅。这事并没有事先告诉江月，可见事件之重、影响之大。江月也没有多问，在老板身边多年，她知道什么该问什么不该问。能听则听，不能听则听不见，不该看的也看不见。

"江董，这是对市场部马克经理的审计调查报告，请您过目。"

江沅办公室的气氛有一丝紧张和沉重。

空气也如此安静，江沅一页一页看起了报告。

"问题有些严重，所有的账目都查过了。"监察审计部负责的同事提前打了预防针。

"太过分了！"江沅气得把笔拍在桌上，直直地看着监察审计部的人说道，"严惩不贷！"

继范妮之后，马克第一个查出来职务侵占达 100 万元。包括加盟商的行贿。

"去把苏西叫来。"江沅拿起电话，给江月打了过去。

苏西一脸蒙，早晨刚泡上的咖啡还没来得及喝一口。就被急吼吼传唤。她心里忐忑，又是哪个蛀虫惹了事情了吗？

"这容露留下的烂摊子可真不小啊！"苏西边走边在心里犯嘀咕。

走到江月的门口，两人心照不宣做了一个眼神交流，她们都猜到了，公司里绝对不止一个范妮。

"今天发一份免职任命，免掉马克市场部经理的职务。"江沅看着推门而进的苏西，还没等她坐稳便说道。

"把法务经理找来。"江沅又给江月打了一个电话。

"依法依规，把马克送进去，该归还的还要归还。马上去办。"江沅对着匆匆赶来的法务部主任说道。

领到任务后，苏西和法务部主任都遵照执行了。江沅的办公室里只剩下监察审计部的人。两人面面相觑，心情沉重。

"马克我真没想到啊，他会是最后一个吗？"江沅叹了口气。

"非常能理解您的心情，作为中高级管理层人员，最基本的人品不过关，后患无穷。"

"将来江佑的重要的内部晋升人员，需要先做内部审计调查。市场部经理空缺了，你去尽调一下市场部的林沐。"江沅说。

"市场部的相关人员都已经调查过了，林沐也审计过了，没有问题。其他人也没有问题。"

监察审计部提前做好了工作，这点让江沅很欣慰，也很满意，到底是做监察的人，做事的原则性、实效性，都还不错。

"那么市场部经理，这个职位让林沐来做，如何？"江沅把问题抛给了监察审计部。

在公司几乎无人不知，所有人都知道江沅很欣赏林沐。大家也不知道其所以然，要说林沐工作特别努力吧，也不见得，人很聪明吧，也不见得。始终是个谜。

但，公司里那些爱八卦的人发现自从书碟来了之后，江沅的关注点对于林沐就少了很多。说来也奇怪，这个林沐和书碟长得还真有几分相像。

大家猜测大概董事长喜欢的风格就是林沐这样的或者书碟这样的吧。

这次晋升风暴，第一个升迁的就是书碟，第二个是林沐。董事长对她们两人的喜爱和认可怕是一纸文书也藏不住的满意啊。

第十二章　林沐被大军骗钱遇到危险

058　机遇

书碟看着桌上林沐送来的还热乎着的咖啡,她最爱的拿铁。一阵暖意,席卷全身,入职公司这么久以来,林沐和她相处得还不错,一来也是两人有几分相像,二来主要还是两人内心里的正义。只是性格造就了两人不同的表现形式罢了。

经过岁月的洗礼,经过公司里来来往往的同事,林沐早已不是几年前的那个锋芒毕露的有着棱角的姑娘。学会了圆滑,学会了为人处世。这也是书碟带给她的改变和成长。

书碟和林沐能够相处得融洽,缘于两人都能看到彼此身上的闪光点,默默地学习对方的长处。

"亲爱的,谢谢你这些年给予的光和热,一路来让我少走了很多的弯路,才有今天的成长。"书碟面带微笑在微信上给林沐发了几行字。

紧接着又补了一条,"谢谢你的咖啡,谢谢你的鼓励。"加上一个微笑的表情,又发了一条信息。

"为你高兴,亲爱的。你才是一切真相的因,我也要谢谢你带我成长,在你的身上,我也看到了自己的不足,这些年来,我已经不再是个愤青了。"林沐的信息很快回了过来。

一场温暖的彼此称呼对方为贵人的感恩"交流会"伴着窗外和煦的阳光,和办公室空气里弥漫的咖啡的香味,书碟的心情愉快极了。

"亲爱的，苏西找我谈话，晚点再聊。"一条信息蹦了出来。

书碟内心一阵窃喜，一种强烈的直觉告诉她，好的姐妹应该是比翼双飞。一定是林沐的好消息。

"祝贺你，林沐。"苏西微笑着看着刚坐下的林沐，眼睛闪烁着欣慰和温暖。

"非常感谢大家对我的认可，对于马克的事情我也非常地意外和惊讶。这个时候接任市场部经理的职位也是一场考验，但请公司放心，我一定全力以赴，不负厚望。"林沐微微点了点头，语气坚定有力。

几年来，林沐在公司的进步有目共睹，从刚入职场莽莽撞撞，说话大大咧咧，处处带着棱角，心直口快，口无遮拦，缺点多得只剩下人品。也许恰恰是因为这一点才闯进了董事长江沅的视线。有时候在公司例会上，林沐常常会代替部门经理去参加，市场部的领导主要的工作是在外跑市场，内部的工作很多时候离不开秘书的上传下达。

代为参会的秘书通常是坐在会议桌后排的椅子上，会议桌上是公司的高管和部门经理。

林沐其实最不喜欢的就是代理参会的事，每次例会都要提前半小时出门，提前半小时到公司，准备好本子，用笔做好记录，及时向远在外地的经理第一时间做好汇报。

不开会的日子，对林沐来说是非常惬意的，经理不在，她可以这个部门那个部门串串门，和这个秘书、那个秘书聊聊时尚聊聊美妆，还能细细地品一口自己打磨的咖啡。

那时的林沐怎么看都不像能挑大梁的料儿，大概率是混到适婚年龄找个条件稍好的人给嫁了。

059　心事

林沐的成长和蜕变要从三年前的一个冬天说起。

无路可退才是胜利之路。这是林沐在经历了人生中第一次失败后最痛的领悟。

　　三年前，一个冬天的早晨，户外零下7摄氏度，一个个裹得像粽子，办公楼的落地窗前，被室外的阳光环抱，落在林沐的座位上、身上和脸上，要不是手里还搅拌着咖啡，一不留神就要美滋滋地睡着了。梦里又是一个繁花似锦的春天。

　　"滋、滋"，手机的震动声和这个沁人心脾的场面格格不入，这时显得格外刺耳。

　　"咦！"林沐看着屏幕上显示着小伙伴大军的电话。

　　"无事不登三宝殿，这家伙犯啥事了？"

　　"沐沐、沐沐，帮帮我"一阵带着哭腔的急促的中年男人的声音从手机的喇叭里传来。

　　"你怎么了？别着急，慢慢说。"林沐皱着眉，一脸的着急。

　　"我就快完蛋了。呜呜！"大军不知廉耻地真哭了起来。

　　"谨慎、谨慎，三思而后行。"林沐没有说话，在心里默念着，提醒着自己。

　　从小和大军一起长大，对他的为人太过于了解，这家伙可是六亲不认，不安好心。就连老母亲种地的压箱底的2万块钱都去讨了过来。

　　如今这般哭泣，这般可怜的相，保不准背后又是个大窟窿。

　　"嗖、嗖！"

　　微信收到新消息，打开是大军发来的法院的判决书。

　　"沐沐，你看，你看广发银行竟然起诉我了，要强制执行了。我现在需要25万元一次性还款，不然我就要失业了。怎么有脸回家见我的老母亲啊！"大军哭天喊地，一副肠子悔青的模样。

　　"25万元啊！"林沐心塞地在鼻腔里哼出了几个字。

　　"我都借遍了，没人给我了。我年终有30万元奖金，但是需要等到年底，怎么办呢？"大军把难题抛给了林沐。

　　平时虽然林沐大大咧咧，口无遮拦，但是懂她的人都知道她是一个念旧的重情重义的人。

　　林沐和大军从小一起玩过泥巴，打过雪仗，从幼儿园到中学一路走来，这感情不是亲人也胜似亲人。

在念旧情的林沐的眼里，儿时的大军是个英勇的小英雄，还救过林沐的命。

这个故事始终留在林沐的梦里，年幼的她当时的恐惧始终会一次又一次地在梦中真实地呈现。

伴着大军的唠叨声，林沐又机械地陷入了短暂的回忆。

"呵呵！"一片稚嫩的笑声悬在空旷的田野，一群幼儿背着小小的书包从幼儿园里奔了出来，一条细长的田埂连着幼儿园和孩子们的家。

一眼就可以看见的家，他们通常要走上1个小时，一路玩一路跑，嬉戏打闹，这就是孩子最简单最真实的快乐。

"你们说我敢不敢跳下去？"林沐蹲在一个石灰潭边上，看着潭面已经风干的白茫茫一片，像极了北方的雪地，情不自禁地问。

"别跳啊，这很危险。"大军赶紧从远处跑了过来。

话音未落，林沐已经沿着边走进了潭内，她一只手扒着池塘的边沿，一只脚去踩踩结了痂的石灰，看看够不够结实，能不能承受她小小的身体……

060　英雄的成长

大军和其他小伙伴惊愕地张着嘴巴，愣在那里，眼见林沐胆子越来越大地往石灰潭的中央蹦去，咧着嘴自豪地说："怎么样，我说敢的吧。"

话音未落，"哎呀！"石灰潭中间的石灰还是松软的，林沐措不及防地陷了进去，小小的身体越陷越深，眨眼功夫石灰已经淹没到了腰部。

大军毫不犹豫地伸手去拉，够不着，不得不慢慢探下身，站到石灰潭边上，岸上的小伙伴赶紧散开去找大人求救。

石灰潭里的林沐被吓得哇哇大哭，"救我，快救我啊"，伸出小手奋力去够大军悬在半空的手。

大军腾起一只脚，半个身子探了出去，两只小手越来越近，终于抓住了。大军奋力一拽，林沐像泥鳅一样被揪了出来，身子软绵绵地瘫在石灰潭的边上，又是一阵哇哇大哭，试图用哭声来掩盖内心的恐惧。

一份感动一份感恩就这样深深地刻在了林沐的骨髓里。这一份见义勇为的精神，在年幼的大军身上彰显得淋漓尽致。

自此，"小英雄"成了大军的又一个乳名。左右邻里，同班同学都是这样称呼大军。受到大家的认可，儿时的大军引以为豪，更是以此为标杆，一直默默地帮助着需要帮助的人。

常常看到他给街坊里年迈的奶奶丢丢垃圾，拎拎菜。给年迈的爷爷推一推小推车……

大军就这样成了众人口里的好娃娃，道德的标杆，同龄小伙伴的榜样。

成长的路上，大军始终走在前列，德智体美劳常常全科第一。每学期都是三好学生，家里的奖状糊满了墙壁。

这样的好形象一直到大学毕业。大军一举考上211重点大学的中南财经政法大学，对于整个家族来说是莫大的荣耀。

大军的父亲是个老实巴交种地的农民，虽没有文化，但是深知知识改变命运。家徒四壁，唯一的财富就是大军。

大军汲取知识的来源全靠他父亲捡来的那一份份旧报纸，大军从小懂事并不嫌弃，一种小小的感动深藏在内心的深处。励志要好好读书，改变命运，让父母亲安享晚年。

这么多年以来，林沐的家人一直关注着大军家的情况。始终记着那份恩情，想在需要的时候真诚地回报。

那年夏天，大军收到了录取通知书。高兴之余，大军一家人又为学费犯了愁，七拼八凑凑了全部家当才凑了2000块。大军一家人一筹莫展，挨家挨户借钱，100、200……街坊邻居也纷纷慷慨解囊。但最后还是不够，学费、生活费还有2000块的缺口。

就在大军焦头烂额的时候，林沐的爸爸带了一些炒花生，进了大军的家门。

"大军，这是给你带到学校吃的熟花生，肚子饿了剥了吃，正是长身体的时候，可不能饿着肚子啊。"林沐的爸爸笑容堆了满面，把花生塞到大军的手上。

接着掏了掏口袋，拿出一个红包塞到大军的口袋说，"这个是200块的红包向你表示祝贺。"另外又偷偷塞给大军1800块的生活费。林爸爸接着说,"200块红包是礼尚往来,人情世故,要还的,这1800块是给你的生活费,拿着到了学校以后好好读书,不要辜负父老乡亲们对你的期望啊。"

大军感动得不置可否,连忙推迟说,"叔叔,叔叔,我收不得,收不得。"顺手就把钱给退了回来。

林爸爸和大军两人推来推去,好一阵僵持。

"收下吧,大军,你救过我,这是我家人对你的感谢。将来你好好读书,在武汉混出个样儿来,也可以回报家乡父老呀。"林沐从门口走了进来……

061　知识改变命运

多年后的林沐和大军常常回想起儿时的故事和18岁高考后的那个人间最暖的画面。

大军去了他梦想的城市武汉,而林沐去了哈尔滨。各自对于发小的记忆也就停留在18岁那一年。

人们总是受到第一印象的思维定式,大军在乡亲眼里就是英雄的代名词,提到英雄人们总是会想到大军。听到大军的名字人人都会竖起大拇指。

然而20年后,只要说到大军这个人,周围的人一片唏嘘,原本一手好牌打得稀巴烂。211大学毕业,一身好才华,招蜂引蝶,乐此不疲,谈过的女朋友就跟春天的春笋冒了出来般,一个接着一个。

大军以此为傲,更是在同学在兄弟面前显摆。全然不顾大家背后的嗤之以鼻,他常说那是羡慕嫉妒恨。慢慢地,身边的朋友越来越少,后来他总是开口借钱,日子越过越紧巴。周边的朋友借了个遍,一开始说要买房,后来又是小孩要读书,再后来说什么投资,总归各种理由,把亲朋好友、同事甚至是下属个个借了个遍。人均在5万元左右,都是抬头不见低头见的人,大家都顾及旧情也就没有让他太难堪。

日子有一搭没一搭就这么过着,大军也是大腹便便越来越肥,那油腻的肚子呼之欲出，每天还溜达在各大交友平台，和一群姑娘吹着牛，享受着天赐良缘的幻影。

天下没有免费的午餐，雀跃在交友平台的姑娘们隔着屏幕献着媚，一口一个大哥叫着。

哪有什么岁月静好，只不过有人替你负重前行。大军的父母在村里节衣缩食，人家是一日三餐，他家是一日两餐，只有挨到逢年过节大军回家时，父母才得以改善伙食，上街买点鱼买点肉跟过年一样快乐。

俗话说"三十年河东，三十年河西"，但三年却足以改变一个人。随着大军在武汉生活的时间越久，眼界也越宽，内心的自卑在光鲜亮丽的同学面前越来越深，价值观也日益扭曲。

渐渐地，大军回家的次数少了，不是不想念父母而是不想面对一贫如洗的家。内心深处既心疼父母又痛恨这个现实。

看到学校里有钱的富家公子带走他默默暗恋的心上人，那个心里的恨简直咬牙切齿。但这一切都是他心灵深处的不为人知的秘密。看到心仪的姑娘从不敢表白，因为他也知道，大家闺秀的城市姑娘怎么可能看上他这样的穷小子呢。

他铭记父亲的嘱咐，知识改变命运，他忍痛藏起个人的情感，发愤读书学习。时间不负有心人，大学期间每年都能拿到奖学金，这笔费用着实为父母减轻了不少负担。

大军的前半生除了遭受身体上的贫寒，内心的自卑像个魔鬼一样总在深夜某个阴暗的角落吞噬着他曾经纯净的心。

好在有大学四年优异的成绩加持，大军大学毕业后顺利进到一家中字头的大国企人力资源部门，从事招聘工作。作为保险行业名列前三的泱泱几万人的大央企，总部、分公司、子公司数十个招聘团队中，大军在招聘方面的潜力很快被急迫出人头地的欲望给深度挖掘。

一时间，集团上上下下，无人不知中南大的高材生大军的招聘实力。无论是在电梯间、食堂还是公司园区的林荫小道上，总有人会认出他来。

大军的虚荣心就像干涸的麦田遇见了久违的雨水一般，被滋润得找不着北。

062　迷途

由于出色的工作表现，大军很快得到提拔当上了人力资源部的招聘经理。提拔的当天，他就开始物色自己的工作搭档，很快一个高挑漂亮的女孩闯进了大军的视线。

处在当下的热度下，大军可谓平步青云，只有想不到的没有做不到的。他笃定信心不但要培养这个心仪的姑娘成为自己工作上的得力助手，还要成为自己的女朋友。

然而，老天弄人，当他看见女孩的朋友手捧99朵玫瑰出现在公司楼下的时候，他的心就像冬天里的雨水，又冷又寒。后来他听到很多关于女孩的传闻，女孩是北京人，据说是官二代，她的男朋友是上海人，也是个官二代，有房有车，家境殷实，除此以外女孩的男朋友长得还十分的帅气，跟明星似的。

大军在厕所的卫生间里，对着镜子照，左边、右边，丝毫找不到半分的帅气。心里一阵翻腾，叹气道，"出身不如人家，长得还不如人家，难怪人家能抱得美人归。"

这件事在大军的心里埋下了因。他把原因归结在自己出身贫寒，后来他立志将来的老婆一定是城里的富家女。

鱼和熊掌不可兼得，对于价值观已经受到扭曲的大军来说，似乎已经不知道何为原则何为底线。他的目标既锁定富家女又锁定漂亮的姑娘，不论出身。自此脚踏两只船是家常便饭，还乐此不疲。

几年后，大军并不如人愿地娶了和他一样出身贫寒的老婆。用他的话来说，他老婆的家庭已经是穷得只剩下她一张漂亮的脸蛋了。

他勉为其难地娶她是因为未婚先孕，人家姑娘因为宫外孕差点丢了性命。大军这样的人格特征谁嫁给他都是一场悲剧。

若干年后……

"沐沐，这个姑娘是深圳的，人很漂亮，家里有几千万元，琴棋书画样样都好，你看看她画的画。"大军发来信息。

"你拿什么配得上人家，这么好的姑娘又凭什么要嫁给你？"一向心直口快的林沐对发小大军更是口无遮拦。

"你这话什么意思，瞧不起人啊，你这是羡慕嫉妒恨吧？要不你怎么还没把自己给嫁出去。"

林沐被大军一番奚落。

"想想你的儿子你的老婆吧。一个已婚的中年男人好好过日子吧，不要欺骗人家姑娘了。"林沐的话句句打在大军的脸上，刺在他的心上。

通常也能治他个几天消停，但治标不治本，甚至对大军的诱惑越来越大，后来他干脆沉迷在各大交友平台时尚主播的直播间里，像富家公子那样撒钱送礼物。他的豪爽吸引了一些漂亮女主播的注意，在直播里提到他的名字，着实能让他热血沸腾几天，压抑在内心深处的自尊心、荣誉感得到了极大的满足，一发不可收拾。不停地砸钱，最疯狂的是一周送出的礼物竟然达几万元。

好在他有一份比较稳定，收入可观的工作，每月的薪水加上年终奖金至少也有个60万元，加上他聪明能干的老婆年薪几十万元，一家人的生活完全可以奔着小康去了。

不幸的童年需要一生来治愈，大军的遗憾是从小受尽贫穷的委屈，从未穿过一件好衣裳，甚至一双好袜子。成年后各方面他都在寻找对贫穷的弥补。后来一度迷上了电影投资。

"凡是超过30%收益的投资都值得冒险。"大军眉飞色舞地和朋友聊着电影投资的心得。

"这事不靠谱啊，兄弟。"

"有这钱我干点啥不行，玩这个？"

"真的这么好的收益，轮上你投啊？"

……

每次这个电影投资的话题都会在大家的嗤之以鼻中尴尬地结束。而每每这时大军执拗的人格特征又一次显露无疑，越是这样，他越是想尝试，越是想尝试越是觉得是真事。大军在电影投资上一步一步掉进了陷阱。

"大军，你有今天不容易，收手吧，别固执了，你所投的都是骗局啊。"

林沐的这番劝词，大军的耳朵都快听出老茧了。

"不行，不行，我已经投了100万元了，我得赚回本，现在放弃我更不可能回本了。"大军自欺欺人地说。

"你能承受投资失败的后果吗？"林沐反问他。

"什么？失败？我可能从来没有这样想过。"大军一脸不屑。

每次林沐的劝说结果都是一样，真相永远叫不醒一个装睡的人。林沐只好眼睁睁看着大军在错误的路上越走越远。

"喂、喂，沐沐你在听吗？"电话里传来大军带着哭腔的声音，将林沐从电影般的回忆里拉了回来。

"嗯，我在听。"林沐小声应和着，心里想着如何应对他。现在的一切也是他咎由自取，不值得同情。

可怜之人必有可恨之处。

"沐沐能不能帮我一下，借一笔钱给我，还了这笔贷款，要不然我的工作可就毁了。我的前途就完蛋了。"大军恬不知耻地说。

"25万元啊，大军我哪里有这么多钱，你也是太看得起我了。"林沐惊诧地提高了嗓门。

"这种事你只能找你能干的老婆了，她有钱肯定会帮你，不帮你也就是不帮她自己。你一旦被执行，你们的孩子的前途也会受影响啊。"林沐继续补充道。

"她不会给我了，要和我离婚，去年她给我50万元还了一笔，但是我不甘心我还要投。现在她真的不管我了。"

"可我没有钱啊！"林沐已经很气愤，大军真是猪一样的队友，净给自己惹麻烦。

"找你爸爸行吗，叔叔从小看着我长大，一再嘱咐我工作要做好，要给村里增光。我要是失业了，我怎么去见父老乡亲啊。我读大学还是叔叔给我凑的钱呢。我一直记得你们的好，感恩你们一家人，再帮我一次好吗？"

大军的这番话林沐差点气得吐血："什么？找我爸爸借钱替他还赌债，为了保住工作，为了给村里增光。天呢，这是什么逻辑，你的意思是我不给你填坑还是我的错了是不是？"

"对不起，我帮不上你。你怎变成这样了，毫无原则，毫无底线。自己解决去吧，别连累无辜。"林沐生气地挂了电话，叹了一口气。

063　说谎

深夜10点，江沅的办公室如白昼通明，监察审计部的小赵拿着一份新鲜出炉的审计报告，坐到江沅的办公桌对面，轻声说道："江董，市场部的审计又查出了一个人。"

"果然还有问题啊。"江沅说道，正如他所料，翻开小赵递过来的报告，"果然是他。"

"金额较大，金岭新公司项目，职务侵占1000万元。"小赵扶了扶眼镜，深吸一口气。

"这个人就是原市场部总监、现江佑金岭分公司的副总经理，分管市场部工作的包罗。短短一年不到的时间，就在分公司捞了1000万元巨款。这个数字着实令人窒息，如此下去岂不是掏空了整个江佑公司吗？"小赵接着说。

看到金额，江沅重重地合上了报告，叹了口气，身体微微后倾，靠在椅背上。此时此刻的他并不能感受到江月在挑选这款老板椅时的用心良苦。

丝毫感受不到后背腰部椅背上微微隆起的如靠背一样舒适的区域，江沅倒吸一口凉气，随后又重重叹了口气。

江沅想到董事会的重量级的人物，在集团发展的路上没有功劳也有苦劳。正因为他和包罗父亲是战友的关系，包罗才顺利地进了江佑公司。

想到当初这位元老的嘱咐，江沅的心里五味杂陈，今日包罗的所作所为足以送去牢房，可又如何向董事会的这位元老开口呢。

江沅陷入了短暂的回忆。那是一年前，包罗还没有派往金岭的时候，曾向他报告。

"老板，这个林沐怎么回事？今天跟江安商场招商部的经理沟通很不愉快。"包罗涨红了脸，气呼呼地冲进江沅的办公室，重重地坐在江沅办公桌的对面。

"什么？跟江安商场的人？这不是我们刚刚进驻的商场吗？"江沅也很生气地问道。

"是啊！现在这个商场多难进驻，我也是跑了一趟又一趟才谈下来的，租金还给了优惠。江安商场的位置好，三条地铁线交加，周边是三甲医院、游乐场，人气也足。"包罗直了直腰，微微前倾伸着头和江沅说道。

"这丫头怎么这么个急性子。你和马克沟通过吗？平时这丫头的工作表现怎么样？"江沅抬头看着包罗。

包罗低头打开手机通讯录，拨通了马克的电话，问道，"马克，林沐这丫头工作表现怎么样？"

"林沐啊，怎么忽然问到她了啊。"电话里传来马克的声音。

"哎，别提了，这丫头真是坏事啦。她今天在江安商场和招商部的经理吵架，这个租金人家不给我们了，要提高30%"包罗皱着眉头，似乎那30%是他自己的钱。

"林沐吧，怎么说呢？那你说坏吧人不坏，好吧怎么叫好呢，平时大大咧咧看不惯这个看不惯那个，自己跟包公一样正义。"马克一脸坏笑，声音故作淡定。

"租金提高了30%？能和解吗？"江沅问道。

"能和解我也就不用向您汇报了，我在商场待了半天啦，沟通不下来。"包罗撇了撇嘴，头侧向一边，一副委屈的样子。

江沅在心里打个疑惑，下午他也看到从江安商场回来的林沐，林沐还很开心地和他打了招呼。看起来一点也不像沟通失败的样子。

"江安商场谈得如何？"江沅顺便问了一句。

"非常顺利，您放心。我是和包罗总监一起去办的。"林沐笑得很甜，声音也很甜。

江沅脑海里回旋着这句话，轻声说道，"我知道了，你先去和江安商场沟通吧。争取降低租金，降低成本。"

看着退出房门的包罗，江沅心里已经有了答案。

064　嘱咐

　　加上现在包罗被查出牵扯到职务侵占的罪行,江沅更加确信当年的那场乌龙事件,包罗只不过为了牟利,顺便找个借口辞掉林沐。林沐平时一贯的口无遮拦的行事风格难免不小心得罪了顶头上司。无论是马克还是包罗对林沐的印象属实不太好。

　　江沅对林沐不经意的照顾也会招来一些无端的是非。遇见格局大的领导,会从正面的角度去看到大老板对自己下属的认可,某个方面来讲也是自己领导有方。但对于有私心的包罗,却是最为忌惮,他担心林沐太过于了解自己的所作所为而成了大老板的眼线,自己的小算盘也就落了空。

　　对包罗来说父亲的那层强大的关系,并不需要他自己有多么出色的管理能力,只要安安稳稳在江佑公司待着,财源就会滚滚而来。

　　"那年江安商场的那个项目,查出来包罗是怎么回事的?"江沅从回忆里拔了出来,起身在办公室里来回踱步。

　　"额,那件事高层达成一致,不了了之。"小赵有些纳闷,董事长的思维竟然穿越了,继续补充道,"包罗所谓的30%的租金,后来监察审计部调查后,也出了报告,但是根据高层市场部专题会议的会议精神和决定,不再深究此事。"

　　小赵的眼光投向了董事长。董事长依旧沉思着,闷着头踱着步,丝毫没有让小赵停下的意思。

　　"真相是这样的,林沐那天确实是带着合同去找了江安商场的招商经理,二人只是沟通了合同的一些细节,我们也去商场了解过,事实和包罗的描述有出入。"小赵继续说道。

　　"真相是什么?"江沅抬起头,看了看小赵。

　　"真相是包罗以林沐为说辞,私下和江安商场的招商经理早就谈好利益分成,自编自导的戏码。"小赵的声音有些无力,或者有些胆颤。公司里无人不知林沐和包罗在大老板心中的地位。谁都得罪不得,关于谁的负面的话都不能说。唯有林沐和包罗之间的磕磕碰碰不过是小朋友的过家家，谁都不会影响谁。

江沅似乎也是乐在其中，作为唯一的裁判，倒也是享受着自己的存在价值。或者说是马斯洛人性的七大需求的尊重需求和自我实现的需求。

"和我预料的一样，真相不重要了，那个口子是我留给他的。问题是金岭分公司的这个窟窿太大了，如何向董事会交代，还有董事会的元老怕也是无法向股民交代啊。"

江沅缓缓坐下，拧开茶杯的盖子，抿了一口。

"用事实说话，以法律为准绳，严惩不贷。"江沅说道，脑海里又浮现出林沐的哭诉。

"商场涨价的原因我不知情，但是我知道一定不是我的原因。当时的沟通还是顺利的。"林沐面对董事长的询问，委屈的眼泪止不住地流了下来。

江沅没有说话，而是在市场部递交的与江安商场的租金费用审批文件上签了字。这上浮的30%的租金与林沐无关。这是在公司还能承受的范围内，睁只眼闭只眼，只能由他去了。

小赵把林沐叫到了董事长的办公室。江沅起身走到沙发边上，示意林沐和小赵坐下。

江月泡了杯咖啡推门进来，轻轻放在江沅的面前，轻声说："江董，您的咖啡。"

江沅点点头，随后又示意江月，"来，你也坐下。"

"包罗在金岭分公司职务侵占事实清楚，证据充分，接下来我要亲自进驻金岭分公司，这是集团的新业务，也正是打开市场的关键时候。你们在座的各位，各司其职相互配合，协助以冬做好工作。"江沅说道。

"董事长，您放心，市场部我一定全力以赴。"林沐主动积极表态。

"好，全力以赴。"江沅看着林沐点点头，把目光移到小赵的脸上，"监察审计部一定严查不贷，追回财产。"

江沅移开目光，把头转向了江月，"我不在的日子，这里就交给你和以冬了，多多支持他的工作。谢谢。"江沅最后的谢谢声音虽小但铿锵有力。

在场的每一个人都感受到江沅对于江月的信任。

"全力以赴，董事长，请您放心。"江月等向董事长表态。

江沅直起腰，眼神有力地穿过每个人的脸庞。

065　回忆

会议室里市场部的新领导林沐正在召开第一次的部门工作例会。

"没有优秀的个人，只有优秀的团队，大家能在一起工作是缘分，我们都来自全国各地，都是兄弟姐妹，每天在一起工作的时间比家人都长。感谢大家的信任和支持，今后还请各位兄弟姐妹多多支持。"林沐发表任职后的第一段感言，话音刚落，站起来深深鞠了一躬。

市场部里有一些老员工也有一些新员工，大家眼前的这位年轻的部门经理早已不是当初的那个毛毛躁躁的小姑娘了，纷纷向着眼前的新领导投来欣赏和尊重的目光。这些年的磨炼她早已蜕变为知性、干练的职场精英。

俗话说，三十年河东，三十年河西。其实改变一个人三件事就可以，三年的时间足矣。

林沐的办公室是行政部重新调整的，并没有直接用马克留下的一切物品。毕竟马克是不光彩的。凡事总要图个好兆头，行政部的同事这一点想得很周到，给林沐的配置也非常的舒适。

办公室内落地窗不知道何时已经变成了镜子，林沐端详着玻璃上那个端坐的姑娘，既欣慰又心疼。欣慰的是老天关上一扇窗，总会打开一扇门。

自己才是一切的真相，回忆就像涌出闸门的洪水，蔓延开来。

三年前由于自己的心软和善良，相信大军，把给父亲换牙的钱临时借给大军周转。

原本大军需要25万元还给银行，但鬼使神差地，在大军意外得知林沐的身上的现金竟达30万元。他便打起了歪主意，各种苦肉计，最终还是拿走了林沐的全部现金。

为了让林沐暂时不起疑心，大军给林沐写了一封感谢信作为借条的附件，一并交给了林沐，信誓旦旦一年到期一定如数归还。

然而，大军并没有履行承诺。拿到钱以后就失联了。一年后，父亲经过一年的口腔治疗，牙龈已经符合种植条件，就在需要这笔钱去种植牙的时候，大军依旧是失联。

这30万元是林沐三年的工资，为了攒下这笔钱，她坚持了三年，每天中午都是两个馒头打发，晚上从来不吃，对外声称是为了减肥，早饭也是两个包子。公司里一度传出了笑话，说她是"包子妹"。

换作从前，听到这个绰号，林沐可是要跑过去兴师问罪的。然而，经历了大军的事情之后，她变得沉默了，其实是看淡了，放下了。

其实，大家有所不知，林沐的内心对公司对小伙伴因为大军事件而又多了一份感恩。

大军失联的日子，她的心就像经历了冰霜一般，凉得彻底，疼得剧烈。她知道等待一个走失在迷途的人往返，那不过是一场泡影。

而她需要做的是提升磨炼花岗岩般意志的能力。越是艰难越是不能脆弱得像一块玻璃。

此时，她想起之前看过的一本书叫《正念的奇迹》其中阐述的道理，无论何时我们都要秉持正念，勇敢面对人生，坚信一切苦难都会过去，一定能突破重围，任何难题都会迎刃而解。

066　突袭

一天午后，林沐收到一条匿名短信，得知大军在苏州的一家酒店吃饭。林沐立刻打了一辆车朝着苏州的方向一路奔驰，果然找到了这家酒店。

赶到酒店时，天色已晚，月亮偷偷爬上枝头，姑苏人家的诗意和浪漫，林沐一眼都来不及欣赏，眼睛直直地盯着酒店门口的动静。想进去，又迟疑，迈出一步又退回一步。左右观望，四下无人，只有一排排排列整齐的汽车，都是隔壁城市跑来吃螃蟹的。

如今的大军，早已不是当年那个见义勇为的大军。林沐甚至害怕大军会为了这笔钱痛下毒手。感恩只能用来衡量内心善良正义的人，而对于内心本就黑暗的人也只是一时的伪善，表面的感恩也可能是一种幌子。

就在这时，一个服务员看到了门口的林沐，走了过来问道："您找谁？"

这家酒店是在一个巷子的深处，比较隐蔽，通常过来的人都是成群结队，一起聚餐谈事，往往一个人过来的概率几乎为零。

"额，我来找朋友，请问今天有一个叫大军的先生过来吗？"林沐轻声问道。

她确定大军在，又担心他不在，既希望他在，又害怕他在，一种纠结的彷徨，袭满整个心房。

一个人影在酒店的内走廊的深处晃荡了一下，对没错，那就是大军。林沐看到了大军，应该是席间出来上个厕所。

"我看到了，我直接过去找他吧。"林沐说着便往酒店里走去。

"在牡丹花开包间。"服务员的声音从背后传来。

林沐转身先进了卫生间，平复一下心情，对于人高马大的大军来说，扳倒一个林沐不费吹灰之力。

就在林沐攒足了胆，轻轻开门走出卫生间时。大军不偏不倚地堵在女卫生间门口。

"你来干什么？"大军费力地压低嗓子，愤怒地蹦出几个字来。

"我来干什么？大军，我那么信任你，把我爸看病的钱都挪给你用了。你不但不还，还这么狠地质问我！"林沐提高了嗓门，试图吸引更多的人过来，只有在大庭广众之下才能保护自己。

"走，走，换个地方说话，不要在这里。"大军粗暴地拽住林沐的细胳膊，往一间空着的包间里拖。

"放开我，放开我，救命啊！救命啊！"林沐害怕得嘶声力竭地呼喊着。

"你他妈叫什么叫，只是换个地方说话，至于吗？"大军很不耐烦地踢了林沐一脚。

踢在脚上的疼远没有手臂的肌肉撕裂的疼，林沐的眼泪缓缓流下，今晚是否能够平安回去都是问题。

大军狠狠关上门，手依然拽着林沐，不让她跑出去。

"放我出去，放我出去！"林沐扯破了嗓子朝着窗口喊道。

这时，一阵急促的敲门声，林沐心里一暖，感觉找到了救世主。

门开了一条缝："兄弟，我们买单了先撤。"

另一只手从门缝里伸了进来，"车钥匙给我，我帮你把她送回去。"

又是一个猛汉从门缝塞了进来，把门挤开了半扇，不屑地拽住林沐的另一只在恐惧中挥舞着的手臂。

067　斗争

就这样，林沐被大军和猛汉一人架着一条胳膊在空的包房里对峙。

"你坏我的好事，我刚搞定的是局长的千金，钱还是问题吗？不就能还你了吗？"大军松开了手，气愤地盯着林沐。眼神里满是抱怨，好像是林沐搅黄了他的好事一样。

"你欠我钱，我跟你要天经地义，跟你谈什么女朋友有什么关系？第几个了，你祸害多少个姑娘了，还要继续害人吗？对得起家乡父老吗？"林沐瞪圆了眼睛。

又是一阵急促的敲门声，还没等到开门，一把钥匙在门外打开了。

"你们在干吗，把人放了，你们这么搞是违法的，赶紧出来，出来！"饭店的老板扯着嗓子进来。

林沐悬着的心，按回去一半，这回安全了。

撇一眼门口，黑压压的人群堵住了门口的走廊。

"小姑娘，他们把你怎么了。"一个食客问道。

"绑架，他们想绑架我。"林沐眼里闪着泪光，挤出了人群，靠在墙上，心里七上八下，耳朵里全是剧烈心跳的声音。

"他们为什么绑架你啊？"一个中年男子的声音。

"报警啊，快报警啊！小姑娘。别怕他们，我们都在这里保护你。"一个阿姨的声音焦急里包含着关爱。

这位阿姨心里想到，如果是自己的女儿在外面遇到这样的不公正待遇，该怎么办？如果都能把险境中的人当成自己的亲人，世界就会充满爱充满能量。

"手机被他们抢了，被抢了！"林沐哭着指了指像是被封了口的大军和猛汉。

"到底什么事情，绑架你啊？"一个苍老的声音从人群中传来。

"他借我钱不还，人跑了，今天被我逮到了，30万元呢，这是给我爸治病的钱啊。天地良心啊。"林沐已经泣不成声。

"高利贷，她是高利贷，她爸是幕后黑手。"大军在人群后面挥舞着手臂，大声咆哮。

"大家看看，这是什么，这是借条，这是他自己写的，这不是高利贷啊！"林沐万万没有想到，大军不但不愧疚反而反咬一口。

"姑娘，别怕，我是律师，这份借条方便给我看一下吗？"一个高个子帅气的年轻人从人群中走了出来。

林沐递过借条，崇拜又感恩地看着眼前正义的律师。

"我看过了借条了，合法有效，方便给我看一下转账记录吗？"律师彬彬有礼。

"手机——"林沐结巴着，手指了指大军。

"请大家让一让，让一让，我是浙桥派出所的警察，我们接到报案，有人在这里寻衅挑事。"

"警察同志、警察同志，他抢了我的手机。"林沐一个箭步冲到了警察的面前。

在警察的保护下，林沐赶紧登录银行App，找到那笔转账记录给律师看。

"证据充分，事实清楚，你可以用法律来保护自己，如果你愿意，我可以免费为您提供法律援助。"律师向大军送去不屑的目光。

"当事人都跟我们走一趟。"警察喊道。

第十二章 林沐被大军骗钱遇到危险　　165

068　讯问

大军唯唯诺诺地极不情愿地被一个警察推搡着，往警车的方向挪着步子，"走快点，不会走路了吗？刚才嚣张的气势哪里去了？！"警察严厉地斥道。

"你算老几，你们管得着吗？"大军大声说道，掩饰内心的恐慌。

林沐默默跟在警察的身后，像是一片飘零的树叶，落在壮实的泥土上，这就是期盼已久的安全感。

林沐、大军，还有大军的那位酒肉朋友三个人一人一间审讯室。

时间一秒一秒过去了，进进出出的只有协警。林沐也不知道警察何时来处理。在审讯室等待警察问话，还是头一次，好奇地到处张望。

手机被没收了，打发独孤的只有审讯室墙壁上的一排排警示标语。

"远处的天空，是将会到达的彼岸。"

"以法管人，以理服人，以情动人。"

"法网恢恢疏而不漏，千金不换浪子回头。"

"知错能改，善莫大焉。"

"清正廉洁执法，务实高效服务。"

林沐一字一句地看去，眼皮子开始打架。用手揉了揉眼睛，瞬间眼睛被刺痛了，低头一看，在被大军的拉扯中一簇头发缠绕在手指上。

林沐心疼又心酸，长这么大还是头一次经历这样的委屈。她小心翼翼地从手指上捋下头发，放在手掌心里来回搓着，就像抚摸一个孩子一样，心有些痛，明明自己是一个施善者，为何还要遭受这般待遇？

"难道是老天要备一份大礼吗？"林沐默默地在心里琢磨着，反正闲着也是闲着。这不足两个平方米的审讯室，这冰冷的加了锁的凳子，此时此刻倒也是体验了一把来自法律的威严。

"现在开始吧，我们做个记录。你和当事人什么关系？你们之间有什么纠纷……"警察严肃的表情、犀利的眼神直接穿透了林沐的心。

"我和他是老乡，他借钱不还，玩消失了，我得到消息就抓现行叫他还钱。他和同伙却把我给关起来,您看我手上的伤,还有我被扯下的头发。"林沐委屈地说道，伸出手给警察看。

　　"他身上的伤说是你抓的，这是双方打架斗殴，是违法行为，对你也要批评教育。"

　　"我是受害者啊，我怎么也要承担法律责任。"林沐蒙了。

　　"互殴是双方都有伤，你们现在要么达成和解协议，要么各自接受行政处罚。如果他身上没有伤，你没有还手，那就是追究他的违法责任。"警察毫无表情地说。

　　"我不和解，明明是正当防卫，他是加害者,怎么我也要承担责任呢？"林沐把头摇得像拨浪鼓。

　　"你再考虑一下，想和解就告诉我们，不想和解那就接受行政处罚，记入档案。"警察丢下一句话，转身出了门。

　　警察也把同样的话和大军说了一遍，问询方式和内容基本一致。

　　"你为什么借钱不还，还把人关了，你知不知道这是犯法的？"警察非常严厉地讯问。

　　"这民间借贷你们也要管啊？"大军丝毫不顾自己的处境,嚣张地说道。

　　"我们管你们纠纷的起因，现在两条路，要么你们达成和解现在回家，要么双方行政处罚，拘留1天记入档案。"警察说道。

　　"和解、和解，我接受和解。这地方不是人待的地方，这几个小时我就受够了。"大军痛苦地扭曲了面部。

069　走进幸运

　　"小姑娘，我看你还是算了吧，早点和解早点回家去吧，我看你也不容易啊。"协警压低了声音说道。

　　"那不是便宜了那个人渣吗，骗子还能逍遥法外，我明明是正当防卫，怎么就成互殴了？"林沐不服气地说道。

"他身上也有伤，这个就说不清楚了，在这个严打的节骨眼上，吃一堑长一智吧。关在这里也没有好结果，回家该起诉起诉，找法律渠道去要钱。"协警安慰着林沐。和父辈一样年纪的协警，关切着这个委屈又无奈的善良姑娘。

审讯室里又恢复了刚才的冷清，协警坐在门口，警察因林沐拒绝调解也就没有再规劝，而是给她时间思考。

这一思考就是一个晚上，刚好是警察下班的时间，夜间是不做处理的，眼睁睁看着白天到黑夜，再从黑夜到黎明。

四面高墙，唯有一扇小小的方形窗户与外界交集，恩赐一些新鲜的空气，和一缕淡淡的光，压抑得令人窒息。

深夜，有些凉。协警打开空调，问："这样暖和点了吧？"

"好多了，谢谢您。"林沐裹紧了衣服。

"明天警察上班，你还是和解吧，这样耗着人也吃不消，也没有任何结果，自己不是白遭罪吗？"协警说道。

林沐撇了撇嘴，没有说话，一步步到现在，这件事已经给她带来太多的麻烦和伤害，好怀念曾经的无忧无虑。有句话说，人无远虑必有近忧，人哪总有各自的难。

"警察同志，请问我可以去一下洗手间吗？"林沐不好意思地问。

只要进了这间狭小的房间，什么尊严、什么自由都得统统丢掉。

"我带你去吧。"

跟在协警后面走过一个走廊，两边都是像鸟笼一样的格子间，里面都关着一个嫌疑人，不管是真是假总得在这里坐一坐，享受这人生独有的待遇。到了走廊的尽头，一个有20多平方米的房间，隔了两个透明的审讯室，铁栅栏门顶天立地像个威严的战士杵在那里，林沐不禁一个胆颤，厕所就在这两个审讯室的前面，半人高的隔板隔出一块安全的空间，全程都在警察的视线内。

顾不上害不害羞，林沐也只能将就了。

内心的别扭和委屈，驱使着她尽快和解回归自由的生活。一片好心，换来一片狼藉，不禁一行泪流了下来，长长地叹了一口气。

协警看到，叹了口气，安慰道："别难过了，我有个女儿和你差不多大，她曾经遇到了很多困难,我帮不上她,干着急,她反过来安慰我。"协警把林沐带回了原来的审讯室,继续锁上了那把严肃的凳子,继续说,"你委屈一下啊,这是我的工作。"然后,坐到门口的凳子上,看了一眼门外的走廊,四处静悄悄,不时从隔壁传出来被关押的嫌疑人的鼾声,当然其中也包括大军的。

"我女儿安慰我说,生活总是很难的,但是如果我们自己有能力调整心理的状态到最佳,那我们就赢了。要记住人不会永远倒霉,不把这些倒霉的事情常记心头,那么我们最大的回报就是,走进幸运!"

林沐听着协警的话,沉思着点了点头,应了一声,"有道理,我好好思考一下。"

070 邂逅

走出派出所的那一刻,林沐感觉重新活了过来。她低着头思索着,仅靠一己之力,单枪匹马怕是解决不了问题,接下来如何做呢?

"Hi,你终于出来啦。"一个灿烂的笑脸迎了上来。

"是你啊,你一直都在这里等我吗?"林沐那双迷人的眼睛眨巴着,绽放着五彩斑斓的心情。

"我还不知道你的名字呢,就这么走了,岂不是把你给跟丢了呢。"充满磁性的声音,温文尔雅,和这煦日阳光格外相配。

"我叫林沐,从事市场工作。"林沐的脸颊微红,但还是礼貌地伸出了手。

"林小姐,幸会,我叫陈程,在律所工作。"陈程喜笑颜开地把右手迎了上去,紧紧握了握林沐的手,继续说。

"这个案子交给我吧,义务不收费,你看你自己一个人多遭罪,其实很简单,交给法院就可以了。"

陈程从饭店一路跟到了派出所,在外面干着急一晚上,醉翁之意不在酒,追到林沐才是本意。

第十二章　林沐被大军骗钱遇到危险

人和人就是一场缘分，谁能想到这场擒贼的故事，贼没有擒到，倒是逮到了爱情。一切都是最好的安排，缘分一旦要来不用千方百计费尽心机。

"那多不好意思，你没有义务帮我，我也没有权利麻烦你，这样吧，按照市场价打个折吧，还是给你付些费用，我会更安心一些。"林沐真诚地看着陈程说。

"如果你想求个安心，这样吧，诉状我来给你写，请我喝杯咖啡，算扯平了。"陈程拉了拉路边的林沐，继续说，"车子多，注意安全。对面有一家咖啡厅，你请我喝咖啡，我们先梳理一下案子。"

咖啡店里的人不多，林沐和陈程在吧台点单，"我喝馥芮白，你呢？"林沐的语气温柔，侧脸对着陈程，像对待老朋友一样亲切。

"这么巧啊，我也喜欢馥芮白。"陈程有一些得意。

林沐并不知道陈程的心机，对于一个律师来说，精通人性是职业需要，他知道如何把握机会火速与心仪的爱人搭上心与心的桥梁，那就是求同存异，简单说就是模仿，有样学样，引起对方的关注，从而伺机走进对方的内心。

陈程在邻窗的位置坐下，他选择了正对吧台的那个座位，这样可以肆无忌惮地端详林沐。

目测1.68米的身高，身材长相标致，关在派出所一晚上，略带疲倦，但气质依旧温婉可人，举手投足之间都透露着知性和优雅。每一线条都长在陈程择偶的标准线上，一个霸气的声音在陈程的心里翻腾着，"这不就是我苦苦追寻的另一半吗？原来世间真有这样的女子。那么我又怎能轻易放弃。"

"喂，喂，陈律师！"

不知何时林沐已经坐在了陈程的对面，递过来同样的馥芮白。

"呃，不好意思啊，我在思考你的这个案子，走神了。呵呵。"陈程滑稽地笑了笑，这个谎言未免也太失真了些。

"您这么费心，真心地感谢你。"林沐的语气散发了俏皮的可爱，双手不经意地托住了双腮。

见状，陈程也悄悄地学着林沐的样子，跟上她的节奏，双手托住双腮说:"有机会为林小姐做点事,是我的荣幸啊。来说说案子的情况吧。借条、转账记录都有了,真实清楚,证据确凿,你不用担心,也就是走个流程。"

071 退缩

"对了,你有被告的身份证信息吗?"陈程学着林沐放下了一只手,问道。

"没有呢。"林沐撇了撇嘴,有些失望,"如果为难的话,就算了吧,我再跟他要要看。"

林沐有些退缩,一个人在外打拼大大小小的事情都是靠自己解决。这件事又折腾到了派出所,铁板凳子也坐了,但是还是没有结果,难免沮丧。她担心最后也是让陈律师白忙活,还反倒要欠他一个人情,牵肠挂肚,岂不是又自寻烦恼。

林沐自顾自地想着心事,垂下左手,右手端起咖啡抿了一口,下意识地叹了口气。父亲预约治疗口腔的日子到了,这笔钱拿不出来了,钱可以慢慢赚,可是父亲一天天老了,时间等不起啊。

每当看到父亲晚上拿下假牙,说话含糊不清的时候,她心痛极了,给父亲装上一口烤瓷牙是心愿。由于父亲70岁了这牙还不是想装就能装的,前期的拔牙和牙龈治疗就需要一年的时间。也就是这等待的一年里,听信了大军的谎言,把钱借给他周转,结果一场空,栽了跟头。可现在到哪去弄这一大笔钱来。

想找银行贷款,可刚刚贷款给父母在老家买了一套公寓,还有百十万元的贷款,哪里还有多余的贷款额度呢?想到这里,一向懂事善良的林沐不经意地流下了眼泪。

"你怎么突然哭了?"陈程贴心地递过纸巾,同时反应贼快地也端起咖啡抿了一口。

林沐泪眼模糊地看了看陈程还有他手里刚放回桌上的咖啡。似乎意识到了，他们的同频共振，目光开始从窗外移到了眼前这个帅气又暖心的律师身上，不由自主地打量着他。

他为什么要帮我呢？一个质疑的声音在林沐的耳边轻轻地回荡。

"这是我的名片，欢迎你来我们律所小坐。"陈程看出了林沐的心思，特地递来一张名片，打消她的顾虑。

"这个地方我熟悉，我有个好朋友就在那里上班。"林沐的嘴角上扬起一抹微笑，双手收回名片，再从包里取出自己的名片，恭敬地递给了对面的陈程。

"双木林，沐浴花香的沐，诗情画意的好名字，念起来给人一种沐浴春风的感觉，还很甜。"陈程有些调侃道。

"陈律师，您真会说笑。"林沐害羞地把头转向了窗外。

此时的陈程通过模仿攻破了林沐的心理防线，拉近了彼此的距离。只要诚心帮助她渡过难关，林沐的心也就会紧紧地被拽在了陈程的手上。

"林小姐，我今天回到律所帮你起草诉状，给你看一下，没什么问题的话，我打算明天去被告的居住地调取档案。"陈程很认真地拿出方案。

林沐看了看陈程，被他一脸的严肃和作为律师的威严的酷给惊到了。这不就是她一直以来苦苦追求的安全感吗？

"嗯，好的，一切拜托你。"林沐的眼里无法掩饰对陈程的崇拜和踏实。

潇洒的你

你走进了
我的视线里……

起始
没有太多地留意你
然而
在那样一个特殊的节日里

你我偶尔间的相识
不经意的交谈

没有准备的相处
你我的不期而遇……

你，潇洒的你
默默地
从远处慢慢走来
近了，你
走了过来……

你，潇洒的你
并没有
注意，近处
有我在注意着你

你，
潇洒地走了
潇洒地走来
成了，
生活中不可少的一幅画。

逐渐地了解
你的神秘
我已没有了朦胧
你的出现，也使
我的生活
一度暗淡、渺茫。

但，
我不能怪你，
雨季的日子

你是我的雨伞
我的港湾
潇洒的你，敬你！

回到办公室，江月第一个走了进来。

"林沐，这两天你怎么了啊？董事长让联系你，都联系不上。你没什么事吧？"江月关切地问道。

林沐抿了抿嘴，内心既愧疚又感动。眼圈红了，眼泪滑了下来。

江月听了林沐的讲述后，轻声说，"你等我一下。"便退了出去。

林沐这时给自己的姑姑打了一个电话，说了父亲的情况，希望姑姑能借点钱支持一下哥哥。然而，姑姑却很为难，委婉拒绝了林沐的请求。

072　雪中送炭

本就红着的眼圈，更红了，忍不住吧嗒吧嗒地流眼泪。一瞬间打湿了面前的本子。

"林沐,有空吗？我们一起下楼去买杯咖啡吧。"江月第二次走了进来。

两人戴上口罩，一起走进电梯，在公众视线里，没有过多的交流。江月的身份和特殊位置，与大家在非正式场合的沟通本就不多。

能够一起下楼去咖啡厅坐坐，这也一定不是一般人可以做到的。对于江月来说，无论是社交场合或是私交场合，她都非常注意分寸。

咖啡厅的角落里，林沐任凭颓废的眼泪横扫精致的眼眶，无心顾及睫毛膏是否晕染了眼，她说："这是我第一次借钱出去，也是第一次开口向亲戚借钱。我没有想到我信任的人辜负了我，信任我的人也辜负了我。但是我也理解。"

"给我一个卡号，我给你转 10 万元，你先拿去给父亲治疗。"江月认真又真诚地说。

"10 万元啊？江月，你借我 10 万元啊。这个时候连借 1 万元都很困难，你一开口就是 10 万元给我。我何德何能，你这么帮我。"林沐泪眼模糊，声音微颤。内心的感动不知如何去表达。

"何必见外，你要知道你帮大军的可是 30 万元，你比我更伟大。"江月三言两语安抚着林沐，让她安心收下了这片金不换的心意。

而这番谈话被在吧台买咖啡的江沅听到了，他悄悄点了两份甜点，走向角落里哭得梨花带雨的两位姑娘。

"心情不好，吃点蛋糕吧。"江沅端着蛋糕坐了下来。

林沐有些不好意思地擦了擦眼泪，露出尴尬地笑，说，"很抱歉，江董，让您见笑了。"

"没关系，谁的生活没有一个七零八碎的时候，人生总会有经历，也会有成长。"江沅指了指蛋糕，继续说，"吃点甜品心情会好一些，你们女生的挚爱。今天，我们在这里算是开一个简短的茶话会了。"

"江董处理金岭的事，明天还要回去，临时回来安排几项重要的工作就要走了。"江月补充道。

"对，金岭分公司真是一团乱麻，公司的选址装修都没有问题，无非代价大了点，不过用人出了问题。"江沅皱了皱眉头。

"金岭暂缺一位助理总裁。"江沅补充了一句停了下来，看着林沐。

"那就是林沐了。"江月笑着补充道。

"林沐，你这个新上任的市场部经理还没理顺工作，又要给你加分量了，兼金岭分公司的董事长助理的职位，金岭分公司的薪水和上海同步，等于你的薪水翻了 3 倍。但是，每个月的工作时间是上海 60%、金岭 40%，感兴趣吗？"江沅说道。

"何止是感兴趣，我应该是感激涕零，感谢江董的信任，感谢公司给予的平台。我一定全力以赴。"林沐的眼里还有残留的泪水，此时像一个晶莹剔透的水晶，绽放出希望的光芒。

073　出差

林沐跟随江沅来到金岭分公司正式上任。

晚上，办公室的同事们陆陆续续下班回家了。林沐一时兴起想去吹吹风，她站在了28层的高楼再次眺望紫金山，淡淡的绿色，拨动了林沐内心深处那种浓浓的乡愁。

紫金山的背后那个遥远的地方是她的家乡，那里有她的父母有她的亲人。身心疲惫的她，拖着有些病态的身子，透过玻璃没有目标地游离着目光。心口堵得慌，想咳却咳不出来，想到早上妈妈一次次叮嘱着要去医院看看，虽然答应了但并没有去，不知道对自己的身体很有信心还是自己有些懒有些依赖，一个人总是想安静地待着。工作忙了一大半了，登上楼台，眺望远方。思绪繁杂的她，忽然想起了忘忧草。

忘忧草

风雨里
你扭动着性感的身躯
似乎享受着大自然的沐浴；

阳光下
你舞动着婀娜的腰肢
似乎爱慕着艳阳下的抚摸；

月光里
你保持着娇艳的容颜
似乎满足于这白色的温柔；

你没有忧愁亦没有了绝望

你拥有快乐便拥有了期望。

无论何时
　　无论何地；
不论天长
　　不论地久；

你，
你始终保持着活力与青春
你始终拥有着快乐与幸福；
你仍旧遗忘了不快与悲伤
你仍旧失忆了遗憾与悔恨；

你是一株忘忧草
你也曾经历过凡俗的种种磨砺
你始终把自己放在合适的位置
最终你做回了忘忧草。

敬仰你
　　亲爱的
　　　　忘忧草！

可否在何时
睡进我的梦乡
指引我的人生；

因为
我正经历着世俗的磨难
没有了方向没有了目标
日渐于行尸走肉般聊赖

第十二章　林沐被大军骗钱遇到危险

退回到纱帘的背后颓靡
心如止水终日不见波澜。

需要你
　　　我爱的
　　　　　　忘忧草！

可否在何地
牵上我的手
带我走出迷途；

因为
我爱这自然界的雨水
需要那片璀璨的艳阳
缺失不了温柔的月光。

月儿纱纱，月色如纱
我更深深地爱着
那片如天使纱衣般的月色；

这时的世界是寂静的
这时的人们是安静的
这时的我也是平静的
这时一切都是梦幻的；

我可以尽情地梦着
梦着那一个个美丽的梦
梦着那一个个可爱的人
梦着那一件件快乐的事
梦着那一种幸福的感觉

梦着那一个美丽的天堂

我可以忘我的遗忘
遗忘了曾经那些灰色的梦
遗忘了那些不该记起的人
遗忘了那些早该忘记的事
遗忘了那一种淡淡的哀愁
遗忘了那一个荒谬的地狱。

我曾梦过
　　我曾期待过
　　　　我也曾盼望过；

梦醒时分
我却已疲惫了
想体味不食人间烟火
想解脱凡俗超越自我……

可是，
人生没有下辈子
如果能有下辈子
祈求让我成为你
我甘愿为你
——
　一株小小的
　　　快乐的
　　　　　忘忧草……

　　林沐又想起曾经江沅董事长说过，一个人的格局决定结局，眼界决定世界。一个人的格局大了，未来的路才能宽。如果把人生当作一盘棋，

第十二章　林沐被大军骗钱遇到危险

那么人生的结局就由这盘棋的格局决定。

拥有怎样的格局，就拥有怎样的命运；拥有大格局者，有开阔的心胸，没有因环境不利而妄自菲薄，更没有因为能力不足而自暴自弃。

林沐想着想着抬头仰望着星空，月亮悬在空中触手可及。她想到有一位前辈说过的话，在窗口是看月亮，在庭院是望月亮，在楼台是玩月亮。这恰恰是告诉人们格局的不同，注定了不同的结局。

074 光的入口

林沐知道江沅董事长是以另一种方式帮了她。这比直接借一笔钱给她更好。她的内心充满感激，对董事长最好的报答就是工作作出成绩。

"这几天在金岭还好吗？"陈程发了一条信息。

"还行。"林沐回道。

"给我一个账号，你爸爸治疗口腔还需要多少钱？我先给你，老人身体重要，牙口好身体才能好。"林沐看着陈程发来的这条信息，眼眶有些湿，不知道回什么好，盯着对话框上闪动的鼠标键，缓缓闪动着。

这时苏西打来电话。

林沐很快摁下接听键，"苏西。"

"林沐，明天回来吗？董事长已经跟我说过关于你工作调整的事，人事走一个流程，需要你本人做一个面谈沟通。"苏西说。

"我这边已经安排好了，随时可以回集团，明天怎么样？"林沐问道。

"没问题的，另外你的事情我也知道了，我们一起帮你渡过难关，经济上、法律上都会给你支持。给我一个账号，刚好我最近有一笔闲钱还在卡上，不多也就10万元，先凑给你救救急。"苏西说话总是让人如沐春风，既能帮到林沐又让林沐不尴尬。

林沐已经被一连串的人间温暖给融化了，就连这眼泪都有了温度，就连感激的话语也都融化了，只知道一个劲地说，"谢谢。"

结束了和苏西的通话，林沐给陈程回去了一条信息，"10"。千言万语一个字都没有说，而是两个数字。

还没有等到陈程的回复，但银行的到账通知倒是先来问候，到账一笔 10 万元的短信通知。

陈程二话没说给林沐转来 10 万元。

在江月、苏西、陈程的帮助下，30 万元治疗费凑齐了。

林沐心安了，给父亲的治疗可以如期进行，同时再和大军慢慢打官司。江沅在这个时候给林沐升职加薪，也加强了林沐的偿还能力。

授人以鱼不如授人以渔。林沐内心一阵感慨，脑海里迅速闪过这几年在公司的点点滴滴，从一个大大咧咧口无遮拦的毛丫头，到现在能够独当一面的职场精英的蜕变，这是公司的培养和企业文化潜移默化的作用。

企业文化往往是老板的文化，江沅的做人做事就是公司员工的行为准则和参考标准。他用实际行动来教育和引导员工，什么是爱，如何爱，公司深爱每一个员工，每一个员工也深爱着公司，这是双向成就，双赢和共赢。也是企业发展壮大的根基。最终都集合在人的力量上，企业的竞争往往都是人才的竞争。这一点上江沅做到了，他用企业文化培育人才留住人才，发挥人才的最大价值，最终实现企业的战略目标。

林沐的思绪像万马奔腾，不能停歇，站在落地窗前看着室外凝结在玻璃上的霜冻，看着楼下远处小店门口若隐若现的灯光，一股暖流席卷而来。

寒夜里的暖

一轮圆月，慵懒地
悬在黑色的星空
像珍珠，嵌在
冬日黑裘，别致

一条巷子，幽静地
伸进复古的小镇
如青龙，盘旋在
云雾横绕的，山野

一盏暖灯，亲切地
倚在铺子的窗前
像一轮太阳，融化
岁末寒冬的，霜花

融进了我的血液
从海洋流向高山
从山野流向书房
让眼睛变得清澈
让寒夜变得温暖

第十三章　苏西为护工行业作出贡献

075　苏西创业

苏西对林沐慷慨解囊，也是一种回馈和报答。在离开江佑公司的那段时间，苏西经历了人生中的又一个低谷。这个故事还得从东城说起。

离开江佑公司之后，苏西回到了家乡东城，那里有她的家人，随着她人生的履历的增长，对家乡的思念就越发迫切。离开了一个熟悉的环境，首先想到的当然是曾经的港湾，也是永远的彼岸。

然而，就在苏西刚去东城不久时，就经历了一场天灾和劫难。

苏西从未想过她和东城一样，与灾难零距离接触，撞了一个满怀。

当灾难降临时，尚未做好接受的准备，但已在其中。

凭借多年对于心理学的热爱和这么多年的学习与积累，苏西在东城顺利考取了心理咨询师资格证。她总是有一副热心肠，热衷于做一个知心姐姐，给予身边需要的人帮助。对于未来职业的规划，她找到了一条发展的道路，如愿在东城城郊买下一套公寓，注册了"苏东城西心理咨询工作室"，距离东城精神卫生中心仅一步之遥。

"啊、啊、我疼啊，我疼啊！"一个凄惨的哭声从一辆出租车上传了出来。

苏西在一个早高峰的清晨，在东城精神卫生中心的门口，遇见了这样的一幕。出于最初的善良和触动，苏西停下了脚步，在一边观望着这一幕。

一个瘦小的老人从车里颤颤巍巍钻了出来,一个不高的青年从副驾推开门也下了车,直奔后座和老人一起从车里搀扶着一个同样骨瘦如柴的老太太,两人一言不发,面无表情,一起合力把老太太扶到路边的台阶上,坐下。只见老太太蜷缩着身子,双手摁着肚子,痛苦地叫喊着:"疼啊,疼啊。"

从老太太的脸部的轮廓和青年的脸部相比,一眼可以确认是一对母子,仔细端详,其实眼见得瘦小的女子年龄不算大,大概率是长期的疾病而导致人提早衰老。面对来来往往的路人,侧目而视,这对父子显然已经习惯了、麻木了,全然不顾旁观者的非议,时不时地拍拍女子的背部,时不时安慰一下:"别哭了,别哭了。"

可是,无论青年说什么,女子都丝毫没有感知,而是沉浸在自己痛苦的世界里。从症状上来看,苏西判断这位母亲大概率是精神疾病而导致的身体上的病症。显然这是一个不宽裕的家庭,从他们的口音判断还不是本地人,这一路上的辗转,有多难,有多苦显然刻在了这一家人的脸上。

苏西的眉头紧紧皱起,挪动着脚步想走近一步,但不自主地又后退一步,"我能为他们做什么,我的安慰能解决她身体上的病痛吗?我不能,超越药物治疗都是心理医生的范畴,作为心理咨询师显然是越界了。那么是免费的心理咨询呢?显然不是解决问题的途径。"苏西在心里一番挣扎着,这是超越自己的能力的事,这个世界有着太多的疾苦,但身为普通人的我,力不从心,就留下祝福吧。

在一番思绪的放飞后,回过神来的苏西发现,那一家人已经消失在人海之中。

"哈哈哈,他说了,他会回来找我的。他会回来的。"一个甜甜的声音在斑马线上传来,苏西的思绪又一次被拉回到现实。

一个年轻的女孩,被她的父母一左一右搀扶着,嘴里一直念叨着那个他。

一直念念叨叨,直到消失在东城精神卫生中心的门诊大厅。

又是一个为情所伤的女子,身体的伤可以治愈,但心理的伤看不见也摸不着,该有多痛。照顾好这样一群精神上受伤的病人该有多辛苦,看着那些同样被折磨的家属，苏西内心很同情他们。病着的人已经病了，活在自己的虚幻的精神世界，或许早已忘了带给他们伤害的那些人，甚至忘了自己也忘了父母，可谁又能体会病人家属内心的伤和痛。

在大千世界，人们始终在追逐着内心的那个"他"，或是自己想要活成的样子，或者曾出现在生命里的人。回到工作室，重新整理心情，纵使有专业的心理学知识，也要与共情做对抗，把心中的牵挂和祝福都塞进了诗歌里。

寻他

重逢在雨季
重逢在四海
重逢在假日

雨滴，如是说
大海，如是听
时空，如是念

像露水辨入花季
像音符辨入心迹
像思念辨入空寂

把过往做成棉花糖
把未来染成霞光
把当下搓成细线

不与花季比花期
不与云端争高低
不与时光论长短

再言，最暖四月

再看，最亮风景
再写，最美故事

　　人生就像是一班列车，路过的终究是风景，向前看才是唯一的路径。一切都是最好的安排，过往的喜与悲都不能牵绊当下，活在当下，遇到问题那就解决问题，不去哀叹过往，不去迷茫未来。毕竟，过往和未来，都不再属于当下的我们。

　　"苏西老师，这是今天预约的来访者名单。"蒙蒙拿着名单走进了苏西的办公室。
　　工作室筹备开业之际，苏西就一直想着需要一位有爱心又能吃苦的护理员加入团队。没有足够的爱心，难以帮助他人医治精神上的疾病。然而，随着老龄化社会的到来，随着在岗护工的年龄断层，后续谁来干？长期困扰着这个行业，困扰着逐渐老去的社会。
　　此时苏西也在为自己的团队寻找着那个"ta"，共同书写最美的城市故事。巧合的是，在这个电子阅读快餐化的时代，苏西还坚持着纸质阅读，真是缺啥来啥，她在《东城文学》刊物上看到一则纪实小说，故事就发生在苏西的周边城区，苏西和故事中的两位主人翁共处一方天地：

穿越血缘的爱爱（小说）

　　"我家的小孩呢？我家的小孩呢？"一个步履蹒跚的老人，踱着小碎步，像个不倒翁似的，摇摇晃晃，嘴里碎碎叨叨。念叨一句不忘吃一口手里的汉堡包，时不时还左顾右盼，东找西寻。
　　老人的头发花白，剪了板寸头，衣服干净整洁，明眼人一看就明白了，老人患有阿尔茨海默病，俗称"老年痴呆"。
　　这一大清早，小区里没几个人，老人已经开始了他的"晨练"，白色的衬衫干净整洁，黑色的裤子上夹着两根肩带，黑色的领花恰到好处，谁家的子女这么有耐心给一个老年痴呆病人精心打扮一番。
　　我在树荫下的椅子上，听着音乐，吹着这初秋的风，心情格外清爽。
　　回国后，我还是习惯了早起，在小区里转一转，看着千家万户的灯一盏一盏地亮起,晚上,我会一个人散步,看着千家万户的灯一盏一盏地熄灭。

每天雷打不动地都会遇见这位同样早起的大爷。我就默默地观察着他,但无法同他交流,因为他失忆、失语,丧失了自我料理的能力。时而会担忧起自己的未来,人总有需要照顾的时候,尽管曾经叱咤风云,但终究还是要服老。

"蒙蒙——蒙蒙!"老人继续在原地转着圈,找他的小孩。

我特意迎了上去,问:"大爷,您找谁呀?"

"我找蒙蒙呀,刚才还见着的,现在见不着了,你看到了吗?"大爷迷糊的眼睛里透着一丝担忧。

"她是你什么人呀?"我故意逗逗大爷。

"我的小孩啊,这咋就见不着了呢?"老人不忘继续啃一口汉堡包,接着说,"她不来,我这老的也不好先吃啊,这汉堡包,我也不能只管着自己吃啊,得留着。"

"爷爷,我在这里呢!"蒙蒙从不远处的柱子后面探出身来,一个箭步冲到老人的跟前哈哈笑着。

蒙蒙,梳着一个马尾,眉清目秀,皮肤白皙,身体纤瘦,看起来不过十七八岁的模样。我心里琢磨着,现在的孩子对待老人还这么有耐心,真是难得,何况还是一个神志不清的老人。

"你这孩子,你这孩子,跑哪里去了?再乱跑,看我不打你。碰见坏人怎么办?"老人呵呵笑着,用手在蒙蒙身上比画了一下,假装就是教训过了。

若不是每天都看到他们,一时半会儿还真看不出来,这是一位患有阿尔茨海默病的老人。他虽神志不清,但能清醒地担忧着蒙蒙的安危,他虽失忆,但仍记得蒙蒙是最亲近的小孩。

"爷爷,现在呢有一个比蒙蒙更好的人,想照顾你一段时间,她家里有很多爷爷爱吃的汉堡包,各种口味,还有一个大大的书房,可以写字,画画。"

我和蒙蒙交流一下眼神,她用一个简单的测试满足我的好奇心。

"爷爷,我是蒙蒙的朋友娜娜。我想接您去我家小住几天,您放心,我家里肯定比蒙蒙家里要好很多,有好吃的汉堡包,还有大院子,爷爷可以在那里晒太阳。"我迎了上去，笑嘻嘻地邀请大爷。

我很好奇，他会有什么反应，在他的世界里可能没有什么比好吃的汉堡包更重要了。他会不会跟我走呢？

我伸手去拉他的手。

"你是谁啊？我不认识你，我怎么跟你走啊？"大爷抗拒地甩开我的手。

"我是蒙蒙的好朋友呀。"我笑脸相迎，语气柔软，像哄一个孩子一样。

"爷爷，你就跟娜娜回家吧。我这几天要出趟远门。"蒙蒙转身就要离去。

"跑哪去，跑哪去？你这孩子，还要扔了我呢？你站住，你站住！"大爷像一只企鹅摇摇晃晃地追了上去。

我杵在原地，默默看着这一幕，这得有多深的感情，让一个老人在意识模糊的时候都不忘那个最亲近的人。

蒙蒙一步一回首，慢慢地假装着要离去，大爷艰难地迈着他那怎么都迈不开的步子，手里的汉堡包也顾不上啃了，就这样摇摇晃晃地追了上去。

我紧随其后，默默关注着这祖孙二人。

眼见大爷跟到了蒙蒙的身后，一把抓住了蒙蒙的手，"你休想扔掉我，我跟你回家。"

蒙蒙就像一个大人，紧紧牵着一个孩子一般。大爷佝偻着背，着实矮了蒙蒙一截。一老一小就这么在人迹稀薄的清晨，在带着雾气的小径，与其说散着步，不如说踱着步。

"姐，我们到这边坐会吧。"蒙蒙牵着大爷，朝我挥挥手，指向不远处的一个亭子。

露天的木栅栏搭起的亭子，别有一番韵味，清晨的薄雾环绕，犹如小区里的世外桃源，仙气十足，与眼前的一老一少端坐着，一种人间少有的温暖在心间腾起。

"你对你爷爷很用心啊。"我打破了寂静。

"姐，其实我爷爷已经走了，我出来打工有5年了，是这个爷爷家人请的护工。"蒙蒙一边和我讲着关于她的故事，一边替大爷把汉堡包上的塑料纸往下扯了扯，又从身上的斜挎包里掏出一张手帕纸，在大爷的嘴角擦了擦，另一只手习惯性地在大爷的后背抹啊抹。

"啊？护工？你不是大爷的孙女吗？"我诧异地追问了一句。

"不是孙女,但也亲如孙女。在我心里我把这份工作早已融入了我的生命里。我的爷爷和这个爷爷有几分相似。他们都很疼爱我,都喊我蒙蒙。所以,很多时候我会有一种错觉,我的爷爷回来了,我的爷爷没有离开我。"蒙蒙的眼眶隐约可见的泪珠,越来越清晰,不禁滑落。

"你出来做护工,家人支持吗,身边的朋友支持吗?"我有些心疼眼前的这个心地善良,涉世不深的女孩子。心想,她如何做到他人所不能,如何把一份不起眼的工作做到如此用心和用情?

"我爷爷走了以后,我和孤儿没什么两样。那时候我还是个未成年人,父母经历了不幸,不能在爷爷身边尽孝,甚至让爷爷走得有遗憾,心有不甘。"蒙蒙的眼泪止不住地顺着脸颊流了下来。

"好孩子,不哭,好孩子,不哭。"大爷用衣角擦干了蒙蒙的泪水,继续啃着那块汉堡包。

"姐,做护工很伟大,这是一份光荣的职业,可以替无数的家庭尽孝,了却无数年轻人的遗憾。"蒙蒙的泪光里还闪烁着灵动的光。

蒙蒙的眼神告诉我,她的故事很长,她的志向很远。如果生活里没有光,那就做别人的小太阳,温暖自己,照亮他人。蒙蒙让我感受到护工这份职业的光荣和伟大。

苏西通过东城文学杂志社联系上了蒙蒙,向她发出诚挚的邀请,邀请蒙蒙加入苏东城西心理咨询团队。

"您好,蒙蒙老师。"苏西非常有礼貌地给蒙蒙打出第一个电话。

"苏西老师,您客气了,叫我蒙蒙就好。"蒙蒙稚嫩的声音带着一丝沙哑。

敏感的苏西感觉到一丝不安,蒙蒙是发生了什么变故吗。

"你的声音听起来,有一些伤感,是发生什么事了吗?"苏西在电话的这头心也莫名一沉。

"是的,苏西老师。我爷爷走了……"蒙蒙在电话那头情绪破防哭了起来。

"很抱歉,听到这个不幸消息,请你节哀顺变。看到你和你爷爷的故事,我深受感动,你爷爷有幸遇到你陪他走过最后的人生之路,你也完成了使命，让爷爷安心地走，你不要过度悲伤，那样并不是你爷爷所期望看到的。"苏西安慰着蒙蒙。

"我明白的，爷爷也是我的亲人，一下子无依无靠一时间还是没法接受。但我也知道，爷爷是安心地走的。他把毕生所有的财产都给我了，可是比起爷爷的生命，我更想要他还在我身边，我愿意一直照顾他。"蒙蒙的声音里渗透着对爷爷的不舍。

苏西能感受到蒙蒙来自内心最真挚的情感，那是一种穿越了血缘的伟大的爱。爷爷对蒙蒙也没有辜负，把仅有的一套房子留给了蒙蒙，让这个无依无靠的孩子在东城能有栖身之地。

经过一番推心置腹的沟通，蒙蒙料理好爷爷的后事就来到苏东城西心理咨询报到了。

作为蒙蒙的老板苏西，关心着蒙蒙的生活和蒙蒙内心的伤痛。慢慢地，蒙蒙也从失去爷爷的悲伤中回归到了现实的生活，在工作和生活上又回到了从前的阳光和正能量。她把对爷爷的爱投入工作室的每一个来访者的身上，让每一个来到这里的心中经历着身处生命寒冬的人被温暖治愈着。看到一个个沉着脸而来，含着微笑离开，蒙蒙就像看到已故的爷爷站在眼前一样的开心。

曾有多少次，蒙蒙在泪水中醒来，爷爷一次都没有出现在她的梦里，可谓思念成疾。看到这个情况，苏西想到利用 AI 数字人技术，让蒙蒙和爷爷的数字人来好好地补了一场道别。蒙蒙和爷爷隔着屏幕，就像是隔着一个星际，看到另一个世界的爷爷，听到爷爷对自己的嘱咐，蒙蒙终于放下了对于爷爷的执着，擦干了眼泪笑着和爷爷说："爷爷，放心吧，我会好好地生活下去，会把我们的这段超越亲情的爱传递下去。爷爷再见。"

"蒙蒙，我最亲爱的孩子，再见，爷爷会在这里祝福你。"爷爷亲切地挥手再见。

蒙蒙含着眼泪微笑着从执念里送别了最亲爱的亲人。这份情感的安放，离不开苏西默默的帮助。蒙蒙把对于苏西的感恩，融入这一份全新的工作旅程。在苏西的带领下，在蒙蒙的共同努力下，苏东城西心理咨询工作室很快在东城小有名气。

除了职场上的年轻人慕名而来，还有一些养老机构也邀请苏西去给老人们讲讲课，做做心理疏导。蒙蒙每次去到养老院，就像看到了自己的爷爷一样，那份由衷的投入和情感是独一无二不可复制的。

076　奇遇

一日，蒙蒙在众多养老机构发来的邀请函中，一个耀眼的名字映入眼帘，她激动不已，冲进苏西的办公室说道："乐馨养老院发来邀请了，苏西老师，我们能不能先去这家养老院呢，我非常想去见见我们行业的明星，吴莘奶奶。"

"吴莘奶奶，这个名字听起来有点特别哦。你有关于她的故事吗？"苏西微笑着问道。

"当然有啊，她是我们行业为数不多被采访过的明星老护工哦，和我一样因为爱而上过期刊的。"蒙蒙的笑里藏着一丝骄傲。

"哦，你们护工行业的明星，我怎会不知，要知道我一直都在关注着护工行业的佼佼者，有位朋友说啊，找护工犹如找祖宗。真有这样的明星，我可能会比你还要激动。哈哈哈！"

一阵爽朗的笑声从苏东城西心理咨询工作室的窗口，飘到了对面的东城精神卫生中心。

两人站到窗口，不约而同朝着对面的医院望去感叹道："那里有太多的人需要帮助，病人已矣，可是家属多有痛，谁又能体会，那可是二次伤痛，可以给这样的病人做护理的人可谓不是一般人也，如果能照料这样的病人，岂不是护工行业的明星吗？不但替他人尽孝，还能替他人承受不能承受之重。这是一件特别有意义的事，一个伟大的群体。"苏西由衷地表达了内心对于蒙蒙选择的护工行业的敬佩之情。

"是啊，所以您知道我看到关于吴莘奶奶的报道，我有多感动和敬佩吗？她应该是护理行业最年长的护工护理员了。"

"我去翻翻《东城文学》，先了解一下吴莘奶奶的故事。"。

《东城文学》，曾刊发了一篇吴莘奶奶的报告文学：

她用爱撑起护工行业的一片天

　　我一个人独居，无儿也无女，但我又有"亲人"满堂，每日围着"亲人"忙得不可开交，累并快乐着。或许你会意外，我竟然是一位年迈但体不弱的护工。自从他，我的挚爱，离开之后我就没有想过我生命尽头的事。我想，我生命的尽头一定是在这个被大家所忽略的社会的僻静之处，散发最后一丝光，留给这个人间，一瞬间、一刹那的绚烂。我想，我会微笑着离开这个让我仿佛经历过无数次跌宕起伏的人生。有什么工作可以做到生命的终结呢？在我60岁那年遇到了我如生命一般挚爱的工作，重拾我对医学的热爱，发挥余热成为一名专业的护工做一名生命的守护者。

　　"乐馨养老院"就在城北我这56平方米小蜗居的隔壁，白天我在那里工作，照顾着我的众多"亲人"。算起来，我在"乐馨"已经度过了23个春秋，我的朋友们、亲人们有好多是在这里度过了人生最后的日子。他们的孩子们各有各的难处、各有各的忙，他们自己又爱惜着自己的儿女，不忍心多打扰，退休金也足够这里的费用。我羡慕他们膝下有子，但又不羡慕他们不能享受天伦之乐。我时常一个人做着斗争，我要与岁月去抗衡，我要与我的身体去较量，我还要与人性争高低。

一

　　我在这里陪伴着那个他度过人生最后的日子，那是我回城后最踏实的日子，尽管他卧病在床，完全失去了自理的能力，呕吐物、排泄物时常弄得满床，有时候因为身体的病痛，他会折磨床单甚至扯坏，还会时不时发出"嗷——嗷——"的叫声，吓退了其他护工。我知道他的独生女从事着军工事业，我们素未谋面，我也能理解她身不由己，国在前，家在后。我把他接到了这里来，就像家人一样照顾着他，像他的母亲爱护着他，又像他的妻子疼爱着他，更像他的子女细心呵护一份儿女的责任和孝心。没有人知道我内心那种复杂的情感，但是都知道我是人人称赞的一个称职的护工。

　　久病床前无孝子，现在病床上这般模样的他，大家可能很好奇，我是如何做到的？我想那可能是特定年代下特定的情感吧。在我的脑海里，他始终是年轻时那般高大硬朗，热衷于治病救人给他人除去病魔的白衣天使。

而医者不能自医。在他的生命里所幸老天忘了我这个早已失去翅膀的白衣天使，匍匐在他的病床前，当一回他的医生，谈不上救治，但还能守护，把我几十年来无处安放的爱恋一饮而尽。"谢谢你，陪我这一路。"这是他留在这个世界的最后一句话，也是留给我的最后一句话。

他走了，我的爱没有随着那一把火而化为灰烬，我要让爱延续，如果说他是火种，那是最古老的火种，我要让爱的火苗传递，直到走在我人生的路上。在后来的日子里，我记不清照顾了多少位需要照顾的人。

二

直到小韩的出现。请允许我称她为小韩，确实是和我孩子一般的年纪，到养老院实属无奈。她说："三生有幸遇见了我。"那一声妈妈让我终生难忘。"妈妈——妈妈啊——谢谢您照顾我，谢谢您陪伴我走到生命的尽头，此时此刻，我是愉快的，我要带着我的罪过去见我亲爱的父亲了。"

小韩弥留之际，一定要我日夜留在她的身旁，那些日子我向班组长提出日夜不休，夜间我用一张行军床紧挨着她的病床睡，寸步不离。她要紧紧抓着我的手，最后一次叫我妈妈时，我老泪纵横，那种失去亲人的窒息的心痛，分明她就是我的孩子一般。白色的床单映衬着她苍白的脸庞，眼底倒映着我这被岁月浸染的脸，回忆像一道道痕刻在我柔软的面颊，我分不清当下的我是在工作还是在生活。

泪珠滴在她身上的被子上，她的手依旧白皙，但却无力了。抓住她的是我这双长期护理病人而与皮肤结下的缘，那一个个老茧是谁也带不走的关于我的故事。我害怕抓疼了她，我把手缩了回来，隔着被子轻轻地打着拍子。我想让她不要悲伤，安静地睡一觉，忘却这一生的烦和燥，裁剪这一生的风和景。

如果老天给我一个孩子，那也和她一般年纪，我心疼她。她把命运托付给了事业。"妈妈，亲爱的妈妈，您知道吗，曾经我有多恐惧来到这里？"小韩刚来的时候，经常和我聊聊心里话。她说，我能给她安全感，就像妈妈一样的安全感，有妈才有家，这里就是她的家，最后的人生归宿。她很少提到她的工作，或许是因为涉密，或许是因为家国情怀。人的一生最终的归宿就是家，能有如家的关爱，何尝不是圆满。

"亲爱的孩子，你不要害怕，这里有你的妈妈。"我摸了摸小韩的头，给她捋了捋额角的发丝。尽管，我自己已经佝偻着背，让大家感觉到力不从心。但好在过去在20世纪60年代从医的我，身体素质在日复一日的医疗工作中，锻炼出高于一般人的身体素质。才能让我有机会承担无数的角色，陪伴那么多人度过最迷茫又恐惧的日子。

"妈妈，你可知道，我有罪，我有罪啊。"小韩抓住我的手泪流满面，从"谢妈妈"改口"妈妈"。她的突然改口让我又痛又惊，她内心里当我就是亲人了，最高赞誉的亲情就是母爱。那一刻，我是感动的，我多么渴望听一声妈妈。"别怕，别怕，都过去了，现在咱好好地过。"我知道小韩不是因为自己的病情而焦虑又恐惧，此时我做好一个母亲的本分，给她安全感，给她心灵的慰藉。她无数次跟我讲起，她心底的那个过不去的坎。

"妈妈，我的父亲被我送到养老院就再也没有回来。"小韩越说越悲伤，"不知道他在人生的最后是如何度过的？"小韩，是他走了以后我照顾的病人，她激动时就会大小便失禁，我从未嫌弃，哪有母亲会嫌弃自己的孩子。她总是强忍着自己的情绪，不给我添麻烦，但又总是控制不住自己悲伤的情绪。她跟我讲述父亲是在一家养老院离去的，她一直陷在自责里，总是认为如果不是自己的一个错误决定，父亲就不会被送去养老院，也不会离开她。对待养老院她心存芥蒂，甚至认为，自己被子女送进养老院是报应。

三

我明白，这一切都源于她自己的心结，所以在照顾小韩的工作上，我更多的是照顾她的情绪，做好心理慰藉，我把大量的时间用来和她沟通，和她说话。她是一位高级知识分子，语言表达能力很强，讲话逻辑性也非常好，讲起自己的一生，她可以滔滔不绝地讲个把小时，几乎要把前世今生讲述给我听。情到深处，又是一把鼻涕一把眼泪。我观察着她的表情和情绪，做一个细心的倾听者，站在她的角度，满足她的情绪价值是我的责任。

按时喂药，一日三餐，吃饱穿暖，及时更换脏衣服等生活琐事已经不是我重点需要关注的。我更担心她的抑郁情绪，这么优秀的一个人，怎能容忍自己这个样子。唯一的儿子又在遥远的大西洋北岸，有什么事，也是远水救不了近火。但，她很少提及儿子，和我提起最多的是对于父亲的愧疚。

我有过好奇，这是怎样的一位父亲，让儿女如此留恋着他。算来我和她的父亲也是同时代的人，有着类似的过往和经历。在小韩离开后，收拾遗物时，我终于看到了这位父亲。一张拍摄于20世纪60年代的泛黄的旧照，我老了，眼也花了，出于极强的好奇心和一种莫名的情感，我戴上老花眼镜，把照片放在窗外的阳光下，照耀着、端详着。

仿佛岁月轮回，时光静止，他从照片中走了出来，"嗨，好久不见，美丽的医生。"原来是你，我的眼把阳光收尽，多了一丝情意浓浓的光，我的唇抹上亮丽的阳光，多了一份妩媚，"我把你的孩子照顾得很好，我就当嫁给过你了。"

一阵暖风吹来，吹散了残存的记忆，我忘了所有，我清空了回忆，我只记得现在我是这里的护工，我在这里照顾着别人的亲人，更有别人的孩子就像是我的孩子一样，我会像母亲一样用生命去爱护着，守护着他们的生命。

读完吴莘奶奶的报告文学，苏西安静地站在窗前，凝视着远方的天空，红日染红了西边的云彩，预示着那是腾腾而起的来自人们最初的爱和善良。

苏西坚定，吴莘奶奶也是她所期待的邂逅。

邂逅

阳光
在枝叶间
寻觅着
树下的孩童

圆圆的光晕
塞满暖暖
背靠着背

春天
书写着幸运

洒在睫毛上
呼扇呼扇

撞醒春的耳朵
邂逅
这场春天的盛宴
转身与夏天
重逢

计划不如变化，有些期待总让人猝不防及。

谁曾想到和吴莘奶奶的见面是在那幢暂时隔离的房子里，一场病毒迅猛在东城悄然蔓延，瞒过了所有的善意，超越了现有的预防针，所有人都没有来得及准备，或多或少都受到了感染，而且传染力极强。对面的东城精神卫生中心的大门紧闭，为了更多人的安全不得不暂时过上了与世隔绝的生活。

然而在病毒的来源尚未确定之前，不得不采取了这样的方式，为了保护更多的孩子和老人。一个不好的消息从对面传来。

"苏西老师，我的一个姐妹在对面东城精神卫生中心做护工，现在她们中间有人受到感染，为了保护病人的安全，他们公司现在让大家撤离医院。可是他们的工作特殊，过去都是24小时在医院，现在外面也找不到临时住所了，不得不在路边临时搭帐篷了。真是急死了。"

"病毒很厉害，传染性这么强，没有绝对的安全保障，有人的地方就有危险，这可如何是好。"苏西一时间也没有更好的主意。

"我倒是愿意收留他们，大不了我穿着隔离服，给他们一个房间，可是小区里很多老人和孩子，我也不能不顾他们的安危把他们带回去啊。可是他们身居户外，食物也不够，可怎么是好。"蒙蒙的眼泪顺着脸颊流了下来。

"蒙蒙，趁我们现在出入自由，这样你去送点吃的用的，你们联系好一个地方，不要有近距离接触，戴上口罩做好防护。等接下来事态发展，我们再想办法。这些天我们密切关注。"苏西在这个大局势面前能做的暂且如此。

这场病毒的凶猛超越了所有人的认知，尽管蒙蒙做好了一切防护，远远交接了物资，但三天后，还是受到病毒的侵蚀，也出现了感冒症状，不幸中招的还有苏西。她们就地隔离在苏东城西心理咨询工作室，都没有来得及回家取生活用品。

蒙蒙愧疚不已，"苏西老师，对不起，是我连累您了。"

"别自责，这是一场毫无防备的病毒之战，我相信伟大的医学技术总能有办法的。一切困难都是暂时的。"苏西一边安慰着蒙蒙，一边拿出维C泡腾片，接着说，"来，我们喝点维C增强抵抗力，也许会出现奇迹。"

工作室里的物资所剩无几，仅有的都给了蒙蒙的小姐妹送去了。苏西看着蒙蒙愧疚的表情，安慰道，"没关系，我们先报备上去，等待转运去了方舱也用不上物资了。"

随着出现感染的人数增多，一时间方舱医治人数爆满，不得不在原地或者在外等待转运。蒙蒙的姐妹们在等待的日子，靠着苏西资助的物资维系着身体需要的能量。苏西和蒙蒙在工作室等待着，除了物资短缺好歹有个遮风挡雨的地方。

一个午后，终于等来了好消息，苏西和蒙蒙转运去了临时隔离点东城郊区方舱医院，在那里遇到了蒙蒙的小姐妹们，还遇到了吴莘奶奶。

由于长期从事护理行业，一直照顾着病人，训练出了强大的心理素质。他们的见面如见故人，上来第一句，"我们自由了，在这里我们可以不用戴口罩。"一阵爽朗的笑声，在苏西的话音落下后腾起，给原本有些阴郁的方舱带来了希望和欢声笑语。

"到底是心理咨询师，心理素质超群。"吴莘奶奶朝着苏西竖起了大拇指。

"你们中间有人是党员吗，党员请举手。"一个穿着隔离服的工作人员拿着喇叭朝着刚来报到的人们呼喊着。

"我，我是。"苏西第一时间响应，举起手喊道。

"出列，名字。这片C区交给你负责，人多任务重，党员首先要为人民做贡献，不惧危险，要有奉献精神。"工作人员严肃而珍重地嘱咐。

"收到！同志请放心。"苏西铿锵有力地回应道。

随后的半个月，苏西带队，带着吴莘奶奶和蒙蒙等人临时搭建了方舱护理团队，在这个特殊的医院照料着每位需要帮助的人。除此以外，苏西还疏导着一时无法接受的人们。

然而在忙碌的一天之后，在夜深人静的时候，苏西看到家里物资短缺，一日三餐都是萝卜和泡面果腹，比起这不明的病毒，她更担心家里没有食物。比起家里人，他们在方舱好歹伙食很好，每天也不用再畏惧病毒，反而这里的方舱更像是世外桃源。

白天苏西就像一轮小太阳照在这发白的方舱医院，把光明和希望照进每一个人的心里，每天都有治愈的人们离舱。晚上苏西把一切的担忧和畏惧倾诉给异地的林沐。

一夜之间丧失了现代社会的便捷，曾经的轻而易举，现在何其艰难。林沐仿佛生活在另一个世界，一切都没有影响，苏西就像是回到了远古，城市忽然间物流没了，自由也没了，甚至连基本的生存都很艰难。

忽然身着黄色美团服装的外卖小哥就像是超人飞侠一样拯救了这场突如其来的变故。

林沐打听到了表弟就在东城，加入了外卖小哥志愿者团队，他们为了保障他人的安全，穿着防护服穿梭在城市给需要的人们送去了希望，但是他们自己都很自觉地以天为被，以地为席，为城市里的人们传递着爱。

林沐委托表弟给苏西的家人送去了一批又一批物资，度过了这一季的寒冬。身处方舱的苏西把来自林沐最大的善意深深记在心里，藏在心底。

书写春天

草儿肆意地探出头
马儿抬起悠然的脚步
奔赴草原温暖的怀抱

风儿伸出柔软的手
哼着婉转的曲儿
召唤开在春天的期盼

天空眨巴着湛蓝的眼
云朵拨弄飘逸的发丝
追逐春天多情的阳光

绿色蔓延在草原上
宛如翡翠编织的毯
倒映着流动的影
弥散在天地之间

用心做笔，用静为墨
勾勒一幅希望的画像
涂满色彩的斑斓，又
留一块白，留给际遇

数月后，生活回到了正常，人们恢复了自由，这段关于人间真爱的故事终究成为故事，只不过生活里的每一个身在其中的人都成为故事里的角色，共同演绎了这段最真最沉最难忘的故事。

苏西和林沐相约在最爱的苏城咖啡，享受着惬意的下午时光，缓缓讲述着故事里的人和人的故事。

然而，此刻一切都成了过往，成了经历，一股暖流缓缓袭来。

这场久违的相约，林沐带给苏西来自江佑的决定，邀请苏西再回江佑。在东城的这段时间仿佛梦一场，苏西将苏东城西心理咨询工作室变更为苏东城西老年护理中心，交给蒙蒙去打理，她离开了东城。

来自东城的记忆，故事里的人从故事里走来，又走进了故事里，恍如隔世，但心里的痕迹还需要时间去修复。

关于东城的这段故事，苏西在日记里写道，"我在春天的街角，遇见，种在芳华的梦想，洒满江南的春光。"

077　失望

浦江法院第一法庭，被告席上空着，林沐坐在原告席上，一位斯文的年轻法官，在审判席上翻阅案卷材料，抬头看了看林沐问道："和被告联系过吗？"

"联系过，但是他拒绝协商，今天也没有出庭。"林沐弱弱地答道。

她更心疼的是这么多年对大军的信任，作为从小一起长大的儿时的小伙伴，一起见证过成长，怎么长着长着就背道而驰了呢。林沐紧锁着眉头，眼睛里写满了失望。

法官用一侧肩膀夹住电话，一只手拿着案卷材料，试图联系上大军。

一次未接听，两次未接听，就在林沐灰心丧气时，第三次终于打通了大军的电话。

"你是大军吗？"法官严厉地问道。

"今天开庭为什么没有来？"

"什么？短信没有收到吗？"

"重新给一个你能收件的地址。"

"你们有联系方式吗？那你们可以达成一致，进行调解。"

"你等一下，他和你微信沟通调解方案。"法官挂了大军电话，侧头和林沐说道。虽然林沐听不见大军在电话里和法官的说辞，但她已经明白了大概。显然，大军是想耍无赖。果然应了那句"斗米恩，升米仇"林沐给得太多了，在那个当下，大军借2万元都极其困难，却从林沐这里轻易地借到了30万元。

"被告如我所料缺席了，现在你想想你的难处，赶紧哭出来，博得法官的同情，加快案件的办理速度。"庭外的陈程发来信息。

林沐看完信息，都不用情绪的酝酿，泪水夺眶而出，越哭越厉害，她想到了已经离去的爷爷，每每想到爷爷她总是忍不住泪流满面。从小最快乐的童年是爷爷给的，爷爷用爱填满她的整个心扉，被爱滋养的孩子从不缺少爱，是善良的乐于分享和帮助他人的人。

林沐哭得梨花带雨，满眼委屈地问法官："请问法官，以后还要不要做个好人啊？我帮了他，却把自己埋在了别人坑里。"

"借他的时候想过他的偿还能力吗？"法官的内心被触动，语气柔软。

"我相信他的人品，所以没有想那么多。"林沐带着哭腔答道。

"这个案子我会尽快给你办理，把被告的其他几个地址都再发一次传票，到时候再来开庭。"法官递上一份笔录，让林沐签字。

林沐从包里翻出了钱包，明明是想找支笔。

"有带笔吗？"法官看着思绪凌乱的林沐问道。

"一般我会带笔，但今天偏偏忘记了。"

法官顺势递上一支笔，林沐在笔录书上签下了漂亮的铿锵有力的字迹。

随后法官便到门口接待下一位原告。林沐还沉浸在悲伤的情绪里，一边走一边哭。一直哭到了楼梯口，刚准备下楼梯。

"美女！"一个甜美的声音从背后传了过来。

林沐停止了哭泣，用哀怨的眼神回头望去。

"你的钱包忘拿了。"后面一位原告把林沐的钱包递了上来。

"谢谢你。"林沐带着悲伤的语气不失礼貌地说。

她转身一步一步地往下挪步，走过了3层楼梯哭着来到了法院入口处的安检处。安检的工作人员齐刷刷看向林沐。

那一刻，林沐的悲伤已经无暇顾及面子，她继续哭着往外走，直到看见了法院门口的陈程。

"别难过了，法官怎么说的？"陈程关切地跟了上来。

"法官说尽快办理。"林沐擦了擦眼泪，这时候需要调整心情，补个妆，以最好的状态投入工作才对。

"这是最好的答案，法院积压的案件非常多，法官主动说给你尽快办理，那就是最好的结果。"陈程揽着林沐的肩，把她送上了等在路边的小车。

林沐泪眼婆娑看着缓缓后退的陈程，直到车子拐弯，那一刻她感受到了爱情的力量。

当初在大军求助，林沐还在摇摆不定的时候，去问了她的闺密，要不要做这样的好人，闺密斩钉截铁地回答，"不要！千万不要！"然而，林沐依然毅然决然地赴汤蹈火。那个夜晚，她整整失眠了一夜，她问了一位人生导师，毕竟数额巨大，又想帮一帮大军。导师没有直接回答她，而是给她讲了一个故事，她说："我在十年前借给我堂弟两万块钱，借的时候说1年后还给我，但是至今也没有还给我。你要想一下，这个人你是不是一定要帮他，如果不帮可能也就做不了朋友。但是我知道你的善良，如果你不帮，那你自己心里又过不去了。"

那天，林沐躺在床上翻来覆去，一夜未眠，脑海里全是儿时的欢声笑语，那时的大军还是天真无邪的大哥哥。为了内心那份美好的记忆，林沐决定帮大军一下，宁可被辜负也不愿意辜负了朋友。

这才有了后来的经济纠纷和不愉快。事到如今，大军也早已不是当年，而林沐始终保持着善良和童真，这是林沐至今大龄未婚的原因。她的长相要比她的实际年龄年轻很多，这就是相由心生。

因为长得年轻，身边几乎没有人催婚，不慌不忙中婚姻大事稍许有些被遗忘了。

有幸和一群有爱心、善良的人共事也是福气。

"不要忧愁，不要烦恼，人生百年活100岁，也是36000天，千万莫发愁。世界上的事不是你愁就能解决问题的，不如顺其自然，相信一切都是最好的安排。"这时苏西发来一串信息。

林沐读完苏西的信息，果然心情平复了很多，因为她知道苏西是经历过生活的人，她懂得那份触动灵魂的疼痛，疼到骨子里的痛。

有一种说法最好的关系是互为贵人，曾经对苏西来说，林沐是她的贵人。现在的苏西同样不担心林沐不还钱。信任堪比黄金，彼此成为生命中的贵人，携手度过最艰难的日子。这样的情谊是同事情更是友情。

在职场上有一种关系叫同事关系，还有一种关系是同事加朋友关系。后者是职场最好的关系，何其珍贵。

第十四章　江月终于迎来了新婚佳期

078　江月婚讯

江沅的办公室里很热闹，苏西成了常客，在最近江佑公司的重组中，人力资源部是每天必点部门，除了苏西就是大红人以冬。

"公司里有可以提拔的人吗？替补江月。"江沅靠在那张舒适的大椅子上，微微枕着头，看着苏西说。

"啊？谁？"苏西惊讶地问。

"江月要离职吗？"以冬问道。

"对，女大当嫁，该放她走啦。"江沅的表情是喜悦的，但眉宇里透露了一丝的忧伤。

"好事，有喜啊，江月终于要嫁人了。这丫头也30了吧。这时间真快，在我身边都10年了。"江沅接着说，"这些年她见证了公司的成长，帮了我不少忙啊。现在她有个好的归宿，我也是放心啊。这些年她在我心里就像女儿一样。如今要出嫁了，我是又高兴又不舍。"

这时的江月正和男朋友在影楼拍婚纱照，幸福就像蜜糖一样滋养着这对新人。

江月毕业后的10年付出，实现了职场上的飞跃，如今该是进入下一段人生旅程的时候了。期待已久的为人妻为人母的喜悦，此时此刻溢于言表。

"如果不外招的话，有一个人可以试试。"苏西思索了一会说道。

"你是想推荐书碟？"以冬的眉宇出卖了他的内心。

这一切早就被苏西看在了眼里。只要每一次与书碟的交集，以冬就没有转移过视线，应了那句话，"目光所至，全是你"。

作为以冬的老部下，如果这点眼力都没有，那也就辜负了那段美好又遗憾的岁月了。其实早在运营部时，苏西对以冬的感情就说不清道不明，两个单身男女仅在同事的层面维系着，直到苏西离开公司。这段情感，苏西从未向任何人透露。聪明的她明白以冬对她只有认可和信任，爱情对她来说望尘莫及。当年为了以冬的不为难，她主动离职一来是真心希望自己爱的人能够顺利，是一种成全和成就。二来也是为了给自己一个交代，她不想自己在爱的人面前越陷越深到无法自拔，她需要抽身而退，为这段不为人所知的爱恋画上句号。

"以冬，我正想听听你的意见，书碟这丫头来公司也有一段时间了。你有什么意见吗？"江沅把目光投向了以冬。

"不错不错，这姑娘挺好，哪都好。"以冬有些语无伦次。

江沅看着以冬，沉默良久。

"江董，您觉得可以的话，人力资源部即刻放人。全力支持您这边的工作。"苏西微笑着，打破了尴尬。

此时的江沅心如明镜，都是过来人，年轻人的那点心思一看就明白了。

苏西此刻的心情，正如床头的那本诗集，其中一首正如她此刻的心情一样湿漉漉的。

你，我

你心里有我的时候
我没有你……

我心里有你的时候
你没有我……

我们是慢了半拍的和弦
还是
两条平行的直线……

只是

在那时光交错的瞬间

留下了属于你我的回忆……

最终

如昙花一现

稍纵即逝……

甚至还不如诗中的爱人，因为她知道以冬的心从未替她开过门。

079　聚餐

周末的晚上，江沅组织了一场晚宴，邀请以冬、书碟、苏西、林沐，还有江月和她的未婚夫小韩，算是为江月送行，也算是一场特殊的婚宴。

江沅对江月的未婚夫很是欣赏，席间他不但对江月照顾有加，也不忘照顾着身边的其他人。有礼貌也有涵养，看江月的眼神里尽是温柔和喜悦。

"小伙子啊，你知道江月有什么缺点吗？"江沅在大家的谈笑风生中，忽然插进一句不合时宜的提问。

"呃，缺点啊，缺点应该是太完美了吧，在我眼里她没有缺点便是她的缺点。"小韩想也没想便脱口而出。

就在他满心期待着大家的赞赏时，江沅摇了摇头说："这个回答不合格。"

大家疑惑地看着江沅，期待着他独到的讲解。

"首先，你看到的这些大家都能看到的外在的优点是公开客观存在的，是吸引着她身边每一个人的优点。这不能说明爱一个人的理由，显然这是喜欢，离爱情还有一些遥远。"江沅停顿了一下，继续说道："爱是包容一个人的缺点，才是真爱，如果只是所谓的爱着一个人的优点，那是喜欢不是爱情。希望今后当你发现江月的缺点时，你能多一份包容和关爱。"

"来来，小韩、江月我敬你们一杯，祝你们在香港生活幸福美满。"江沅起身和江月、小韩干杯，一饮而尽。

"您放心，我一定会对她好的。谢谢您这么多年培养了这么优秀的江月，我一定倍加珍惜这段缘分。我们也会经常回来看望您的。"小韩说完，把酒杯里的酒一饮而尽，表示诚意。

在座的，林沐、苏西、书碟满脸羡慕地微笑着给他们祝福。

"江月，婚姻是一场修行，也是人生最重要的事。今天很开心，为你高兴，希望今后你的人生美满幸福，我呢，也准备了一份礼物，表达我的心意。"江沅从包里拿出了一个精美的小礼盒。

"哇！谢谢！"江月打开，愣了一会儿，惊讶又惊喜，简直不敢相信自己的眼睛，但江沅的那份来自父辈的关爱溢于言表。

一个晶莹剔透的，价格不菲的翡翠弥勒佛吊坠展现在众人的面前。

"这块玉佛，寓意着宽容、吉祥，笑口常开的佛主，会一直保你平安。这是我女儿从小梦想的礼物。也是她长大后的心愿。"江沅说了一半，眼睛湿了，有一些哽咽。

"江叔，今后您就是我叔，我来敬您一杯。"江月绕了桌子半圈，走到江沅跟前，给他的酒杯添满了酒，也给自己的酒杯盛满了酒，一饮而尽。

"我女儿和你同年同月同日生，同名同姓，就连长相也十分相似，这就是当年为什么我请人力资源部三番五次约你过来面试的原因，她的小名叫月月。如果她还在，也应该是嫁人了。好了，不说了。这块翡翠玉佛我珍藏很多年了，原本是要送给月月的嫁妆。现在我把它送给你，在我心里你代月月嫁了人，了却了我的心愿。"江沅声音哽咽，强忍着内心的伤痛。

"月月，月月。"江沅推开家门，就看到自己的妻子，在满屋子找着女儿月月。

"月月，躲起来了吗？"刚通宵打牌回家的江沅，有些若无其事，习惯了女儿每次在他回家之前躲起来。

"月月……月月……"月月妈没有搭理,继续在家里楼上、楼下、屋前、屋后找了几遍。

江沅已经一骨碌躺在床上,一个哈欠就睡了过去。

"江沅,江沅,你醒醒,你醒醒。"月月妈妈奋力推醒了江沅,继续说,"月月不见了,月月不见了。"月月妈的声音带着哭腔,身体半弯着,已经着急得直不起身来。

"不见了吗?"江沅迷迷糊糊,并不着急。

月月妈忍不住哭了出来,着急地说:"刚才你打电话说,在回来的路上了,月月听到了就在家门口等你,大门一直开着的,我以为在家里躲起来了,但是找遍了,没有啊,她是不是自己跑出去了。"

"在门口等我吗,我打电话的时候已经是1个小时之前了,完了,完了,月月没了,月月肯定没了。"江沅猛地从床上蹦了起来,站在地上,抓起手机看了看打电话的时间。

夫妻二人绝望地对视,月月妈妈痛苦又愤怒,"牌!牌!牌!牌比起女儿更重要吗,如果找不到月月,我也不活了!"月月妈一边哭喊着月月的名字,一边冲出了家门。

"月月——月月——"月月妈妈痛得无法呼吸,连声音都是颤抖的。

她已经没有了方向,顺着家门口的那条路一头扎进了黑夜,路旁的树木静得吓人,在深夜她的声音响彻云霄,平时斯文的她,这一刻全然不顾及别人怎么想。她疯了一样地找着月月。

附近的居民楼的灯火一盏盏亮了起来,人们打开窗,探出头。她在一个商住两用的楼前停了下来。这个楼上有一个儿童室内游乐园,月月平时喜欢来,会不会自己跑过来了,而且离家不远,自己走过来也有可能的。

通往乐园那座楼需要经过一座桥,这座桥也是月月经常走的,月月妈锁定了目标忽然奔跑过去,她不错过每一个熟悉的角落,一边跑一边呼唤着月月的名字。

此刻，头顶的月亮把这深夜里绝望又痛苦的母亲，复制了一个影子，在她身旁陪伴着，就像是小小的月月跟随着妈妈一样。

"喂～喂～警察同志，警察同志，我，我需要报案，我的小孩自己跑出去不见了，还不到 24 小时，我能报案吗？帮帮我吧，我找不到孩子，我也不活了……"月月妈妈一骨碌把经过跟警察说了。

几分钟后，民警赶到现场帮忙一起找孩子。

"你先冷静一下，你想想孩子出门最可能往哪条路走。我们分批去找。"警察冷静地分析。

"那座商住两用的商场，每层都很熟悉，有的店主是住在店里的，对月月也比较熟悉，我们过去问问，有没有看见孩子。"月月妈说。

"月月不见了吗？"文具店的老板娘半睡半醒，被敲门声惊醒，打开门看到了熟悉的月月妈，继续说，"我睡觉前，好像是看到一个小孩，从店门口经过，一边跑一边喊着爸爸。我没当回事，想着是家长带着孩子来玩的。"老板娘直了直身子，试图回忆得更精准一些，她迅速在脑海里回忆着孩子的穿着打扮，边思考着边继续说，"穿一件粉红色的迪士尼的外套，粉色的裤子，白色的拖鞋，手里抱着一个熊猫玩偶。"

"是，月月，是月月啊，你看见她往哪个方向跑了啊。"月月妈看到了一线希望，眼泪顺着脸颊流了下来，仍然没有停止胡思乱想，如果找不到月月她一定不活了。

"去了那个方向。"顺着老板娘手指的方向，是一个已经废弃的商场，不过过去月月也常去，去那里也有可能。

月月妈和警察同志朝着那个方向奔跑。

路上，看到了月月的熊猫玩偶，月月妈捡起来搂在怀里，撕心裂肺地呼喊着月月的名字，她怕声音不够响，用两只手圈在嘴边，像一个小喇叭，试图让声音再大一点。

跑着跑着，看到了月月的白色拖鞋，但只有一只，月月妈弯下腰去倒在地上，她痛得无法呼吸，确定了月月是跑出来了。深更半夜，小小的她怕是凶多吉少。

警察扶起月月妈，说："那栋废弃的楼，我们找一下，然后再到商场后面的河边去找一下。"

月月妈不知道自己是怎么挪开步子的，一股力量推着她向前走。
在那个废弃商场的路上，看到了一张画，是月月画的。

"妈妈，妈妈，这是我画的爸爸，是不是等我画好了爸爸，他就回家了呀。"月月的声音在月月妈妈的耳边回荡。这幅画是在等爸爸的时候画的，月月内心多么期望爸爸能多一点时间陪伴她。

想到这里，月月妈妈泣不成声，她明白自己有错有疏忽，但对江沅的恨也入了骨。如果找不到月月，那么害死月月的人就是她的父亲。如果不是心里装着爸爸，怎么会在深夜走出家门，等爸爸呢，还带着爸爸的画像和爸爸送的玩偶。这一切都将矛头指向了江沅。

此刻的江沅也在黑夜里寻找着月月，他愣在原地时，月月妈妈已经跑出了家门，两人在不同的地方寻找着共同的孩子，但是月月妈妈此时此刻已经不会去想江沅在不在找孩子，一心就期待着那个熟悉的身影出现。

月月妈妈跌跌撞撞走进那栋废弃的大楼，黑灯瞎火，哪里会有孩子。但是此时即使没有警察跟着，她也不会害怕，她幻想着在某个角落看到那个熟悉的稚嫩的脸庞。

环顾四周，她想起了楼顶的一群流浪猫。月月之前一直吵着要来给猫咪喂食，她说猫咪找不到爸爸妈妈了，才会孤孤单单在这里。

月月妈妈顺着楼梯一个劲往上爬，忽然脚底有些刺痛，低头一看，不知何时自己的鞋子已经跑掉了。她赤脚一层一层地爬，一边爬楼一边呼唤着月月的名字。虽然心里还有一线希望，但是，她时刻做好了离开这个世界的准备，毕竟找到孩子的可能性非常小。

三楼，四楼，越到上面，她的脚步越慢，声音越小，强忍着悲痛，轻声呼唤着月月的名字，她怕吓到孩子，这么晚了会不会睡在哪个角落。

到了五楼的楼梯口，所有人屏住呼吸，五楼是一个阁楼，需要通过一个方形的口爬上去，大人都需要费点力气。这里确实住着几只流浪猫，平时也会有好心人来投喂。

月月妈扶着扶手，踮起脚，把头伸进了进去，温柔地问："月月，月月，是你吗？是月月吗？"

一个梳着两条辫子的小女孩背对着她，坐在地上，怀里抱着一只猫咪，其他几只猫咪在她身旁安静地坐着。小女孩，慢慢转过身来，看着她甜甜地笑，但不说话。

月月妈妈看着眼前的孩子，像月月又不像月月，又问了一声，"是你吗，月月，是你吗？"眼泪像断线的珠子，早已模糊了视线。

跟在身后的警察，看着眼前非静止的画面，愣了一下，随后也探头望去。

眼前除了几只流浪猫，再无其他……

江沆也想到了那条一家人常走的路，就在桥的两头，一头捡到了月月的一只鞋，另一头又捡到了月月妈妈的一只鞋……

大家都沉浸在这个悲伤的故事里，泪水浸湿了每个人的脸庞。而，江月早就泣不成声，沉浸在故事里，情绪越来越悲伤，泣不成声，这样的情绪也给江沆这么多年来一次痛快的释放。

江沅悲伤地说:"这么多年来,我始终无法原谅自己,是我害了月月啊,是我对不住她们母女,这一切都是我的错。就算拿命去换,也换不回我的月月了啊!"

"爸爸,爸爸,可算是找到你了,我以为就像小时候那一次的迷路,我再也找不回爸爸了。"江月哭着扑进江沅的怀里。

在场的每一个人都来不及思考,这突如其来的变化。江月真的是江沅的女儿吗?

"我是被一个陌生的独居的老奶奶抱走的,过了好几天,妈妈才找到我,我已经记不清楚我走了有多远,记得妈妈说那个奶奶家离我们家已经很远很远了。妈妈找到我的时候,把我紧紧搂在怀里,我记得我都快呼吸不了了,但我知道妈妈那是失而复得之后怕我再丢了而舍不得放手。那天妈妈跪在那个奶奶面前磕了三个响头,为了报答她,妈妈一直寄钱给奶奶为她养老送终。"江月慢慢缓和了情绪,开始讲述这段不为人知的故事。

"妈妈恨你,恨你不回家,而我又太想念你,所以找到我之后,妈妈就带着我去了北方的城市,她说,对女人来说孩子才是一生的牵绊,她很害怕和你过而又丢了我。这么多年,我虽然很想念爸爸,但是我也不会跟妈妈提起,毕竟在失去孩子的那几天,妈妈几乎癫狂,就剩最后一口气,她能不恨你吗。"江月继续讲着这个故事,所有人屏住呼吸,听她讲下去,"如果不是妈妈临终前告诉我,争取机会到江佑集团来工作,我可能都不知道我的爸爸就在这里。"说到这里江月又一次情绪崩溃,继续说,"妈妈说,等到我结婚去了香港,她有一件事该告诉我了,可是她没有等到我结婚就离开了。妈妈最后的日子是安详的,唯一的牵挂就是要我好好生活,在江佑工作是她的愿望。"

听到这里,江沅也泪如雨下,创办江佑是他在人生最低谷的时候,也是浪子回头金不换,他把所有的思念和愧疚都转化为动力,创办了江佑集团,其实关于这个创业梦也是他的妻子月月妈妈和他共同的规划和愿望,但因为后来江沅迷上了赌博,才出现了月月走丢这样的事,通过这件事月月妈妈也彻底放弃了江沅，带着女儿月月远走高飞，专心陪伴着女儿成长。

不可否认，世界是一个能量场，无缘不相遇，竟然有这么巧合的事。没有想到一次职场上的离别竟然是一次亲人的相认。

江沅把玉佛给江月挂在了脖子上，碧绿的翡翠，晶莹剔透，恍惚间，江沅似乎看到了女儿小时候微笑的影子。

"爸爸。"江月感动又悲伤，给江沅一个失而复得的拥抱。

"爸，万万没有想到您真的是我和江月的爸爸，您放心我一定会好好保护江月，不让她受半点委屈。"小韩也跟着立刻改了口，承诺道。

江月没想到一夜之间自己竟然成了江佑公主，更没有想到还能再找到父亲，原来妈妈是想送她一个大大的惊喜，可是妈妈没有看到这一天，但是她是不遗憾的，毕竟看到了女儿的成长。

080 升职

第二天江月带着父亲江沅的嘱咐和那块视如珍宝的玉佛随同小韩一起前往香港的家，开始了定居香港的日子。

江佑公司随后也因为江月的离开，组织架构做了一些微调。

苏西放走了书碟，能在江沅身边做事是幸运也是成长，接了江月的位置，今后和以冬的沟通也是更加密切。苏西也是真心希望这对有情人能终成眷属。

江月放弃了工作，和新婚爱人一起奔赴香港，苏西也是羡慕不已，似乎爱情就未曾和她相遇过。内心难免一阵失落。

办公室恋情是不合适的，但她依然难以放下对以冬的那份爱恋。现在的苏西已经不沉沦在那份终而不得的单恋里，只要还能每天见到他也就足够。

"苏西，你是不是想念江月啦？看你那忧伤的样子。"书碟打断了苏西的思绪，推门进了苏西的办公室。

"是啊，挺不舍的，这一去回来就难了啊，以后有了孩子更是回不来，也挺牵挂她。"苏西的内心湿漉漉，忧伤地望着窗外的天。

"又这么晚了，一天的时间过得真快啊，一晃就到了晚上，也只有在下班后的宁静里，才能独自地思考，关于人生关于职场。"苏西起身面对着落地窗，自个儿幽幽地说。

"是啊，被你说得我也要忧伤了，江月离开，我也感觉到了孤独，一时间还真的有点不适应了，我每天还坐在她的办公室里，睹物思人，触景伤情啊。"书碟的声音里透露着淡淡的忧伤。

"书碟，对未来你有什么打算吗？"苏西话锋一转，问道。

"打算啊……"书碟看着窗外远处的景，努力思考着自己的将来。

"两位姑娘你们还没有下班吗？还在讨论工作吗？"以冬推门进来，打断了正在思考的书碟。

"以冬，你也还在啊。刚刚苏西问了我一个时代难题，也来考考你吧。"书碟笑逐颜开，看着走向她们的以冬。

"好啊，说说看。"以冬饱含深情地看着书碟，温柔地问。

"你对未来有什么打算吗？"书碟问道。

"打算，哪方面的打算啊？"以冬一时间没缓过来。

"生活，工作。"苏西补充道。

"工作就是生活，生活就是工作。一人吃饱全家不饿。"以冬笑着说。

"你就不想心里多一个可以相互牵挂的人吗？"苏西问。

以冬看了看书碟精致的侧脸说："想啊，但很多事也不是我想就能决定得了的啊。"

"有就去追啊，还等什么呢，等错过吗？"书碟笑出了声来。

苏西把一切都看在眼里，再大的格局此情此景也无法掩饰失落。

而书碟却没有发现苏西和以冬那话里藏话的对话。

此时的书碟并没有想过所谓的人生，所谓的生活和未来。在她的心里一直有一个谜底，那就是这么多年来一直在身边的那个神秘人物，总觉得熟悉又遥远，她总在不经意间望着远方，陷入无尽的沉思，而常常走了神。如此刻一样，以冬含情脉脉地看着她望着她的背影，一种保护欲油然而生，总觉得这个让他着迷的姑娘有着不为人知的故事。

苏西默默在一旁看着视线里的两个人，书碟成了以冬眼里的风景，而以冬此时此刻成了苏西眼里的风景。

无声地告白，又无声地落幕，一切都有了答案。

081　复盘

那首诗是这样写的。

坠落的羔羊

寂静空旷的草原上
坠落了一只受伤的羔羊

她抬头仰望——
那片曾载她放飞梦想的云朵
眼神里充满了绝望

她不会表达
但却泪洒草原
她不会呼唤
但内心却在挣扎

当黑夜渐渐包裹草原
她起身朝着远方挪步
她知道
永远她都只是

一只小小的小小的小绵羊

她一步一回头
最终定格在那里
朝着坠落的方向
痴痴地望，痴痴地望……

"剩下的钱还能拿到吗？"苏西问道。

"可以的，现在只要他的账户有进账就会划到我的账户。这次划到了一笔。他主动找我沟通，剩下的这几天如数还给我。"

"那还算好的，能要回来都是幸运的，以后善良里要带着牙齿，要把善良用对了方向。"苏西语重心长地说。

"是的，我终于长了记性，多么痛的领悟。"林沐长长地叹了一口气。

在林沐的心里，她无数次问自己，如果当初知道大军再也不是小时候见义勇为的大侠，而是变成了这样的不守信义的人，是否还会帮他？

林沐的答案是肯定的，还是会帮，但对于大军的言而无信，还二次伤害了她，虽深深地遗憾但无悔。

林沐其实也明白，人的一生跌宕起伏，在不同的时期会遇到不同的人，同频的人会陪伴我们前行一段路程。一旦其中的一方掉了队，那必然是渐行渐远。这是人性，人需要有向上社交的能力。

儿时的林沐圈子是大军，现在林沐的圈子是江沅、江月、以冬、苏西还有陈程。他们每一个都是这座城的精英，如果要保持长久的关系，那必须马不停蹄地向前奔跑，才能跟上队伍。

现在的林沐不得不屏蔽大军这一层级的圈子了，而不能一味地感情用事。扶不起的阿斗，只有放弃，毕竟我们不是救世主，我们也改变不了任何人，唯有做好自己，做好了自己不给别人添负担也是一种慈善。

江佑公司改变了林沐，从一开始叽叽喳喳的职场小白，成长为公司的中流砥柱，还融入了上一层次的圈子，收获了更多的经验、知识和朋友。

当然，很重要的一点是林沐自身有一项特别好的能力，她拥有勤能补拙的能力。从一开始的碌碌无为，工作平淡如水毫无起色，到后来逐步地提升。相比于同龄人,她是一个十分勤奋的人,从一开始的愣头青到后来的人情世故的拿捏,她都处理得非常好。

曾经她用心反思过,也分析过自己的处境和优劣势。她清楚地感知到自己的渺小,在学校里书本上学来的东西在纷繁复杂的社会上如沧海一粟。

然而她默默给自己制定了一个目标,勤奋努力,才有可能挤入强者行列。

那些努力的日子,别人在休息,林沐在学习;别人在旅游,林沐还是在学习;别人一天工作8小时,林沐一天工作12小时;对她来说别人的一天,是她的一天半,长久坚持,自然就成了那个强者。

工作上的进步令她欣慰,生活总是这样给点糖再给点伤。提及大军的事情,林沐总会黯然神伤。

如现在一样。林沐一边拿着手机,静静听着苏西的话。她时不时嗯一声应着。说不伤心那是骗人的,从小善良的林沐真的一时间还难以接受,儿时那个善良的勇敢的大军已经荡然无存,消失了。她想把曾经的记忆尘封起来。

尘封记忆

海风渐渐吹散
　　　　空际的阴霾;
最后一抹夕阳
　　　　悬浮在云端;
心情慢慢包裹
　　　　沉沉的回忆。

天色灰沉沉,
　　海面的风慢慢吹起,
　　　　摇曳的小舟渐远行。

破碎的片片画面里

> 依然有你的点点滴滴；
> 熟悉陈旧的音符里
> 　　　时时闪烁着你的影子。

> 今生不要记得谁曾是谁的那个谁，
> 就让心里累累伤痕取代所有记忆。

> 日月替换，万物轮回，
> 下一轮太阳升起之前，
> 请你记得儿时的少年。

> 闭上眼睛行行泪珠滑落，
> 睁开双眼小舟消失不见。

> 空旷寂静的大海，
> 回荡着我的呐喊！

"喂！林沐，你还在听吗？"苏西柔软的声音把林沐从遥远的回忆里拉回到了现实。

"我在听呢。"林沐擦了擦眼角的泪水。

"你不要伤心，在这个事情上，你收获了爱情，低谷里的爱情是最珍贵的。有陈程在以后的路相伴，你会一帆风顺的。"苏西安慰道，她知道电话那头的沉默，一定是林沐在默默地伤心难过。

"我知道的，最近幸好有陈程，不然我这个法盲又如此没有原则地善良，我还不知道要在这个事情被伤害多少次。"林沐的嘴角上扬着，提到陈程她的心里总是一阵阵地暖。

"这种感觉多好啊，林沐，你知道吗？我特别羡慕你，遇见了爱情。而我，真的最近最大的烦恼就是家里的七大姑八大姨的催婚。"苏西叹了口气说道。

"婚姻需要命中注定，说来就来了。你的那个人该来的时候，会让你猝不及防。"林沐体会到苏西的失落,在认识陈程之前,她也曾这样迷茫过。

"其实婚姻和我无缘了,我习惯了一个人的生活,我已经把我侄子当作自己的孩子了。就这样吧,每个人都有自己的选择。"苏西第一次和林沐袒露心声。

两个姑娘就在这样有一搭没一搭的聊天中,不知不觉聊到了半夜,抱着手机沉睡了。

082 往事

"妈妈!"一个穿着白衬衣的小男孩,坐在自行车的后座上,一声妈妈萌化了苏西的心,灿烂的笑容治愈了每一个冰冻的日子。

"宝宝、宝宝!妈妈在这里。"苏西又一次从睡梦中惊醒,念叨着宝宝,眼角还挂着泪痕。

苏西不是第一次做着同样的梦,虽然每一次都是流着泪醒来,但是她仍然期待着每一次梦里的团聚。

她始终认为,梦中的小男孩就是她打掉的那个孩子。

这是一个不为人知的秘密,刚踏进社会的那一年,在实习单位认识了一位年长很多的学长,或许是校友有着太多的话题,情投意合的他们,顺其自然地到了约见父母,谈婚论嫁的时候,苏西意外得知,学长原来是有家庭的,还有一个可爱的儿子。

她如晴天霹雳般,承受着爱情不能承受之痛。她默默地决定悄悄离开学长,离开公司,离开那座伤心的城市。

这才有了加入江佑公司的机会。而在离开学长后的一个月又得到一个坏消息,苏西怀孕了。她一个人痛哭了一个晚上,慎重决定独自去医院拿掉孩子。

从小的家风、道德观和价值观不允许苏西做一个破坏人家家庭的人,在和学长的感情里,她显然也是受害者,然后她果断断掉一切联系,消失得无影无踪,默默退出这段不被人接受的并不光彩的恋情。

最大的遗憾就是那个夭折的孩子，苏西爱孩子，但是她不想伤害那个无辜的孩子和无辜的女人。学长固然是最可恨的,同时伤害了两个女人。

而苏西的离开一个人悄然扛下所有伤痛，也是希望学长的太太永远不知情，永远傻傻地快乐下去，她也希望那个素未谋面的孩子也永远幸福下去。

哪怕代价是失去了自己的孩子。这些年来，每到夜深人静时，苏西总会想起孩子，总会做着同样的梦。在她心里那个孩子一直在她身边，陪伴着她。所以，她一直保持着单身，她愧对孩子，也恨自己太年轻，太容易轻信了感情，而伤害了自己。

失去爱情，失去孩子的苏西一头扎进工作，让自己用忙碌忘掉那些忧伤和人间最沉的痛。

如今，时隔多年，苏西仍然把自己关在爱情的门外。她完全封闭了自己的内心，走不出来。长此以往，爱情也就越来越遥远，有些望尘莫及。

有时候她很享受这种生活和精神上的缺失，她无数次在深夜忏悔。这段经历冥冥之中成了苏西一辈子的遗憾。

有些路一旦走差，遗憾是终身的。

有些决定一旦做了，就回不了头了。

离开学长的时候，她没有留下只言片语，更换了所有联系方式，对于学长来说苏西就像人间蒸发了一样。

人都是有感情的，她知道这是一段走不通的路，就算哭哭啼啼难舍难分，也无法让自己狠心到要抢走别人的丈夫、别人的父亲。她不忍心那一双泪眼婆娑的满是绝望的眼睛。

苏西没有办法像很多女孩子一样，忘记未成形的孩子，重新投入一段新的感情，重新要一个爱情的结晶。对于苏西来说，她认为失去的那个孩子，以后再多的孩子都无法弥补那份哀思和痛楚，就让自己这样糊里糊涂地将就下去。

这段经历让苏西不知不觉地挤进了一个不婚族的行列。

083　牵手

　　傍晚的金岭在晚霞的印染下，格外美丽，金岭大酒店的门口放着一对新人的婚纱照，新娘笑靥如花，新郎眉开眼笑，幸福从照片里溢满那条通往婚姻殿堂的红地毯。
　　台上新娘温柔的声音飘在酒店大厅的上方，一首甜甜的诗歌吐露了新娘此时此刻那幸福美满的梦想。

牵　手

清晨，
第一颗露珠滑落
我从睡梦中醒来；

窗外，
粉粉的花朵映红了纯白的纱帘
淡淡的花香里有你深邃的气息；

闭上眼，深呼吸
把你深深地吸进我的肺里
是谁让我如此迷恋上了你。

你，
是清晨的第一缕阳光
给了我一天的灿烂；

你，
是干涸沙漠里的一滴水

给了我生命的希望；

你，
是风雨过后的七色彩虹
给了我耀眼的光环。

那夜，
星星为我们点灯
月牙儿为我们引路；

我，
把手心贴在了你的手心
我们牵了手就不要放手
这辈子就让我跟着你走！

  台下热烈的掌声响起，苏西、以冬还有书碟带着江月的祝福，一起见证林沐和陈程的高光时刻。
  "今晚的林沐好温柔啊。"书碟凑近苏西的耳边说。
  "是啊，台上的林沐和陈程郎才女貌很般配，真替林沐开心，终于等到了阳光照进来的日子啦。"苏西努力提高声音，尽量掩盖嘈杂的大厅。
  这时，以冬以他绝对的身高优势，在苏西和书碟毫不知情的情况下，捕捉到这两位女生内心的对于爱情的向往和渴望。而他的视线也悄悄地落在书碟的脸上。
  台上的林沐和陈程成了书碟眼里最美的风景，而书碟此刻又成了以冬眼里的风景。

  林沐不期而遇的爱情其实是命中注定，江沅调动了林沐的工作，大多数时间在金岭。巧合的是陈程的分所也设在金岭，而作为土生土长的金岭人，从前一座空旷的房子因为林沐而变成现在一个温暖的家，一切都刚刚好，一切都恰如其分。

第十四章　江月终于迎来了新婚佳期

深夜，以冬、苏西、书碟三人一起被安排在金岭大酒店，第二天相约一起回江佑公司。

林沐早上送别三人也开始了在金岭的新婚生活，同时也全身心投入分公司新任命的董事长助理的工作中去。

"我们身边的人一个一个都离开了我们。"书碟打破了三个人的沉静。

看着疾驰而过的列车，苏西说："天下没有不散的筵席，好好珍惜还能在一起的每一天吧。"

"这些年就像电影一样，一幕一幕在脑海里晃过。第一个离开的人其实是苏西，当年苏西你的离开，其实我懂得你的委屈，欣慰的是失而复得后的喜悦。"以冬看着苏西，微笑着说，"欢迎你回到江佑，回到我们的身边。"

苏西微笑着抬眼缓缓地转过头来，看着以冬的眼睛，深情地说道："世界就是这么小，兜兜转转又回来了，谢谢你的栽培，在你身边我成长了，这才有了现在江沅董事长的认可，我一定会紧跟你的脚步，再接再厉。"

书碟欣慰地看着两个人，默默地把手放在苏西的手上，此时无声胜有声。

第十五章　书碟不同一般的人生身世

084　成长的痛

"我升职了,还是一个比较重要的岗位,这些年我从一个前台成长为公司的中流砥柱,真的很感谢您一直的陪伴和引导。"书碟给神秘高人发去了一条信息。

"替你高兴,你一直都很优秀。"神秘高人秒回。

"我有个不情之请,不知道您是否同意。"书碟跟着回了一条,"我想见见您,这么多年约您,您一直说等我有了好消息再见面。现在这算是好消息吗?"

屏幕上显示对方正在输入,然而却迟迟未能收到信息。

电话不合时宜地响起,是书碟母亲的来电。

"书碟,书碟……"

接通电话,传来母亲哭泣的颤抖的声音。

"妈,您别哭,发生什么事情了?"书碟的心提到了嗓子眼。

"是你爸爸,你爸爸晕倒了。120马上就到,我和他去医院,你能不能回来一趟?"

"爸爸怎么会晕倒了?"书碟并没有太着急。

"有些事他不让我跟你说,你赶紧请个假回来一下,我慢慢跟你说。"书碟妈妈说完便匆匆挂了电话。

挂了母亲的电话,书碟陷入了那些不愿提及的童年往事。

年幼时原本她和妈妈还有爸爸在一起过着无忧无虑的日子，书碟的爸爸经营着一家不大不小的公司，生意也越做越大，书碟的妈妈全心全意照顾着她。

印象里的父母从来没有红过脸、吵过架。然而，有一天一个年轻的阿姨带着一个小男孩上门找爸爸，平静的生活就此被打破，她被妈妈关在房间里，几个大人在客厅谈论着什么。

小小的她虽然不知道当时发生了什么，但是那晚她看到妈妈一直在流泪，而爸爸没有回家。

书碟问妈妈发生了什么，妈妈含着泪始终告诉她说，"宝贝，没事。"

书碟妈妈越是隐藏着，越是能激发她内心的不安，爱笑的书碟再也笑不出来，每天的关注点再也不是家里芭比娃娃，而是妈妈的脸上的泪痕还有妈妈眼里的空洞。

她太想知道大人们到底发生了什么，但是妈妈始终不肯多说半个字。慢慢地书碟把自己关进了房间，慢慢地不再说话。直到有一天妈妈意识到问题的严重性。

当书碟妈妈愿意敞开心扉和女儿交流的时候，书碟已经不愿意打开紧锁的房门。

书碟妈妈试图找来亲戚帮忙，但始终没有效果。大家几乎要把门拍碎，书碟也没有开门。直到警察破门而入。

打开门的一瞬间，书碟没有回头看，而是静静地抱着那只咖色的毛绒玩具，可爱的小狗被书碟紧紧地搂在怀里，眼睛不聚焦地看着窗外，似乎沉浸在自己的世界里。

书碟妈妈冲上去抱住书碟放声大哭，撕心裂肺，几乎把隐藏很久的心事一吐为快。从妈妈的哭声里，小小的书碟明白过去的一切美好一去不返了，怀里的娃娃可能是唯一有爸爸的记忆了。

那以后，书碟妈妈不再封闭自己，而是每天带着书碟出去到处走走，然而并不能打开书碟的心。

年轻的妈妈也是第一次做母亲，第一次经历婚姻，第一次遇到人生的重大变故，无计可施。

抉 择

眼前晃动着,
　　花儿灿烂的笑脸;
脑海里闪过,
　　草儿青涩的表情。

记忆深处,
　　有花儿烂漫的爱情;
心里暗藏的,
　　是草儿绵绵的情意。

醒来,有花儿幸福的缩影;
梦里,是草儿悲凄的眼神。
花儿在冷风中无奈地笑,
草儿在寒风中瑟瑟地抖,
时而看花儿,时而看草儿。

天平的左边,
　　是花儿数年的相伴;
天平的右边,
　　是草儿漫长的期待。

我仍站在原地,
　　迷失了方向,
　　　　向左?向右?……

渴望化作一缕青烟,
　　悄悄飞向遥远的天边,
　　　　逃离这抉择的折磨。

初夏的深夜，
　　伴着春末的凉风；
闯进我的房间，
　　侵袭墙角的风铃；
吹乱我的头发，
　　更是撞痛我的心。

拜托这莽撞的轻风，
　　送去我永远的歉意；
但愿窗外的明月，
　　照亮花儿灰暗的前程；
期盼明日的艳阳，
　　融化草儿心灵的霜冻；

时间能够抚平，
　　花儿疼痛的伤口；
岁月能够冲淡，
　　草儿的爱恨情愁。

这夜……
　　叫我如何抉择？！
　　　梦碎了，
　　　情断了，
　　　泪干了，
　　　我醒了。

这夜……
　　叫我如何抉择？！
　　　老天，老地？！

我的心，
　　一半里是花儿，
　　一半里是草儿……

在一个朋友的建议下，妈妈带着书碟去看儿童心理医生。一开始书碟并不接受，后来在妈妈的苦苦哀求下，书碟接受了一周一次的心理治疗。

在心理医生的开导下，书碟终于打开了心扉，肯说话了。
她告诉医生，"我其实只是想知道爸爸、妈妈发生了什么事，可是我妈妈每次都跟我说没事没事，她很好。当我问爸爸去哪了，她总是说爸爸在加班。如果问多了，她会流着泪抱着我说，书碟你一定要幸福，一定要比妈妈幸福。可是我听不懂这些话，我只是想知道发生了什么。她总是这样，什么都不说，我就不想再问了，慢慢地我就不想说话了。"

"孩子，谢谢你这么信任我，我特别能理解你的心情，你受委屈了，你是个好孩子。你没有错，你要知道妈妈是爱你的，爸爸也是爱你的。只是他们两个之间出现了一些问题。"心理医生温柔地说。
小书碟打断了医生话，用渴望的眼神问道："出了什么问题？"
医生停顿了一下，说，"等一下孩子，我请你妈妈进来。你先到这里的儿童游戏室来玩一下，好吗？"
书碟跟着医生来到隔壁的房间，这里有一个很大的沙盘，里面有各式各样的小玩具，有树、有房子，还有可爱人偶。
书碟对眼前的沙盘很感兴趣，一个人安静地在沙盘里创作。
医生带着书碟的妈妈进了诊疗室，开始了他们之间的谈话。
"这次的初诊非常好，小朋友愿意开口和我说话。"医生说。
"孩子的心理受伤了，这是肯定的。但是解铃还须系铃人，妈妈你要改变一下和孩子的沟通。"医生注视着对面的书碟妈妈，继续说道。
"您说，您说，我一定改，我要我的孩子好。"书碟妈妈焦急地说。
"对儿童来说，大人的事要顺其自然，不能刻意隐瞒也不能把她当成大人什么都说。

医生说到一半，书碟的妈妈已经泪流满面，诉说道："我和她爸爸已经离婚了，她还不知道，每次问到爸爸，我都说去上班了。我想隐瞒这个事实，她或许就不会伤心。"

书碟的母亲痛哭的同时脑海里浮现出那一幕幕疗伤的画面，眼泪像断了线的珠子。

疗　伤

没有下雪的平安夜里
走在人头攒动的街头
细细的雨丝犹如冰凉的钢针
刺穿满是伤孔的心灵
感觉不到节日里纯白的浪漫
微风伴随的是阵阵凄凉

找个地方宣泄内心的痛楚
酒吧里买醉倒在夜色里
迷失了灵魂的夜晚
浑浑噩噩随着时间漫步
跌跌撞撞摇摆在热闹的胡同
灯红酒绿刺痛迷糊的双眼

关上门已是泪流满面
把自己淹没在烟云雾绕的世界
烟在房间的天花板盘旋
遗忘了酒吧里的喧嚣
天终究会有亮的时候
模糊的记忆还是会变得清晰如初
半夜里醒来依稀记得
梦里有谁在呼唤着
已渐渐走远的灵魂

心还是在痛着
有没有人能告诉我
这样的疗伤是继续还是放弃？
……

"我非常理解你的心情，但是孩子的世界和我们大人是不一样的，爸爸、妈妈分开这个事情的真相对孩子确实是伤害，这是事实。然而妈妈你故意地隐瞒，这就加深了孩子对这件事的猜疑，她会去找答案，从方方面面去找答案，她会去揣测妈妈的每一个表情，妈妈每一天的心情，她都会去找她想要的答案。而这个过程中，她小小的心一直是悬着的，你能想象她内心的苦痛吗？她把自己关在房间里，就是在无声地呐喊，可是妈妈你根本不知道她的绝望。当你抱着她流着泪说，孩子你一定要幸福的时候，孩子就会如你所愿幸福吗？不会，我告诉你，孩子一定不幸福。我们要做的是什么？要做的是顺其自然，当孩子有疑问的时候，不妨如实告诉她，趁她现在还小，还是懵懵懂懂的时候，把真相告诉她，把伤害降低到最低，不代表不受伤了。"医生的脸上写满了心疼。

"是我的自以为是，伤害到了孩子，我越是想保护她，越是没有保护好她。我听您的，我不再隐瞒了。可是医生啊，她爸爸是外面有家有孩子了，我们毫无察觉啊，当我知道的时候，天都塌了，我已经痛不欲生了，根本无心顾及我的孩子。等我缓过神来的时候，我发现她已经不和我交流了。"

"妈妈不要哭，我懂你的疼。我也懂孩子的疼，没关系，咱能熬过去。孩子的问题不大，幸亏来得及时。疏导一段时间，病就会好的。妈妈你要配合我，一起来帮助孩子，好吗？"医生也很心疼眼前的这个来访者。

"来，回去以后，听我的建议，过一个月再带孩子来。"医生的语气温柔有力。

"第一，每天抽20分钟和孩子聊天，不隐瞒孩子任何事。第二，重新开始新的生活，做一个阳光的妈妈。发自内心地阳光起来，只有妈妈你能真心快乐起来了，孩子自然就快乐了。如果妈妈你每天都是愁眉苦脸，以泪洗面，孩子能快乐吗？"医生继续说。

"我改,我一定改。"书碟妈妈依旧没有能停止哭泣。

这一刻才是她最放松的时刻,终于可以毫无顾忌地哭出来,把这些年的委屈哭得肝肠寸断。

医生不再说话,就这么心疼地看着眼前这个可怜的年轻女人。作为心理医生,这个时候尤其是要鼓励来访者哭出来,压抑太久的情绪,就会变得抑郁,抑郁的妈妈是养不出健康的孩子的。

不知道过了多久,书碟妈妈红肿着眼睛,目光坚毅地说,"我一定会做到的,谢谢医生,我听您的建议。"

影 子

撕一片黑夜
披在身上
穿越黑色的梦
战战兢兢
尾随在我的身旁

窥觑着我
描绘春天的颜色
聆听夏夜的清凉
细数秋叶的忧伤
堆砌冬雪的浪漫

停下脚步
端详你的模样
你却屏住呼吸
躲进万家灯火
摇曳着微光

慢慢地
手指直起脊梁

捏碎水中残阳

缝制一轮新月

挂在墙上

经过半年的治疗，书碟终于走出了那段灰色的童年印迹。书碟妈妈心态也发生了天翻地覆的变化。

但在一件事上，书碟妈妈和书碟仍有不统一的意见。

在亲朋的劝说下，书碟妈妈接受初恋的求爱，重组了家庭，为了适应新的生活，书碟妈妈带着书碟住到了继父的家里。而继父无论是家庭条件，还是事业情况都不如书碟的父亲，书碟一直都很排斥这个继父。

经历了家庭的变故，书碟总能听到一些传言，爸爸不要她了，妈妈也有了新家，将来可能还会多一个同母异父的手足，可能妈妈的爱也会转移，最后她可能就是无依无靠的孤儿。

然而，她并不知道继父因为爱着她的母亲，而放弃了要自己的孩子的想法，让年幼的书碟不再担心着自己被抛弃。虽然心理的阴影被治愈了，但她的性格还是比同龄人内向很多。书碟妈妈每日都在不安中度过，她非常担心书碟会不会随着年龄的增长而出现青春期心理问题。

在书碟最不愿开口的日子，是那位心理医生治愈了她，在书碟的言语间，那位医生是她唯一一个可以吐露心声的人。

但是考虑到如果继续带她去找心理医生又面临着其他问题。她担心书碟内心排斥自己心里有问题，在继父的建议下，由他以那位心理医生的身份默默陪伴书碟的成长。

这就是这么多年来书碟始终只能以文字的方式和神秘人交流的原因。

第十六章　以冬和书碟爱情圆满结局

085　父爱如山

　　这对不是亲生又胜似亲生的父女以这样的方式又多了一层交流。虽然书碟的继父的生活条件比不上她的亲生父亲，但是他给了这对母女长久的陪伴和满分的爱以及无微不至的照顾。

　　有时候书碟也会在内心默默地给继父点个赞。继父给她买的那套小房子，她并没有因为景夯的嘲笑而去埋怨，现在的她其实更多的是感恩，感激母亲和继父给她的安全感，给她的正能量。

　　在医院的病房里，书碟妈妈细心地照顾着书碟的继父。书碟在门口驻足片刻，她默默打量着这位陪伴了20年的父亲，她忽然发现继父苍老了很多，不知道何时起他的头发已经花白，不知道何时起他的皱纹已经爬满了额角，不知道何时起他的脸皮已经起了皱，唯一未曾改变的是他消瘦的手指上还带着20年前和母亲结婚时的对戒，紧紧地抓着母亲的手，疲惫地紧闭着双眼。

　　母亲用另外一只手拽了拽继父的被角。和继父同龄的母亲，看起来几乎相差了一代人。书碟明白，这是继父把所有的爱都给了母亲，母亲才有了20年的快乐，在这20年里母亲已经忘记了父亲带给她的伤害和前半生的疼痛。

难道这不是相濡以沫吗，难道这不是作为女儿最期待的吗，难道这样的父亲不够美好吗？书碟已经默默地泪流满面，她转身跑出了病区，走到无人的角落伤心地哭了出来。

她知道继父已经被病痛折磨得没有几天了，可是当她想去回报和孝顺的时候，苍天却不给机会了。她不知道如何开口叫一声爸爸。

她无助地再次拨通了神秘高人的电话，她急迫地期待高人的指点。她想在继父不多的日子里，给他最后的温暖和关爱。但是多年的生疏却又不知如何开口。

奇迹发生了，神秘高人的电话被接通了，书碟激动地说，"喂，是您吗？医生。"

话筒里传来一片寂静，没有声音。

"您倒是说话呀，这么多年了，您还在隐藏着什么啊？我现在好无助啊，医生，我的父亲病了，不行了，可是我接受不了这个事实，我还没有好好孝顺他啊。我该怎么面对啊？"书碟带着哭腔。

"书碟，书碟，你冷静一下。"话筒里传来书碟妈妈的声音。

"妈妈，怎么是妈妈啊？"书碟惊呆了，愣在那里。

脑袋一片空白，书碟顾不上妈妈在电话里说着什么，她直向继父的病房跑去。

书碟气喘吁吁地跑到继父的病房门口，这时继父已经醒来，看到满脸泪痕和忧伤的书碟，招了招手，示意她进来。

书碟扑了上去，忍不住哭出声来，"爸爸，爸爸啊，这么多年你是怎么做到的啊？我错了，女儿错了，女儿不该对你不理不睬。可是爸爸啊，你要坚强你要好起来，养好身体，我带你和妈妈去看世界，去看日出，去看星辰，谢谢您陪伴我的成长，谢谢您照顾我的妈妈这么多年。"

"傻孩子，哪有爸爸责备女儿的道理呢？爸爸无怨无悔，爸爸现在还有心愿未了。"书碟的继父颤抖着手给书碟擦了擦眼泪，心疼地说。

"爸爸要放心地把你交给另一个男人，爸爸这一生也就圆满了。这也是你妈妈的心愿，你的妈妈是我的全世界，你就是我的世界啊，孩子。"书碟的继父继续说。

书碟知道爸爸的意思，但是这似乎是个不解的难题，这些年只顾着好好工作，竟然也忘了自己的终身大事，对身边的人也没有太多关注。

就在这时，书碟的手机响起。是以冬打来的电话，书碟知道一定是公司有紧急的事情。

书碟的声音里还带着哭腔，接通了电话："以冬，您好。有什么事吗？"

"书碟你好，今天你没在公司，江董这边有一个重要的会议，关于公司战略发展的讨论会，想问问你何时可以返回公司？如果赶不回来，这边就安排其他同事临时代替一下。"电话里传来以冬的声音。

"对不起，以冬。我需要请假，我爸爸住院了，我今天赶回来看他，等我安顿好他，我立刻回去。"书碟终究没忍住，哭着说。

电话那头的以冬心疼不已，安慰道："别担心，书碟，会议的事情我来安排其他人做，到时候会议精神传达给你。你家里需要什么帮助随时和公司提，我来安排。"

书碟说："不用了不用了，以冬，您能安排其他人代理我的工作，我已经很感激了。家里的事情我自己处理吧，不给公司添麻烦了，谢谢您。"

"他就是江佑的以冬吗？"继父在旁边很认真地听他们的对话。

书碟愣了一下，马上露出了微笑说，"哦，是的爸爸，你就是那个神秘高人，难怪你谁都知道。"

一旁的母亲也欣慰地笑了，"你爸爸啊没有一天不跟我讲你的故事，他看到你的成长，看到你的努力比我还开心呢。他告诉我你身边有一群优秀的小伙伴，苏西、以冬、江月、林沐，对不对啊，你们的董事长江沉对你也很不错。孩子啊，你是个有福报的孩子啊。"

书碟没有想到20年来一家人如此轻松温暖的聊天竟然是在医院，是在继父重病期间，又或者是最后的日子。但，也是圆了继父的梦。

第二天一早，以冬捧着一束花，提着果篮，突然出现在病房的门口。

书碟正俯着身子，喂继父吃饭。书碟的母亲先看到了客人，立刻迎了上来："请问您找哪位？"

以冬还没来得及回话，书碟已经闻声望了过来，吃了一惊，立刻放下碗筷，走了过来说："呀，您怎么来了？来来来，请坐。"书碟拉了一把椅子给以冬。

以冬一边放下鲜花和水果,一边顺势坐到了书碟继父的病床旁寒暄了几句,说道:"听说了您的事情,江董派我慰问一下,代表公司的心意,请叔叔您收下。"以冬把一个红包塞到书碟继父的手上。

书碟继父连忙拒绝道:"太客气了、太客气了,人来了就很感激了,红包不能收啊。"

以冬有些尴尬地拿着被退回来的红包,转向塞到了书碟的手里,碍于情面书碟也就没有再推来推去。

以冬接着说:"战略会上的决议是,江佑集团下个月成立新科技板块业务,我被派去任命为总裁全面负责集团业务,顺便也是来和你道个别。"

书碟看着以冬,听到这个突然的战略决策有些缓不过神来,有些伤感地说,"明白了,恭喜以冬高升,我们的团队从此又少了一个你。"

086　邂逅温暖

"去新科技集团任职的同时,我已卸任了珠宝业务的职务了。严格地说,今后我们不是直接的同事关系,两大业务板块完全独立运行。不过我们又多了一层关系,我们是纯粹的朋友了。"以冬笑着说道。

眼神里满满的爱,被书碟的继父一眼看穿,他可是过来人,因为当年他就是这样爱着书碟的母亲。

"好啊、好啊,做朋友更好,我支持啊,小伙子啊,我看好你,你一路的成长我都看在眼里啊。"书碟的继父在书碟母亲的帮助下,硬撑着直起身子,拍了拍以冬的肩膀。

以冬被书碟继父的一席话说得有点丈二和尚摸不着头脑,带着一点惬意又带着一点疑惑地看着书碟说:"今天是第一次见到叔叔啊,怎么叔叔会知道我的成长啊?"

"呀,这个说来话长,以后慢慢跟你说吧,如果你感兴趣的话。现在你只要相信我爸爸说的是真的。"书碟看了看继父,相视一笑。

以冬看了看时间,病人还需要休息,他便起身告别:"叔叔您好好休息,明天我再来看望您。书碟可以送我一下吗？"

书碟被以冬的一席话，说得不知所措："啊？"

"去送送吧，去吧。"书碟的继父在病床上欣慰地笑了，朝他们挥了挥手。

望着一对年轻人的背影，书碟的妈妈感叹道："多般配的一对。"

书碟的继父接话道："我看行，我看行啊，把书碟交给以冬我放心了。我也是看着这两个孩子成长起来的啊。"

书碟把以冬送到了医院的大门口，以冬还恋恋不舍地说："可以陪我去院外走走吗？"

"今天你的话都是什么意思啊，我怎么听得你都越界了呢？"书碟看着以冬。

"外面有点冷，来我把外套给你披上。"以冬脱下外套，给书碟披上。

"这、这，不合适吧。"书碟的脸泛起了红晕，她已经明白了以冬的意思。

关于以冬的回忆扑面而来，还记得那个深夜赶去金岭处理景兮的事，也是以冬及时出现给了她帮助和安全感。这一次家里的事，让弱小的她又一次感受到后盾的力量。

"谢谢你，每次在我无助的时候你都是一场及时雨。"书碟害羞地低着头说道。

……

我们的爱情

我，好
　你，乖；

我，疼
　你，爱。

……

"傻瓜，只要你愿意，我心甘做你一辈子的及时雨。"以冬替书碟裹紧了外套，低头看着她的眼睛说，眼里写尽全世界的温柔。

"谢谢你，今天带给我，带给我爸爸，带给我妈妈的快乐和安慰。我爸爸的日子不多了。他是我的继父，但是却待我如亲生女儿，他为了我和妈妈没有再要自己的孩子。可是、可是我过去一直都很排斥他，等我回过神来，他的日子已经不多了。他昨天说，他最大的遗憾是没有把我交给一个让他放心的男人。可是今天、今天他笑了，他笑了。"书碟泪如雨下。

"别怕，我懂了，我都懂，放心吧，我会像他爱着你妈妈一样爱你一辈子。"以冬双手握紧书碟微凉的手。

"书碟，以冬。"远处的书碟妈妈默默注视着这一切，缓缓走了过来。

眼泪顺着脸颊滑落："孩子，来吧。你爸爸走了，和我去办理他的后事。"

"妈，爸爸走了？刚才还好好的啊。"书碟瞬间瘫倒在地上。

"你爸爸已经坚持很久了，他一直不让我告诉你，他等到你回来就已经是奇迹了，他今天还等到了以冬，他已经可以安心地走了。"书碟妈妈哭着说，拉着书碟奔向病房。

以冬追了上去，他知道他此刻的责任，以书碟未婚夫的身份陪伴在书碟的身边，陪伴她度过人生中第一个最艰难的日子。

舞　者

当，
朝阳拨散最后一缕浮云
露出她可爱的笑脸
跟我道声早安；

当，
鸟儿跳上枝头
清脆地吟唱
向我问好；

当，
蝴蝶飞进花丛

翩翩起舞
向我致意；

当，
晨风扑面而来
亲吻我的脸庞
为我呐喊。

我，
在花园里起舞
不停地旋转旋转旋转
我快乐地舞着！

太阳跟我点头，
鸟儿为我唱歌，
蝴蝶为我伴舞，
风儿为我鼓掌。

我，
是一个舞者
一个快乐的舞者
我用美丽的舞姿
舒展美丽的人生…

2023 年 3 月 25 日
改定于上海扬善阁

你若盛开，蝴蝶自来（后记）

徐 焱

  关于《游走在职场内外》这本书的缘起，我起笔于2010年，基于2009年签约红袖添香创作的处女作《梦里湾的夕阳》之后。受天涯文学的抬爱看中了《梦里湾的夕阳》这本书，并计划列入选题公开出版发行。因版权先于红袖，不得不错过与天涯文学合作出版的机会。后来，为了赓续文学之缘，于2010年我在天涯文学注册了账号"宛在海里的鱼"，开始了在天涯文学创作的经历，计划连载一部关于职场的长篇小说，《游走在职场内外》这个书名第一时间跃入心扉。

  这本书在写了第一个章节时就被天涯签约，写到第八个章节就被天涯上架。开篇即火的架势，但后来我停更了，停更有两个方面的原因，一是那年我刚从南京定居上海，在上海开始了一段新的职场旅程，就在那时我应聘到了中国燃气上海总部任总裁秘书一职，我的工作角色无疑与这本书的主角书碟的职场经历意外雷同，考虑到工作的原因，我休笔重新构思。

  直到后来中国燃气上海总部迁"都"深圳，我也离开了，这才放下包袱，甩开手臂去续更。这算是一个作家成长的见证，几乎所有的作家一开始的创作都会经过一个内心煎熬的过程，总担心身边的朋友会把自己带入自己的作品中，去做各种解读和对号入座。那么，这其实是不可避免的，作为读者这是作者所不能克服的心路历程，但对于作家来说是一定要克服的心理障碍，好的作品必须沉浸式地去创作。

在过去的10年里，我忙于工作，忙于生活，断断续续不紧不慢地就这样笔耕着。这本书的构思也随着时代的发展，岁月的沉淀发生了天翻地覆的变化。从另一个方面来讲，也是有时代的意义，同时也见证了时代的进步。

最后，推我一把且迫使我不得不加速完稿的因素是2023年天涯文学App的下架，我是遗憾的，也是感叹的，更是失落的。天涯文学给予了我们青春无尽的快乐和网络文学创作的精神力量，我们也不得不感叹岁月的更替和延续的不可逆，作为网络创作的鼻祖，见证了一个时代的网络文学的发展。尤其是我在天涯文学网上收获了100多万读者朋友，曾若干次荣登天涯阅读排行前三，甚至为了和第一名较劲，有一段时间我坚持每日更新一个章节，最好的成绩留在排名第二，感叹！最可怕的莫过于比你优秀的人比你还要努力。

截至2022年时，这本书在天涯文学网上大概完成了80000字，对于一部长篇小说来讲，还有一段很长的路要走。就在这一年，我夜以继日，奋起直追，我一气呵成写完了大半本书，终于完稿了。对于创作这本书印象最深的是，有一次一天的创作达到了10000字，距离高产作家又近了一步。这个数字令我震惊，起初我的计划是完成3000字，当写到3000字时，我又想写到4000字、5000字、6000字……不断的小目标叠加，最后就是一个大目标的实现。这不就是像极了我们的生活一样，如果每天进步一点点，日积月累年复一年，可能你的变化都会感动到你自己。关于这本书，可以说主要是创作于2023年而不是2010年。而今，如愿出版与大家见面了。

写这本书的初衷是想延续和天涯文学的缘分，当时选题是想写职场的故事，选几个角色代表，选几条不同的职场发展路径或是人生的路径。我期望能带给职场朋友一些启发，尤其是对于刚毕业的大学生来讲，面对复杂多变的职场如何面对和抉择。书中选的几个代表人物的典型，有的人选择了舒服的捷径，简单又毫无挑战地在职场日复一日；有人和自己的命运较劲，脚踏实地靠自己的努力获得自己想要的生活；还有的人突破道德的束缚和法律的底线做着不为人知的事，但殊不知天网恢恢疏而不漏，最终得到法律和命运的惩罚。

职场是复杂的，就像我们的社会，形形色色的人和事，能够在职场中游刃有余是艰难的，也是需要付出的，成功不是偶然，而是努力的结果。而职场又是我们生活的一部分，工作不是生活的全部，但也是重要组成部分。有一句话说，"人的99%的痛苦来自工作，但100%的痛苦来自不工作。"可见，职场生活于我们大多数人而言，多么重要。这是我对于本书构思的思考，通过职场人为主线，讲述不同的人生故事，读他人的故事，佐证我们的生活，见证我们的成长。

一个人的自我驱动力决定了他在职场的高度和宽度，自我驱动力往往是把"要我做"变成"我要做"。任何事物都有两面性，换位思考，站在他人的角度思考问题，站在不同的立场理解问题，往往很多时候，很多困境就能迎刃而解。一个人的成长往往是瞬间的长大，没有经历就没有成长，作为职场人，我们要理性看待职场里各式各样的故事，理性看待各种各样的人，换位思考，满足他人的情绪价值的同时，处理好方方面面的人际关系，职场也可以多一份快乐。就像故事里的江月，凡事都逃不过她那双灵动的眼睛，把眼前的职场看得水落石出，以静制动，悄无声息地发力，为的是还原一个还有真情和公平的职场的净土。

但，职场不是一尘不染，水至清则无鱼，有时候也要能容得下"污浊"，专注于事情的本身，而不是人的问题，一切都会变得简单而清晰。我们要相信任何不符合事物发展和伦理道德的事情，终究不会长久，所以不必去羡慕别人短暂的获得，凡事要对得起自己的内心。就像故事里的容露，一心只想走捷径，一心贪图荣华，事业上，婚姻上都如她所愿得到了断崖式的成长，但命运终究都看在眼里，最终也是断崖式地把她送回了原点，甚至是监狱，接受法律和道德的审判。

"不争则争"，但凡你放下期待，不执着于人的情绪里，好的事物就会向你奔赴而来，相伴而来的还有好的运气和同频共振的人。

在生活和工作里,我向来就是不争不抢,竭尽全力做好自己以后便是顺其自然。这些年来,一路上我遇到很多的贵人,所以一路成长,才有了今天大家认识的我。任何事我都会两面去看,在得意时要有危机意识,在失意时也要有信心,一切遇见都有缘由,我们正在经历的时候,最好的答案是秉持正念的想法,一定会创造人间奇迹。

如果说,你正在经历着生活或者工作上令你不够愉悦的人和事,那么请你暂停你负面的情绪,耐心听一听。一个人的成功离不开三种人,第一是贵人相助,第二是高人指点,第三是小人监督。所谓的小人,我们也要用正念的眼光去看待,这样的人我们也缺失不了,他们可以约束我们的欲望,毕竟人是有惰性的。换个角度反而乐在其中,我们的一生离不开四季的春夏秋冬,也离不开心底的喜怒哀乐,所有的情绪才构成了我们的立体的人生,但我们不能被情绪左右,要做一个善于掌控情绪的人。

就像故事里的苏西,她经历了顾客和同事的不友好对待,她选择了不争的态度,把"生"的机会留给了他人,一个人默默承受着,也离开了、失去了,但拉长时间的维度来说,命运是公平的,再回职场时,她是一种全新的资格和更高的山峰与旧人相遇,收获了她人生中的新高度,她从未退缩,从未抱怨,以德报怨,通过成长不断创造价值,创造奇迹。

有人说职场需要你自带资源才能走得更远,飞得更高,我对这句话的理解是,这里的资源其实是你自己,就像杨绛先生所说的,"世界是自己的,与他人毫无关系"。就像故事里的书碟,本来就可以比一般人有更高的起点,但是她选择从零开始,靠自己全力以赴地努力,她自带的善良,自带的光和热,让身边的人在最需要的时候,都能想到她的存在。她对同事和朋友的所有帮助都是发自内心最真、最纯的善意,命运自然会青睐于她,惊喜就会像烟花一样绽放在她美丽的人生际遇。

而有时候幸运的职场环境当然也离不开企业文化,而企业文化往往是老板的文化,一个睿智、有格局、有高度的老板也是可遇不可求的。本书中有一个核心的灵魂人物就是董事长江沅先生,他如父亲一样温暖着身边的人，尤其是江月和书碟。作为这些年轻孩子们的长辈也好，还是职场上的长者也好，他都能与孩子们共情，这是他内心深处最不能掩藏的情感，所以他的心是温暖的，他的公司也是有温度的。看到最后，你会发现这个坚强的男人背后有一个感人又悲情的故事。写到这里，我想表达的是，一个人的性格脾气里可能藏着他不为人知或者不能言语的故事和经历。

　　因此，处在职场中的人们，大可不必被所谓的职场 PUA 吓唬到，只要你心生向阳，命运便会赠予你暖阳，无论你身处逆境还是走在布满荆棘的路上，请你勇敢向前进，不要回头，跨过坎，你便会遇见故事里的陈程一样温暖的人，他如同天赐的幸运，能帮你化解危难，遇见所有的幸运。

2024 年 1 月 9 日于上海